정본

이
솝
우
화

정본

이솝우화

권미선
옮김

창비

| 제9부 |
알폰씨와 뽀죠의
이야기 모음

일러두기

1. 이 책은 *Fábulas de Esopo: Reproducción en facsímile de la Primera Edición de 1489* (Madrid: Tipografía de Archivos, 1929)를 저본으로 하였다.
2. 스페인어 원서의 인명·지명·고유명사에 대해 이 책에서는 라틴어, 그리스어, 이딸리아어 각각의 음가를 살려 표기했다.
3. 이솝의 원래 그리스식 이름은 아이소포스(Αἴσωπος)이나 이 책에서는 일반적으로 알려진 영어식 표기인 '이솝'을 따랐다. 그밖에 몇몇 널리 통용되는 인명·지명에 대해서도 관용을 인정했다.

이솝의 생애를 소설로 재현한
최고(最古)의 고전

지혜란 구해야 할 것과 피해야 할 것에 대한 지식이다.
——M. T. 끼께로 『의무론』

이 책 『정본 이솝 우화』는 스페인의 엘 에스꼬리알 도서관에 보관되어 전하는 1489년 판을 옮긴 것으로, 구전·필사되던 이솝 우화를 집성하여 출간한 가장 오래된 판본 중의 하나이다. 이 책은 서구 이솝 우화 출판의 원형을 보여준다는 점에서 문헌학적으로 매우 중요한 가치를 지니며, 이솝의 생애와 우화를 그리스 원본의 내용에 충실하게 담아내 그 본래 모습을 온전한 형태로 전해준다는 점에서 가장 권위 있는 판본이라 할 수 있다.

이솝은 기원전 7세기 후반에 태어나 기원전 564년에 죽은 것으로 추정되는데, 그가 직접 쓴 글은 전해지지 않는다. 그래서 막연하게 '이솝 우화'라는 이름으로 전해지는 우화들이 실제 그의 작품인지는 정확하지 않다. 고대에 이미 이솝 우화뿐 아니라 페르시아어와 아랍어를 통해 소개된 인도 우화들이 알려져 있었으며, 이솝이 살았던 기원전 6세기 이전에 그리스 시인 헤시오도스를 비롯해 아르킬로코스, 알카이오스 등의 작품에서 우화가 발견되어 그리스에서 우화 장르가 널리 읽혔음을 짐작할 수 있다. 이솝 우화는 이와 더불어 바브리우스, 파이드루스, 아비아누스 등 많은 그리스 로마 시대 작가들에 의해 수집 정리되었는데, 완전한 형태의 우화집으로 남아 있는 경우는 없으며 이 과정에서 출처가 다른 우화들이 이솝 우화에 섞여들기도 했다.

이솝 우화를 가장 완전한 형태로 정리해 유럽에 전한 사람은 14세기 그리스 수도사인 막시무스 쁠라누데스이다. 그는 니코메데이아 출신으로 꼰스딴띠노쁠리스에서 연구와 교육에 힘쓰다 1327년 비잔띠움 제국의 황제 안드로니꾸스 2세의 사절단 자격으로 베네찌아로 가서 그리스의 언어와 문학에 관한 지식을 유럽에 전했다. 이후 유럽에서 펴낸 이솝 우화집의 서두에 「이솝의 생애」가 놓이는 구성이 확립된 것도 이 쁠라누데스 판에 의해서이다. 쁠라누데스가 그리스어로 정리한 「이솝의 생애」와 그가 수집한 많은 양의 이솝 우화들은 14세기 중반경 리누치오 아레쪼에 의해 라틴어로 번역되어 유럽에 널리 알려지게 되었다. 이 아레쪼의 라틴어 번역을 스페인어로 옮긴 것이 이 책의 저본이 된 1489년 판으로, 제작연도는 1489년으로 표시되어 있지만 첫 부분의 '아라곤과 씨칠리아의 왕자이자 까딸루냐의 부왕인 돈 엔리께의 후원하에'라는 구절로 보아 번역이 이루어진 시점은 1460년경으로 추정된다.

물론 스페인에서는 그 이전부터도 이솝 우화가 소개되어 읽히고 있었다. 14세기의 시인 후안 루이스의 작품과, 그와 동시대에 활동한 후안 마누엘의 작품에도 많은 이솝 우화가 포함되어 있으며, 1438년에 스페인의 유명한 인문학자인 로렌소 바야가 라틴어로 번역한 33편의 이솝 우화는 오랫동안 학생들의 라틴어 교재로 쓰이기도 했다. 그러나 이 책 이전에 이솝 우화는 몇편씩 따로따로 소개되었을 뿐, 완전한 형태로 완역된 적은 없었다. 이 책과 더불어 이솝 우화는 유럽 각지에서 수많은 판본으로 출간되며 성경과 함께 활판인쇄를 대중적으로 확산시키는 데 크게 기여했다.

책은 크게 여섯 부분으로 나뉜다. 서문을 포함한 이솝의 생애와, 널리 알려진 80편의 이솝 우화, 당시로서는 비교적 덜 알려진 '이솝의 다른 우화들' 17편, 리누치오가 옮긴 17편의 이솝 우화, 5세기의 우화 작가 아비아누스가 지은 42편의 이야기 중 27편의 우화, 그리고 뻬뜨루스 알폰씨, 뽀죠 브라촐리니 등의 작가들이 지은 22편의 이야기이다. 본래 원서에는 각 우화의 앞이나 뒤에 중세적인 교훈조의 설명이 한두 마디 덧붙어 있지만, 현대의 감수성에 맞지 않고 우화 자체의 내용에 충실하기 위해 생략했다.

이솝 우화가 널리 알려지고 읽힌 데 비해 사실 이솝이라는 인물에 대해서는 그다지 알려진 바가 없다. 사모스 시민의 노예라는 설과 실재 인물이 아닌 가공인물이라는 등 여러 의견이 있지만, 그 어느 것도 구체적인 증거가 뒷받침된 주장은 아니다. 플라톤 시대 이전에 『이솝의 생애』라는 고서가 있었지만, 그 책은 이솝이라는 전설적인 인물에 대한 허황한 이야기로 가득 차 있고, 기원전 5세기 후반에 헤로도토스가 쓴 『역사』가 이솝에 관해서는 어느정도 신빙성 있는 기록을 담은 것으로 알려져 있을 뿐이다. 그렇지만 기원전 5세기 후반에 이솝은 그리스에서 상당히 익숙한 이름이었고, 우화작가로 널리 인구에 회자되었던 만큼 이솝이라는 이름이 기지와 지혜의 상징인 것은 틀림없다.

흔히 이솝이라면 백발에 인자한 얼굴을 한 현인의 모습을 상상하기 쉽다. 구구절절 옳은 말을 하며, 세상사의 이치에 통달하여 후세에 주옥같은 삶의 지혜를 전하는 현자의 모습으로 말이다. 그렇지만 그런 생각과는 달리, 이 책에 등장하는 이솝은 심한 콤플렉스와 역경을 딛고 일어선 파란만장한 자수성가형의 인간이다. 소아시아 중서부 프리기아에서 태어난 그는 노예 신분으로 말도 제대로 하지 못하는 말더듬이였고, 그것도 모자라 올챙이 배, 꼽추, 집채만한 머리에 납작한 코, 안짱다리, 잘록한 팔, 사팔뜨기 눈, 덥수룩한 수염에 몸도 약했다. 그런 목불인견의 몰골로는 당시 고대사회에서는 노예로조차 살아가기 힘든 신세였다. 그러나 이솝은 사모스의 철학자 크산토스에게 노예로 팔려간 뒤 뛰어난 말솜씨와 명석한 지혜로 크산토스의 조언자 역할을 하며 자신의 계급과 추한 외모를 딛고 일어섰다. 그는 사모스인들을 전쟁의 위기에서 구해냄으로써 노예 신분에서 벗어나 자유인이 되었으며, 훗날 바빌로니아 재상의 자리에까지 오르며 만인의 존경을 받지만, 델포이인들에 의해 절벽에서 떨어져 죽음을 맞는다.

이렇듯 이 책에 실린 이솝의 모습은 권선징악의 대명사가 아니라 흔히 우리 주변에서 볼 수 있는 범인에 가까운 인간적인 모습이다. 더구나 친근하고 흥미로운 이야기 형식으로 전개되어 있는 「이솝의 생애」는 현대소설의 모태가 된, 파란만장한 인생역경을 거치는 인물을 주인공으로 하는 삐까레스끄 소설의 형성에 영향을 미쳤다고 평가될 정도로 귀중한 문학사적 위상 또한 갖추고 있다. 또한 당시 여성을 악의 근원으로 여기던 여성비하적인 가치관을 엿볼 수 있는 점도 흥미롭다.

이 책에 그려진 이솝이 근본적으로는 착하고 바르게 살아가려 하지만 자기를 이용하려는 사람이 있으면 화도 낼 줄 알고 복수도 할 줄 아는 우리와 같은 평범한 인간이듯, 이 책에 정리된 이솝 우화의 내용 역시 결코 권선징악이라는 경직되고 획일적인 이분법에 의해 재단되지 않는다. 오히려 이솝 우화는 바르게 정렬된 사회의 모습보다는 혼탁하고 모든 것이 뒤죽박죽인 인간사를 그대로 보여주며 그 철저한 약육강식의 세계를 살아가는 데 꼭 필요한 지침을 주는 이야기이다.

따라서 이솝 우화는 흔히 생각하듯 어린이에게 교훈을 주기 위한 우화가 아니다. 실제 이솝 우화가 널리 알려졌던 그리스 시대에는 우화가 어린이들을 위한 것이라는 생각이 전혀 없었다. 오히려 유명한 철학자들이 연회장이나 토론장에서 자신의 지혜와 재치를 뽐내기 위해 이솝 우화를 인용하는 일이 많았다. 이솝 우화는 수세기 전의 동물과 인간 들의 생생한 이야기를 통해 인간의 본질과 세계의 움직임에는 시간을 꿰뚫는 어떤 동질성이 있음을 말해준다. 21세기에도 이솝 우화가 복잡한 세상을 살아가는 우리 현대인에게 하나의 강력한 지침이 되어주는 까닭이 바로 이것이다.

2009년 4월
권미선

제 **1** 부

이솝의 생애

서문

　매우 지혜롭고 유명한 우화작가인 이솝의 생애가 시작된다. 이 솝의 생애는 라틴어에서 출발해 로망스어인 스페인어로 분명하 고도 적절히 옮겨졌다. 이는 리누치오가 존경하는 성 크리쏘스또 모스 추기경 안토니오를 위해 그리스어에서 라틴어로 번역한 것 이다. 그리고 우화들은 옛날 아테네의 로물루스가 그리스어에서 라틴어로 번역해 그의 아들 띠베리누스에게 보낸 것이다. 그와 함께 아비아누스와 돌리가무스, 알폰씨 외 다른 작가들의 우화도 있으며, 각 우화에는 각기 정해진 제목이 붙어 있다. 우화는 단어 에서 단어로 그대로 옮긴 것이 아니라 원문에 대한 좀더 명확하 고 분명한 논의와 설명을 통해, 번역자들의 일반적인 문체에 따 라 진정한 의미를 파악해 옮긴 것이다. 그래서 좀더 많은 수식과 보다 진실되고 유익한 수사법을 위해 많은 부분에서 몇몇 단어는 더해지기도, 감해지기도, 삭제되기도 했다.

　이러한 로망스어화와 번역 작업은 아라곤과 씨칠리아의 왕자이 자 쏘고르베의 공작이며, 암뿌리아스의 백작이고, 발데우혼의 군 주이고, 까딸루냐의 부왕인 매우 저명하고 훌륭한 돈 엔리께의 후원하에 그 명을 받들어 시작되었다. 이 작품이 식견이 풍부한

군주 어른께 지식을 전하고 교육시키기 위한 것이 아니라는 사실은 분명하다. 오히려 그의 넘치는 분별력과 인정 많은 기품에 권한을 위임받아 자비로운 아버지가 자식들에게 베풀듯 평민들과 많이 배우지 못하고 교양이 부족한 사람들에게 베풀기 위한 것이다.

이러한 우화는 독자가 바실리우스의 교리와 함께 이해하면 훨씬 유익하다. 그러기 위해서는 신중함이나 꿀벌들의 자연적인 본능과 같은 방법으로 이해해야 한다. 꿀벌들은 겉으로 드러나는 꽃의 색깔에 현혹되지 않고 꿀의 달콤함과 벌집을 만들고 짓기 위한 밀랍의 유익함을 찾으며, 이러한 유익함을 얻은 뒤에 꽃의 다른 부분을 다치지 않은 채로 둔다. 이와 같이, 이 책을 읽기를 원하는 사람은 꽃의 색깔에 현혹되어서는 안된다. 즉, 독자는 이렇게 우화에서 몸과 마음의 양식을 빨아들이고 흡수하여 좋은 습관과 덕목을 얻고, 나쁜 버릇을 피해 자신을 보호하며, 우화 그 자체보다는 그 안에 포함되어 깨달음을 주는 교훈에 신경써야 한다. 이렇게 하지 않고 이 책을 단순히 우화로만 읽는 사람들은 보석을 발견한 수탉처럼 유익한 것은 절대 얻지 못할 것이다. 수탉은 먹을 것을 찾다가 거름더미에서 보석을 발견하지만, 수탉에게는 옥보다는 보리나 밀알을 발견하는 것이 더 나았을 것이다. 이솝의 첫번째 우화가 가르치는 내용이 이러하다.

또한 이솝의 우화들을 말하는 만큼, 먼저 우화가 무엇인지 알아보는 것이 당연하다 할 수 있다. 시인들이 '말하다'라는 의미를 지닌 'fando'에서 우화(fábla)라는 단어를 취했다는 사실에 주목해야 한다. 우화는 실제 있었던 일이 아니라 상상된 일이며, 비이성적인 동물들이 서로에게 이야기하는 상상된 말을 통해 사람들의 모습과 습관을 알린 것이다. 우화를 처음으로 만든 사람은 알레모 크라코비엔세였다. 그밖에도 다양한 우화가 있었으며, 어떤 것들은 이솝 우화라 불렸는데, 유명한 이솝이 쓰고 지은 이러한 우화에서는 나무와 산, 돌, 물, 도시, 마을과 같은 감각이 없는 사물들뿐 아니라 말을 하지 못하는 비이성적인 동물들도 말하는 것처럼 상상되어 소개되었다. 또다른 우화들은 리비아 이야기라 불렸으며, 그 이야기에서는 사람이 동물에게 말하거나 반대로 동물이 사람에게 말을 했다.

또한 시인들은 우화가 듣기에 재미있기 때문에, 그리고 우화가 인간들의 습관을 말하고 묘사하며 그로 인해 그들이 향상되기 때문에 우화를 지어냈다. 떼렌띠우스와 쁠라우뚜스는 불의 신 불까누스를 꼽추와 절름발이로 묘사했는데, 불꽃이 성질상 절대 곧게 올라가지 않고 뒤틀려 올라가므로 그것이 불의 성질에 적합하기 때문이다. 또한 시인들은 인간의 세 가지 상태, 즉 청년기와 성년기, 노년기를 상징하는 사자의 머리와 염소의 몸, 뱀의 꼬리 세 부분을 지닌 키마이라라 불리는 괴물을 만들어냈다. 청년기의 인간은 사자처럼 자존심이 강하고 잔인하고 강하다. 그러므로 그는 그 시기에 한 일을 기억하면서 자기 자신을 위해 유익한 일을 하려고 노력하고 찾으며 해로운 일은 피해야 한다. 마찬가지로 인간은 냉혹함과 통찰력으로 염소와 비교된다. 그러나 노년의 인간은 뱀처럼 되어 다양한 방법으로 몸을 구부리며 그로 인해 많은 해를 입는다. 또한 시인들은 배꼽까지는 거의 인간의 모습이고 그 아래로는 말의 모습인 쎄미따우루스와 껜따우루스도 만들어 냈는데, 이는 인생이 말의 질주처럼 순식간에 지나가기 때문에 인생의 허망함을 의미한다. 생쥐가 생쥐에게 말을 걸고 족제비가 여우에게 말을 거는 호라띠우스의 우화에서처럼 몇몇 습관이 공인되어 있다. 이러한 우화들이 이야기되는 것은 그것이 실제로 일어나서가 아니라 그것이 인간의 상태를 의미하기 때문이다. 이렇게 이솝의 우화는 인간의 삶과 습관에 대한 범형(範型)을 제시한다. 나무가 판사에게 간청하고 올리브나무와 무화과나무, 포도 덩굴, 검은딸기 덤불에게 말을 하는 『왕들의 책』에서도 이러한 비슷한 경우를 찾아볼 수 있다. 이러한 모든 것은 상징적인 방법으로 우리가 원하는 진실을 얻기 위해 이루어지는 것이다. 아테네를 공격한 필리포스 왕이 포위를 푸는 조건으로 아테네에서 가장 학식이 높은 시민 열 명을 요구했을 때, 매우 저명한 아테네의 데모스테네스가 왕에게 말한 것이 이와 같다. 그가 한 가지 우화를 지어냈는데, 늑대가 양치기에게 그가 가진 사냥개들을 넘겨주면 양들과 평화롭게 지내겠다고 한 이야기이다. 이솝의 우화에 들어 있는 이야기처럼, 그는 이 우화를 통해 아테네 시민들에게 왕이 원하는 바를 알려 경고하고 싶었던 것이다. 데모스테네스는 늑대가 앞으로 아무 두려움 없이 양들을 잡아먹기 위해 양치기에게 개들을 요구했듯이, 필리포스 왕이 그들을 보다 쉽게 굴복시키기 위해 도시에서 가장 영향력있고 현명한 사람들을 보낼 것을 요구했다고 말한 것이다.

　마지막으로 우화와 역사, 이야기의 차이점을 알아야 한다. 우화는 자연의 경계 밖에서 이루어지기 때문에 실제로 일어나지도 않았고 일어날 수도 없다. 역사는 씌어진 대로 실제로 일어난 일이다. 그러나 이야기는 떼렌띠우스나 쁠라우뚜스의 희극처럼 실제로 일어나지는 않았지만 일어날 수 있는 일이다. 그리고 이와 비슷한 다른 것들도 있다.

이제 이솝의 생애로 가보도록 하자. 그것은 다음과 같다.

이솝의 생애

옛 도시 트로이가 있던 프리지아 지역에 아모니아라는 작은 마을이 있었는데, 그곳에 기형인 사내아이가 태어났다. 그 당시 어떤 아이보다 얼굴이 못생기고 몸이 기형인 아이였다. 아이는 머리가 크고, 눈은 검고 날카롭게 찢어졌으며, 턱은 길고, 목은 휘고, 종아리는 두툼하고, 발은 컸으며, 입도 큼지막하고 곱사등에 배불뚝이이고 말더듬이였으며, 이름은 이솝이었다. 자라면서는 당시 명석하기로 그를 따를 자가 아무도 없을 정도였다. 얼마 지나지 않아 그는 머나먼 땅으로 잡혀가 아리스테스라는 이름을 가진 아테네의 부유한 시민에게 팔렸다. 이 주인은 이솝이 집안일에는 아무 쓸모도 없고 이득도 되지 않는다고 생각해 이솝을 들판과 농장에서 일하고 땅을 파게 했다.

어느날 농장의 관리를 맡은 제나스가 농장에서 낮잠을 자다가 평소처럼 일하기 위해 일어났는데, 잠시 후 주인이 아가토포스라는 소년을 데리고 나타났다. 제나스는 자기가 얼마나 열심히 일하는지 주인에게 보이고 싶어 다른 무화과나무보다 열매가 일찍 익은 무화과나무로 갔다. 제나스가 무화과 열매들을 조심스럽게 따서 아주 공손하게 주인에게 바치며 말했다.

"주인님의 땅에서 처음으로 수확한 열매들은 주인님의 것입니다."

그러자 무화과가 잘생긴 것을 보고 주인이 말했다.

"제나스, 진심으로 고맙네. 자네는 나에게 아주 깊은 애정을 갖고 있나보군."

주인은 그런 날에는 목욕하러 가서 깨끗하게 씻는 습관이 있었기 때문에 시간이 되어 말했다.

"아가토포스야, 이 무화과를 조심스럽게 받아 잘 간수해라. 목욕하고 와서 먹을 생각이니."

하지만 아가토포스는 무화과를 건네받아 자꾸 쳐다보는 사이 주체할 수 없는 식탐이 생겼다. 그래서 그는 동료 앞에서 무화과를 쳐다보고 또 쳐다보다가, 결국 두 사람이 함께 쳐다보며 말했다.

"주인님이 무섭지만 않다면 이 무화과를 하나씩 먹어버릴 텐데."

그의 동료가 대답했다.

"네가 우리 둘이 함께 먹겠다고 하면, 우리가 아무 벌도 받지 않고 먹을 수 있는 방법을 가르쳐주지."

아가토포스가 말했다.

"그게 어떻게 가능하단 말이야?"

그의 동료가 대답했다.

"우리 모두 잘 알다시피, 이솝은 들판에서 돌아오면 매일 자기 몫의 빵을 요구하잖아. 주인님이 무화과를 달라고 하면, 우리는 이솝이 일하고 돌아와서 창고에 보관된 무화과를 보고 먹어치웠다고 말하면 돼. 그리고 이솝은 불려가도 말도 더듬거리고 한참 뜸을 들여 말하니까 자기 자신을 변론할 수도, 변명할 수도 없을 거야. 그러면 주인님은 그놈을 때릴 테고, 우리는 우리의 욕망을 채우게 될 거야."

그 충고를 들은 아가토포스는 무화과를 먹고 싶은 욕심에 더이상 생각하지 않고 먹기 시작했다. 그들이 한참 즐겁게 배불리 먹고 난 다음 아가토포스가 웃으며 말했다.

"이솝아, 너에게는 고통과 슬픔이 있을 것이다. 주인님이 화를 내며 우리의 잘못을 네 등에다가 복수할 테니까."

그들은 그렇게 말하고 웃으면서 무화과를 모두 먹어치웠다.

주인이 목욕하고 돌아와 식사를 시작하면서 그들에게 무화과를 가져오게 했다. 그러자 아가토포스가 말했다.

"주인님, 이솝이 일하고 돌아와 창고가 열린 것을 보고는 그 안으로 들어가 아무 이유도 묻지 않은 채 무화과를 몽땅 먹어치웠습니다."

주인이 그 말을 듣고는 노발대발하며 말했다.

"누가 이 이솝이란 놈을 데려올 테냐?"

이솝이 앞으로 불려오자 주인이 말했다.

"말해보거라, 부끄러운 것도 모르는 이 불한당 같은 놈아! 네가 나를 그렇게 우습게 보느냐? 내가 두렵지 않아서 내가 먹으려고 창고에 보관해둔 무화과를 감히 겁도 없이 먹어치웠단 말이냐?"

말을 더듬거려 주인의 말에 제대로 대답할 수 없는 이솝은 두려웠다. 결국 주인은 그의 옷을 벗기도록 명했다. 하지만 이솝은 워낙 현명하고 영리한데다 머리가 비상했기 때문에, 앞에 있는 다른 노예들 때문에 자기가 무화과를 먹어치운 혐의를 받는다는 것을 알았다. 그래서 그는 주인의 발아래 무릎을 꿇고는 자기에게 매질을 하기 전에 약간의 시간을 달라고 손짓 발짓으로 애원했다. 이솝은 자기 앞에 있는 허위고발자들이 뒤집어씌운 속임수를 말로는 해명할 수 없으니 머리를 써서 자신을 변론해야 한다고

생각했다. 그래서 그는 불이 있는 곳으로 가서는 그곳에 있는 뜨거운 물이 담긴 솥을 들어 대야에 따라 그 물을 마셨다. 그러고는 잠시 후 손가락을 입에 집어넣었고, 그날 하루종일 아무것도 먹은 것이 없었기 때문에 방금 마신 물만 토해냈다. 그런 다음 이솝은 주인에게 자기에게 혐의를 뒤집어씌운 자들도 자기와 같은 방식으로 뜨거운 물을 마시게 해달라고 간청했다. 그들은 주인의 명에 따라 물을 마셨고, 토하지 않기 위해 양손으로 입을 틀어막았다. 하지만 이미 뜨거운 물로 위가 가득 찼기 때문에 무화과가 섞인 물을 토해내고 말았다. 주인은 그들이 무화과를 먹은 것을 분명하게 보고는 그들을 돌아보며 말했다.

"너희는 제대로 말도 하지 못하는 이 녀석을 데리고 왜 거짓말을 했느냐?"

주인은 그들의 옷을 벗기고 공개적으로 매질을 하도록 명하며 말했다.

"누구든지 또다시 거짓으로 음해하거나 비난하는 자는 그에 대한 벌로 가죽을 무두질해 광을 내게 할 것이다."

다음날 주인은 도시로 갔다. 이솝이 농장에서 땅을 파며 일하고 있는데 이시디스라는 사제가 이솝에게 다가왔다. 그는 길을 잃어 헤매고 있었으며, 이솝에게 도시로 가는 길을 가르쳐달라고 청했다. 이솝은 신앙심이 돈독했기 때문에 사제의 손을 잡아 무화과나무 그늘 아래 앉히고는 그에게 빵과 올리브 열매, 무화과, 대추야자 열매를 주며 먹으라고 했다. 그러고는 우물로 가서 물을 떠와 마시라며 건넸다. 이시디스가 편하게 휴식을 취한 후, 이솝은 크나큰 애정을 보이며 도시로 가는 길을 성심껏 가르쳐주었다. 사제는 이솝에게 받은 자비심을 돈으로는 갚을 수 없다고 생각하고, 그토록 많은 사랑과 자비를 베풀어 자기를 정성껏 대해준 이를 위해 신들에게 간절히 빌었다.

이솝은 낮잠 자는 시간이 되어 들판에서 돌아왔다. 그 시간에는 일꾼들이 휴식을 취하고 잠을 자는 것이 관습이었기 때문에, 이솝은 나무그늘 아래에서 잠이 들었다. 그러자 동정과 자비의 여신이 이시디스의 기도를 듣고 이솝에게 나타나 은혜를 베풀었다. 여신은 이솝이 사람들의 모든 언어를 명료하고 아무 장애 없이 말할 수 있고, 새들의 노래와 동물들의 몸짓을 이해할 수 있고, 장차 다양하고 수많은 우화들을 지어낼 작가가 되게 했다.

이솝이 꿈에서 깨어나 혼잣말을 했다.

"오, 정말이지 달콤하고 즐거운 시간을 보냈구나. 엄청나게 신

기한 꿈을 꾼 기분이야. 그러고 보니 내가 아무 힘도 들이지 않고 말을 하고, 내 눈에 보이는 물건들을 그 이름으로 부를 수 있게 되었구나. 새들이 지저귀는 소리도 알아듣고, 동물들의 몸짓도 이해하고 말이야. 신들 덕분에 나는 모든 것을 이해하고 느끼게 되었어! 어디서 갑자기 이런 지식을 얻게 되었는지 상상도 되지 않아. 아마도 내가 외지인들에게 보여준 동정과 자비, 사랑 때문에 신들이 나에게 이런 은혜를 베풀어주신 것 같아. 누구든지 바르게 살면 늘 마음에 좋은 희망을 얻게 되는 법이지."

이솝은 신들에게 받은 크나큰 은혜에 기뻐하며, 곡괭이를 들고 들판에서 땅을 파기 시작했다. 제나스가 그의 일을 감시하고 그가 얼마나 해놓았는지 보러 왔다가, 아무 이유도 없이 화를 내며 몽둥이로 이솝의 동료를 잔인하게 때렸다. 그 때문에 화가 나고 언짢아진 이솝이 말했다.

"왜 아무 짓도 하지 않은 이 사람을 그렇게 잔인하게 때리나요? 당신은 늘 아무 이유도 없이 우리를 때리고, 우리를 죽이려고 해요. 당신은 좋은 일은 전혀 하지 않아요. 당신의 잔인함을 주인님에게 고하겠어요."

제나스는 이솝의 말을 듣고는, 그가 너무나도 유창하게 말하고 힘들이지 않고 자기에게 대드는 것에 깜짝 놀라며 혼잣말을 했다.

"이 고약한 놈이 주인님을 찾아가 나를 감독 자리에서 쫓아내기 전에 내가 미리 선수를 쳐야겠군."

그리고 나서 그는 도시로 가서 주인 앞에서 두려운 표정을 지으며 말하기 시작했다.

"안녕하십니까, 주인님."

주인이 대답했다.

"그렇게 벌벌 떨며 찾아온 이유가 무엇이냐?"

제나스가 대답했다.

"주인님의 땅에서 신기하고 새로운 일이 일어났습니다."

주인이 대답했다.

"혹 때가 되기도 전에 나무에서 열매가 맺혔더냐? 아니면 어느 짐승이 괴물을 낳았더냐?"

제나스가 말했다.

"그런 게 아닙니다. 하지만 그 흉악하고 고약한 노예인 이솝이란 놈이 아무런 어려움 없이 분명하게 말하기 시작했습니다."

그러자 주인이 말했다.

"그거 잘됐군. 네가 보기에는 그게 흉측하고 자연의 법칙에 어긋나는 일이더냐?"

제나스가 대답했다.

"한편으로 보면 그렇습니다."

주인이 그에게 말했다.

"글쎄, 그건 신기한 일이 아니다. 우리는 화가 난 사람들이 말을 제대로 못하다가 화가 풀리고 나면 별다른 어려움 없이 무엇이든 말하는 경우를 많이 보지 않느냐."

그러자 제나스가 말했다.

"그놈은 보통사람보다 말을 더 많이 합니다. 저에게 상스러운 말을 했고, 주인님과 신들과 여신들에 대해 자비심도 없이 잔인하게 비난했습니다."

그러자 주인이 화를 내며 제나스에게 말했다.

"가서 네가 하고 싶은 대로 해라. 그놈에게 매질을 하든지, 그놈을 팔든지, 없애버리든지 해라. 내가 너에게 그놈을 주겠다. 내가 문서로 너에게 증여하겠다."

그러자 제나스가 증여를 수락해 넘겨받은 후 농장으로 가서 이솝에게 말했다.

"주인님이 네놈을 나에게 주었기 때문에 이제 너는 내 수중에 있다. 네가 말이 많고 제대로 하는 일이 아무것도 없으니 너를 팔아버리겠다."

마침 그때 노예를 사러 다니는 상인이 에페소스에서 열리는 장에 짐을 싣고 노예들을 끌고 갈 짐승들을 구하며 농장 근처를 지나게 되었다. 평소 알고 지내던 제나스를 보자 상인이 그에게 인사를 하고는 팔거나 빌릴 수 있는 짐승들을 어디서 구할 수 있을지 알려달라고 했다. 그러자 제나스가 말했다.

"여기서는 얼마를 주거나 어떤 방법을 써도 그런 짐승을 구할 수 없네. 하지만 내게 아주 똑똑하고 쓸 만한 나이의 노예 하나가 있네. 자네가 그 노예를 사겠다면 내가 자네에게 팔겠네."

상인이 노예를 보고 싶다고 말하자, 제나스가 이솝을 불러 상인에게 보여주었다. 상인이 이솝의 못난 생김새를 보고 말했다.

"이 이상하게 생긴 놈은 대체 어디서 나온 거요? 꼭 괴물들과 귀신들의 전쟁터에 있는 나팔수처럼 생겼구려. 이놈이 말을 할 줄 몰랐다면 퉁퉁 부푼 술자루라고 생각했을 거요. 이 지저분한 놈 때문에 길을 가고 있던 나를 부른 거요? 나는 똑똑하고 잘생기고 우아한 노예를 팔러 오는 줄 알았소."

상인은 그렇게 말한 후 가던 길을 갔다. 그러자 이솝이 상인을 따라가 말했다.

"잠깐만 기다려보세요."

상인이 대답했다.

"괜히 내 시간을 낭비하게 하지 마라. 너는 나한테 아무런 득이 되지 않을 것 같구나. 내가 너를 사면 사람들이 나를 이상하고 신기하고 괴이한 물건들을 사는 사람이라고 할 거다."

그러자 이솝이 그에게 말했다.

"그럼 여기는 왜 오신 겁니까?"

상인이 대답했다.

"물론 잘생긴 노예를 살 생각으로 왔지. 하지만 너는 너무 지저분하고 못생겼으니, 나는 그런 물건은 필요 없다."

이솝이 말했다.

"당신이 나를 산다고 해도 잃을 것은 아무것도 없습니다."

그러자 상인이 이솝에게 말했다.

"네가 어떻게 나한테 쓸모있단 말이냐?"

이솝이 대답했다.

"당신이 사는 곳에 경험도 부족하고 어수룩한 아이나 젊은 사람이 없나요? 나를 사서 그들의 스승으로 삼으세요. 틀림없이 허수아비보다는 나를 더 두려워할 테니까요."

이솝의 그 말을 들은 상인은 마음이 움직여 제나스에게 돌아와 말했다.

"이 허수아비를 얼마에 주시겠소?"

제나스가 대답했다.

"금화 석 냥이나 은화 서른 냥을 주게. 그놈은 아무도 사려는 사람이 없을 거라는 걸 내가 아니 자네한테는 거의 거저로 주는 걸세."

상인은 값을 치른 후 자기 집으로 이솝을 데리고 갔다. 이솝이 집에 들어가자, 어미의 무릎에 앉아 있던 아이 둘이 이솝을 보고는 놀라 울면서 어미의 가슴에 얼굴을 파묻기 시작했다. 그러자 이솝이 주인에게 말했다.

"이제 당신은 내가 말한 것에 대한 증거를 보셨습니다. 이 아이들이 나를 보고 내가 악마나 허수아비인 줄 아는 것을 당신도 봤으니까요."

상인은 이솝의 대답에 한참 웃고 나서 그에게 말했다.

"들어가서 네 동료인 노예들에게 인사해라."

이솝이 안으로 들어가 꽤 값이 나가 보이는 젊고 아름다운 노예들을 보며 말했다.

"하느님의 가호가 있기를, 나의 훌륭한 동료들이여!"

그러자 그들이 이솝을 보고 이렇게 말했다.

"해가 시커메지더니, 우리가 신기한 볼거리를 기다리고 있었네. 대체 우리 주인님이 뭘 하려는 거지? 지금까지는 이렇게 추한 물건을 사지 않았는데?"

그러는 사이 그들이 모여 있던 방으로 주인이 들어와 젊은 노예들에게 말했다.

"사거나 빌릴 수 있는 짐승을 구하지 못했으니, 너희의 불행을 슬퍼하거라. 이 짐들을 너희들끼리 나누고, 마찬가지로 식량도 실어라. 우리는 내일 에페소스로 떠날 테니까."

젊은 노예들이 짐을 똑같이 나누자 이솝이 말했다.

"훌륭한 동료들이여, 여러분 중에서 내가 가장 덩치도 작고 약하다는 걸 잘 알 테니, 부탁인데 나에게는 가벼운 짐을 주시오."

그러자 그들이 대답했다.

"그러면 너는 아무것도 들고 가지 마."

이솝이 말했다.

"여러분이 모두 일하는데 나 혼자 빈둥거리면서 주인님께 아무 득도 되지 않고 쓸모없이 있을 수는 없소."

그들이 말했다.

"그러면 네가 원하는 걸 들어."

이솝은 길을 떠나기 위해 가져가야 할 모든 물건들, 즉 모든 자루와 보따리, 바구니 들을 보고는 두 명이 들어야 할 만큼 빵이 잔뜩 든 바구니 하나를 집어들며 말했다.

"이 짐을 나에게 주시오."

그들이 대답했다.

"이놈보다 더 미친 놈은 없겠군. 가벼운 걸 들고 가게 해달라고 우리한테 매달리고선 제일 무거운 걸 고르다니."

그러자 그들 중 하나가 말했다.

"그냥 하고 싶은 대로 하게 내버려두자고."

그렇게 해서 이솝은 빵을 등에 짊어지고 다른 노예들보다 더 빨리 걸었다. 노예들이 그를 보고 신기해하며 말했다.

"이놈은 일하는 게 게으른 놈이 아니야. 사실 우리 중 누구보다 가장 무거운 짐을 메고 가잖아. 그것만 해도 제 몫은 하는 놈이야. 힘센 짐승도 저보다 더 많은 짐을 싣고 갈 수는 없을 테니까 말이야."

노예 둘은 자기네가 멘 짐이 이솝이 혼자 메고 가는 짐보다 더 크지 않았기 때문에 그렇게 이솝을 비웃었다. 하지만 언덕에 이르자 이솝은 등에서 짐을 내려 땅에 내려놓고는 양손과 이로 바구니를 끌어 힘들이지 않고 언덕을 올라갔다. 그렇게 이솝은 다른 노예들보다 먼저 주막에 도착했다.

그들이 모두 주막에 도착하자, 주인이 그들에게 조금 쉬면서 놀고 있으라고 명했다. 그러고는 이솝에게 말했다.

"빵을 가져와서 노예들이 먹을 수 있도록 나눠줘라."

이솝이 그 많은 빵을 노예 한 명 한 명에게 나눠주자 바구니는 거의 절반이 비었다. 노예들은 식사를 마친 후 일어섰고, 짐이 훨씬 가벼워진 이솝은 다른 노예들보다 먼저 숙소에 도착했다. 이솝은 그날 밤도 마찬가지로 동료들에게 빵을 나눠주었고, 그러자 바구니는 완전히 비었다. 다음날 그들은 아침 일찍 일어났는데, 이솝이 텅 빈 바구니를 들고 그들을 앞서서 너무 빨리 걷는 바람에 그들은 이솝이 제대로 보이지도 않았다. 노예들이 그를 보고는 그가 이솝인지 알아보지도 못하고 서로 말했다.

"저 앞에서 저렇게 빨리 가는 게 누구지? 우리 일행인가? 아니면 외지인인가?"

그러자 그들 중 하나가 말했다.

"저 영악한 놈이 우리를 이긴 거 안 보여? 저놈은 치밀함이나 교활함에서 우리를 앞서. 우리는 길을 가면서 없어지지 않는 짐을 메고 내내 끙끙거리며 가는데, 저 영리한 놈은 매일 먹어 없어지는 빵을 짊어지고 가더니, 이제는 자네가 보는 것처럼 짐도 없이 한가롭게 가잖아."

마침내 그들은 에페소스에 도착했고, 상인은 노예들을 장에 내놓아 적지 않은 돈을 벌었다. 거의 다 팔고 세 명만이 남았다. 문법을 잘 아는 노예와 음악을 잘하는 노예, 그리고 이솝이었다. 상인을 잘 아는 사람이 그에게 말했다.

"이 노예들을 팔려면 사모스로 데리고 가시오. 그곳에 크산토스라는 철학자가 있는데, 키클라데스와 스포라데스 섬들에서 많은 사람들이 공부를 하기 위해 몰려든다고 하오."

그 말을 들은 상인은 사모스로 배를 타고 가서 문법을 잘 아는 노예와 음악을 잘하는 노예에게 새 옷을 입혀 시장에 팔려고 내놓았다. 그리고 이솝은 매우 우스꽝스럽고 못생겼기 때문에 거친 옷을 입혀 두 노예 사이에 세워놓았다. 다른 노예 둘은 아름답고 몸매도 좋았기 때문에, 이솝을 본 사람들은 한결같이 추하게 생긴 그의 모습을 보며 놀라 말했다.

"저 우스꽝스러운 얼간이는 대체 어디서 데려온 거야? 이놈이 못생기고 우스꽝스러워서 다른 노예들이 돋보일 정도군."

하지만 이솝은 자기가 사람들에게 비웃음거리가 되었다는 것을 알고는 화가 나서 모든 사람들을 무섭게 노려보았다. 한편 철학자 크산토스가 집에서 나와 시장으로 오면서 한가로이 위아래를 보면서 걷다가 잘생긴 노예 둘과 그 가운데 있는 이솝을 보고 상인의 무지에 감탄하며 말했다.

"정말 인간의 지혜란 두고 볼 일이야!"

그러고는 그들 중 한 명에게 다가가 물었다.

"너는 어디 출신이냐?"

그가 카파도키아 출신이라고 대답하자 철학자가 그에게 말했다.

"뭘 할 줄 아느냐?"

노예가 말했다.

"어르신이 원하는 것은 다 할 줄 압니다."

이 대답을 들은 이솝이 크게 비웃었다. 철학자와 함께 있던 학자들은 이솝이 이를 드러내며 정신없이 웃는 것을 보고는, 그가

인간의 모습이라 할 수 없는 괴물이라 여기고 자기네들끼리 수군
거렸다.

"저 배불뚝이에게 왜 이빨이 있을까?"

그리고 그를 본 다른 사람이 말했다.

"왜 저렇게 정신없이 웃는 걸까?"

그리고 다른 사람이 말했다.

"저건 못마땅해서 웃는 거야. 왜 그런지 이유를 말해달라고 얘
기해보자."

그러고는 그들 중 한 명이 이솝에게 다가가 말했다.

"여봐라 현명한 젊은이, 네가 왜 그렇게 한참을 웃었는지 이유
를 말해보거라."

그러자 모든 사람들에게 비웃음의 대상이 된 것 때문에 화가 나
있던 이솝이 그에게 말했다.

"빌어먹을 놈, 어서 꺼져."

그러자 학자는 당황해서 돌아갔다.

그러나 철학자가 상인에게 말했다.

"음악을 잘하는 노예는 얼마에 줄 수 있나?"

그러자 상인이 대답했다.

"은화 삼천 냥입니다."

철학자는 값이 너무 비싸다고 생각하고 다른 노예에게 가서 물
었다.

"너는 어디 출신이냐?"

노예가 대답했다.

"저는 리디아 태생입니다."

그러자 철학자가 말했다.

"뭘 할 줄 아느냐?"

노예가 말했다.

"어르신이 생각하시는 대로 할 줄 압니다."

이솝이 그 말을 듣고 한참을 웃었다. 학자들이 그가 웃는 것을 보고 말했다.

"이놈은 왜 매사에 이렇게 웃는 거야?"

그들 중 한 명이 다른 사람에게 말했다.

"빌어먹을 놈이라고 불리고 싶으면 자네가 가서 웃는 이유를 물어보게."

크산토스가 상인에게 말했다.

"문법을 잘 아는 노예는 얼마에 줄 수 있나?"

그가 대답했다.

"은화 삼천 냥입니다."

철학자는 그 말을 듣고 돌아섰다. 그러자 학자들이 말했다.

"스승님, 저 노예들이 스승님의 마음에 듭니까, 아니면 들지 않습니까?"

그러자 철학자가 그들에게 대답했다.

"노예들은 마음에 드는구나. 하지만 우리에게는 노예를 그렇게 비싼 돈을 주고 사는 게 금지되어 있다. 노예상인이 중벌을 받게 될 것이다."

학자들 중의 한 명이 말했다.

"그렇다면 법 때문에라도 잘생긴 노예들은 살 수 없습니다. 추하게 생긴 걸로는 누구도 따라올 자가 없는 저놈을 사십시오. 분명히 스승님을 모시는 데는 다른 놈들보다 뒤지지는 않을 겁니다. 우리가 저놈 값을 치르겠습니다."

철학자가 대답했다.

"저놈은 추한 물건이고, 내 아내는 예민하다. 저런 녀석의 시중을 받으려 하지 않을 것이야."

학자들이 다시 한번 말했다.

"스승님, 스승님께서는 여자는 야단칠 때를 제외하고는 상대하지 말라는 많은 분부와 가르침을 주셨습니다. 그러니 스승님께서도 그 모범을 보여주셔야 합니다."

그러자 철학자가 말했다.

"돈을 헛되이 낭비할 수도 있으니, 저놈이 뭘 할 줄 아는지 알아보자."

철학자가 다시 이솝에게 돌아와 물었다.

"신의 가호가 있기를, 젊은이."

이솝이 대답했다.

"괜히 저 때문에 골머리 썩이지 마세요."

크산토스가 말했다.

"나는 너에게 인사를 건넨 거다."

그러자 이솝이 대답했다.

"저도 마찬가지입니다."

그러자 철학자가 그에게 말했다.

"격식이나 골머리는 내버려두고, 내가 너한테 묻는 것만 대답해라. 너는 어디서 왔느냐?"

이솝이 대답했다.

"저는 사람의 살에서 왔습니다."

크산토스가 말했다.

"그걸 물은 게 아니다. 너는 어디에서 태어났느냐?"

이솝이 대답했다.

"어머니의 배에서 태어났습니다."

그러자 철학자가 말했다.

"그것도 내가 묻고자 한 게 아니다. 네가 태어난 장소가 어디냐는 거다."

그 말에 이솝이 대답했다.

"제 어머니는 저를 어느 방에서 낳았는지, 침실인지 거실인지 분명하게 말해주시지 않았습니다."

크산토스가 그에게 말했다.

"그건 그만두자. 네가 뭘 배웠는지 말해봐라."

이솝이 대답했다.

"저는 할 줄 아는 게 아무것도 없습니다."

크산토스가 그에게 물었다.

"무슨 이유로 그렇게 말하는 것이냐?"

이솝이 말했다.

"제 동료 노예들이 모든 일을 다 할 줄 안다고 말하고 제게는 아무것도 남겨두지 않아 그런 겁니다."

그러자 학자들이 감탄하며 말했다.

"이놈이 성스러운 지혜로 제대로 대답한 거야. 모든 것을 아는 사람은 없는 법이니까. 그래서 이놈이 그렇게 한참을 웃었던 거군."

철학자가 그에게 물었다.

"내가 너를 사기를 원하는지 말해봐라."

이솝이 말했다.

"어르신이 마음대로 하세요. 물론 아무도 어르신에게 강요하지는 않지요. 하지만 어르신이 살 마음이 있다면 돈주머니를 열어서 돈을 세보세요. 그럴 마음이 없다면 돈주머니를 닫으시고요."

그 말을 들은 학자들이 말했다.

"세상에 맙소사! 이놈이 스승님을 능가하는구나."

철학자는 이솝에게 자기가 그를 사면 도망칠 마음이 있는지 물었다. 그러자 이솝이 대답했다.

"제가 그러고 싶은 마음이 있다면 어르신께 충고를 구하지는 않을 겁니다."

크산토스가 말했다.

"아주 정직하게 대답하는구나. 하지만 너는 덜떨어지고 추하게 생겼다."

이솝이 대답했다.

"사람의 영혼과 마음을 봐야지, 겉으로 보이는 모습을 봐서는 안됩니다."

그러자 철학자가 상인에게 말했다.

"이 허수아비 놈은 얼마인가?"

상인이 말했다.

"잠깐만요. 어르신은 정말이지 물건 보실 줄을 모르십니다."

크산토스가 말했다.

"왜 그런 말을 하는가?"

상인이 대답했다.

"어르신에게 어울리는 놈들은 놔두고 어울리지 않는 놈을 고르시니까요. 이들 중 한 놈을 고르시고, 이놈은 그냥 놔두십시오."

크산토스가 대답했다.

"이놈을 나한테 얼마에 줄지 말해라."

상인이 말했다.

"은화 육십 냥입니다."

그러자 학자들이 돈을 냈고, 그렇게 철학자는 이솝을 샀다. 그 거래를 알게 된 중개인들은 판 사람이 누구이고 산 사람이 누구인지 집요하게 알려고 했다. 하지만 철학자와 상인은 거의 돈이 들지 않았다고 말하기로 서로 합의했다. 그러나 이솝이 중개인들에게 말했다.

"이분이 산 사람이고, 저분이 판 사람입니다. 두 사람이 모두 부인한다면 나는 자유인이니, 내 스스로 그렇게 공포하겠습니다."

중개인들은 그렇게 재치있는 말을 듣자 웃으면서 세금을 면제했다. 그렇게 둘은 각기 자기 길을 떠났고, 이솝은 주인 크산토스를 따라갔다.

그렇게 길을 가던 중에 주인이 걸으면서 오줌을 눴다. 그것을 본 이솝이 주인의 망또를 붙잡고 말했다.

"주인님, 주인님이 저를 다른 사람에게 팔지 않으면 제가 주인님한테서 도망치겠습니다."

크산토스가 이솝에게 물었다.

"왜 그러는 거냐?"

이솝이 말했다.

"주인님 같은 분은 모실 수 없습니다."

철학자가 물었다.

"이유가 뭐냐?"

이솝이 대답했다.

"주인님같이 점잖으신 분이 걸어다니며 소변을 누면서도 전혀 부끄러워하지 않아서입니다. 주인님은 서서 소변을 보면서 자연의 섭리를 편안히 따르실 수 없습니까? 이걸 보니, 노예인 저는 주인님이 심부름을 보냈는데 용변을 보고 싶다면 주인님이 하신 것처럼 뛰어가면서 봐야 할 것 같군요. 제대로 보지 못하겠지만 말입니다."

철학자가 대답했다.

"그런 이유라면 동요하지 마라. 하지만 내가 하는 말에 귀를 잘 열거라. 나는 세 가지 안 좋은 일을 피하기 위해 걸어가면서 소변을 보는 거다. 첫번째는 태양의 열기 때문이다. 한낮이라 머리를 상하지 않기 위함이다. 두번째는 오줌을 눠서 발에 화상을 입지 않기 위함이다. 그리고 세번째이자 마지막으로는, 지린내가 코까지 오지 않도록 하기 위함이다. 걸어가면서 오줌을 누면 이런 안 좋은 것들을 피할 수 있다."

그러자 이솝이 말했다.

"주인님이 저를 만족시켜주셨습니다."

철학자가 집에 도착해 이솝에게 말했다.

"여기 문 앞에 잠시만 있어라. 그동안 나는 서재에 가서 네 마님에게 너에 대해 말하겠다."

이솝이 말했다.

"저는 주인님은 절대 기다리지 않을 테지만, 주인님이 시키시는 일은 하겠습니다."

크산토스가 집으로 들어가 아내에게 말했다.

"앞으로는 내가 당신의 노예들을 탐낸다며 나를 옥박지르지 마시오. 지금껏 더이상 잘생기고 우아하고 멋있는 놈은 보지 못했을 정도로 아주 똑똑한 놈을 사왔으니 잘 보시오."

그 말을 들은 여자 노예들은 그 말이 사실이라 믿고는 자기들끼리 서로 싸우고 다투기 시작했다. 한 여자 노예가 말했다.

"주인님이 나를 위해 남편감으로 사오신 거야."

그러자 다른 노예가 말했다.

"어젯밤 우리 주인님이 나를 결혼시켜주시는 꿈을 꾸었어."

그녀들이 그렇게 이야기하는 동안, 아내가 크산토스에게 말했다.

"당신이 그토록 칭찬하는 노예는 어디에 있는 거예요? 이리 와 보라고 하세요."

그러자 철학자가 말했다.

"문앞에 있소. 여봐라, 누가 가서 새로 사온 놈을 올라오라고 해라."

여자 노예들이 서로 부르러 가겠다고 다투는 동안, 한 여자 노예가 조용히 그를 데리러 가면서 혼잣말을 했다.

"내가 먼저 가서 남편으로 삼아야지."

곧 그녀가 문앞까지 가서 말했다.

"내가 기다리던 새로 오신 분은 어디에 계신가요?"

그러자 이솝이 그녀에게 대답했다.

"당신이 부르는 사람이 나요."

그녀가 이솝을 보고는 놀라 안색이 달라지며 말했다.

"맙소사, 얼른 도망쳐서 이 귀신한테서 멀어져야겠네! 꼬리는 어디 있는 거야?"

이솝이 말했다.

"꼬리가 필요하다면 절대 부족하지는 않지."

이솝이 집 안으로 들어가려 하자 여자 노예가 말했다.

"집 안에 있는 사람들이 너를 보면 모두 도망쳐버릴 테니 절대 들어오면 안돼."

그리고 그녀는 이솝을 보고 싶어하는 동료들에게 돌아가 말했다.

"정말이지 유감이구나. 너희들도 가서 봐봐."

그러자 그들 중 한 명이 밖으로 나가 너무나도 추하고 놀랍게 생긴 이솝을 보고는 그에게 말했다.

"미친놈 같으니. 입 다물고 나한테 손도 대지 마."

이솝이 집으로 들어와 마님 앞으로 왔다. 하지만 그녀는 그를 보자 얼굴을 돌리며 남편에게 말했다.

"당신은 어떻게 허수아비와 괴물을 노예라며 사온 거예요? 얼른 치우세요."

철학자가 대답했다.

"여보, 마음을 누그러뜨리시오. 당신의 노예로 사온 거니까. 게

다가 학식도 아주 뛰어난 녀석이라오."

그러자 그녀가 말했다.

"나는 당신이 나한테 싫증나서 다른 여자를 찾으려 한다는 걸 모를 정도로 어리석지는 않아요. 아예 드러내놓고 속 시원히 말하지 그래요? 내가 저놈하고 말을 섞느니 차라리 집을 나갈 거라 생각해서 머리가 개처럼 생긴 저놈을 데리고 온 거지요. 그러니 내 지참금이나 돌려주세요. 그럼 내가 조용히 나가겠어요."

그러자 크산토스가 이솝에게 말했다.

"너는 우리가 길을 올 때는 많은 말을 하더니, 정작 말해야 할 때는 입을 다물고 아무 말도 하지 않는구나."

그러자 이솝이 그에게 대답했다.

"주인님, 주인님의 아내가 건방지고 화를 잘 내니 지옥에나 내다버리세요."

그러자 크산토스가 말했다.

"입 닥치거라. 너는 매를 맞아 마땅하다. 내가 나 자신만큼이나 그녀를 사랑하는 게 보이지 않느냐?"

이솝이 대답했다.

"제발 간청하는데 그녀를 사랑해주십시오."

크산토스가 그에게 말했다.

"어찌 더 사랑하겠느냐?"

그러자 이솝이 거실로 들어가며 큰 소리로 말했다.

"이 철학자는 아내에게 붙잡혀 인질이 되었구나."

그러고는 마님을 돌아보며 이렇게 말하기 시작했다.

"마님, 저는 마님이 평화롭고 행복하시길 바라며 마님을 사랑하고 일하겠습니다. 마님은 마님의 남편이 젊고, 잘생기고, 똑똑하고, 늠름하고, 반듯한 노예를 사오기를 바라셨겠지요. 그 노예가 욕실에서 마님의 시중을 들고, 침대에 엎드려 마님의 발을 간지럼 태우게 말입니다. 그리고 그것도 모자라 마님이 원하신다면 그를 이렇게 말한 철학자와 혼동하려 하겠지요. '바다의 폭풍 속에 고통이 있구나. 금으로 된 입이며, 아무것도 거짓말하지 않는 입이여.' 그리고 그가 한 가장 훌륭한 말은 이렇습니다. '바다의 격정과 뒤척임이 크구나. 개천의 격정과 격노도 크구나. 가난을 참기란 힘들고 고되다. 견디기 어려운 일이란 무수히 많다. 하지만 못된 여자만큼 참기 힘든 것은 없다.' 하지만 마님은 잘생기고 늠름한 젊은 노예들이 마님을 섬기기를 원하지 않습니다. 왜냐하면 얼마 지나지 않아 마님이 남편에게 불명예와 오욕을 남기게 되기 때문입니다."

마님이 이 말을 다 듣고는 말했다.

"못생기고 기형인 것도 모자라 수다스럽고 잔인하기까지 하구나. 잔인한 것을 찾아다니는 놈이야. 대체 무슨 말로 나를 조롱하고 무시하려는 거야! 하지만 내가 참고 행실을 바로 해야지."

그러자 철학자가 말했다.

"잘 봐라 이솝, 마님이 화가 났구나."

이솝이 말했다.

"여자를 고분고분하게 하고 비위를 맞추는 게 쉽지만은 않습니다."

그러자 주인이 이렇게 말하며 이솝의 입을 막았다.

"그만하면 지나치게 말을 많이 했으니 이제 조용히 해라. 야채를 사러 갈 테니 바구니를 들고 나를 따라오너라."

그렇게 그들은 농장으로 갔다. 철학자가 야채 장수에게 말했다.

"야채를 주게."

그러자 야채 장수가 양배추와 다른 야채들이 같이 든 다발을 들어 이솝에게 주었다. 철학자가 돈을 내고 떠나려 하자, 야채 장수가 말했다.

"선생님, 선생님께 질문 하나를 여쭙고 싶으니 잠시만 기다려주십시오."

철학자가 말했다.

"기꺼이 기다려주겠다. 그대가 하고 싶은 말을 해보거라."

야채 장수가 말했다.

"선생님, 풀과 야채는 부지런히 씨를 부리고 정성껏 가꿉니다. 그런데 왜 나중에는 제 스스로 싹을 틔우고 사람이 가꾸지 않은 것들이 훨씬 더 잘 자라는 겁니까?"

그러자 크산토스는 이 철학적인 질문에 제대로 대답하지 못하며 말했다.

"그러한 일들은 신의 섭리 때문에 생기는 것이다."

그러자 이솝이 박장대소했다. 주인이 그에게 말했다.

"미친놈, 나를 비웃고 조롱하는 거냐?"

이솝이 말했다.

"주인님이 아니라, 주인님을 가르친 철학자를 조롱하는 겁니다. 그런 일이 신의 섭리 때문이라는 게 대체 어느 철학자의 답입니까? 그건 안장 장수들도 아는 얘기입니다."

크산토스가 그에게 말했다.

"그렇다면 네가 그 문제를 풀어보거라."

이솝이 대답했다.

"주인님이 분부하신다면, 그거야 쉬운 일이지요."

그러자 스승이 야채 장수를 돌아보며 말했다.

"학교에서 가르치는 철학자에게는 농장에서 문제에 답하고 말하는 게 적합하지 않네. 하지만 이런 문제에 배움이 있는 내 노예가 그 문제를 풀 것이네. 그러니 그에게 청해보게."

그러자 야채 장수가 말했다.

"이 지저분한 놈이 글을 안다고요? 아이고, 말도 안돼!"

그러고는 이솝에게 말했다.

"야, 이놈아, 네가 이런 일에 대해서 안다고?"

그러자 이솝이 대답했다.

"내 생각에는 그런 것 같습니다. 하지만 잘 들으세요. 왜 혼자 싹을 틔우고 사람이 가꾸지 않은 것들이 당신이 씨를 뿌리고 정성껏 가꾼 야채들보다 훨씬 더 잘 자라느냐고 물었지요. 귀를 잘 열고 들으십시오. 자식들이 딸린 과부가 자식들이 딸린 홀아비와 결혼하면 그 과부는 한쪽 아이들에게는 어머니고, 다른 아이들에게는 계모입니다. 그리고 친자식과 의붓자식 사이에는 크나큰 차이점이 있지요. 왜냐하면 친자식들은 크나큰 애정과 정성으로 자라지만, 의붓자식들은 소홀한 대접을 받고, 또 많은 경우에는 미움까지 받으며 자라니까 말입니다. 마찬가지로 땅은 혼자 저절로 싹을 틔운 풀에게는 어머니이고, 인간의 손으로 씨가 뿌려진 야채들에게는 계모가 되는 거지요."

그 말을 들은 야채 장수가 그에게 말했다.

"네놈이 큰 근심을 덜어주었구나. 감사의 뜻으로 너에게 야채를 주겠다. 그리고 필요할 때면 언제든 와서 농장에 있는 건 뭐든지 마음대로 가져가거라."

삼일 후, 철학자가 다른 식구들과 친구들과 함께 목욕을 가려고 하면서 이솝에게 명했다.

"얼른 집에 가서 솥에 렌즈콩을 넣고 푹 익혀라."

이솝은 집으로 달려가서 부엌으로 들어가 렌즈콩 한 알을 솥에 집어넣고 적당하게 익을 때까지 삶았다. 그후 목욕을 마친 크산토스가 친구들에게 말했다.

"오늘은 나와 함께 렌즈콩을 먹도록 하지. 물론 친구들끼리는 음식의 가치를 볼 것이 아니라, 음식을 주는 사람의 마음을 생각해야 한다네."

그렇게 그들은 식사를 하러 왔고, 주인이 이솝에게 명했다.

"손 씻을 물을 떠오너라."

잠시 후 이솝이 발 대야를 들고 화장실로 가서 물을 채워 주인에게 가져왔다. 고약한 냄새가 나자 주인이 말했다.

"이게 뭐냐? 머리에 고약한 생각만 들어 있는 놈 같으니. 너 미쳤느냐? 이건 치워버리고 물동이를 가져오너라."

그러자 이솝은 얼른 물이 없는 물동이를 가지고 왔다. 철학자가 불쾌해하며 말했다.

"이 녀석아, 너는 이것보다 훨씬 많이 알고 있지 않느냐."

이솝이 그에게 대답했다.

"예전에 주인님께서 저에게 시킨 일만 하라고 하셨습니다. 주인님은 물동이에 물을 받아와서 주인님의 발을 닦으라고 하지 않으셨고, 수건과 식탁보, 그 외 필요한 것들을 준비하라고 명하지 않으셨습니다. 주인님은 이 말만 하셨습니다. '물동이를 가져와라.' 그래서 저는 그것을 주인님께 가져다드린 겁니다."

그러자 철학자가 친구들에게 말했다.

"내가 노예가 아니라 스승과 지배자를 샀군그래."

그들이 모두 식탁에 앉자 이솝의 주인이 그에게 명했다.

"렌즈콩이 다 익었으면 가져오너라."

그러자 이솝이 솥에 든 렌즈콩을 수저로 꺼내 식탁으로 가져왔다. 주인은 이솝이 콩이 익었는지 보라고 가져온 것으로 생각하고는 손가락으로 콩을 으깨보고 말했다.

"잘 익었구나. 콩을 가져와라. 이제 식사를 해야겠다."

그러자 이솝은 식탁 위에 빈 그릇만 올려놓았다. 크산토스가 말했다.

"콩은 어떻게 되었느냐?"

그가 대답했다.

"지금 수저에 떠서 가져다드렸습니다."

주인이 말했다.

"그래, 콩 한 알이지. 콩 요리를 가져오란 말이다."

이솝이 말했다.

"주인님은 단수로 렌즈콩을 삶으라고 하셨지, 복수로 말씀하지 않으셨습니다."

그러자 철학자가 심란해하며 식탁에 있던 사람들에게 말했다.

"분명히 이놈이 나를 미치게 할 걸세!"

그리고는 이솝에게 명했다.

"내가 내 친구들에게 웃음거리가 되는 걸 보고 싶지 않다면, 얼른 가서 돼지 발 네 개를 사서 빨리 삶아 식탁에 내와라."

이솝은 가서 돼지 발을 사와 솥에 넣고 삶기 시작했다. 그러자 그의 주인은 이솝을 벌주고 때릴 구실을 찾았다. 그래서 이솝이 잠시 다른 일을 하는 사이 솥에서 발 하나를 꺼내 숨겼다. 잠시 후 이솝이 솥을 열어보고는 돼지 발이 세 개만 있는 것을 알아차렸다. 이솝은 어떻게 된 일인지 생각하다가, 마구간으로 내려가 그곳에 있던 돼지의 발을 잘라 다시 올라와 솥에 넣었다. 하지만 크산토스는 발을 찾지 못한 이솝이 맞을 것이 두려워 도망칠까봐 걱정했다. 그래서 이솝이 아래로 내려간 사이 발을 다시 솥에 집

어넣었다. 돼지 발이 모두 삶아지자 이솝은 접시 위로 솥을 비웠다. 그러자 돼지 발이 다섯 개가 나왔다. 그것을 본 크산토스가 말했다.

"이게 뭐냐? 돼지 한 마리에 발이 다섯 개가 달렸느냐?"

이솝이 말했다.

"그럼 돼지 두 마리에는 발이 몇개 있습니까?"

크산토스가 말했다.

"여덟 개지."

이솝이 말했다.

"그런데 여기는 다섯 개입니다. 그리고 아래에 있는 돼지에게는 발이 세 개밖에 없습니다."

그러자 크산토스가 친구들에게 말했다.

"내가 분명히 이놈이 나를 미치게 만들 거라고 하지 않았나."

이솝이 말했다.

"주인님은 분명히 이 모든 일이 제대로 된 판단과 이성에 따라 이뤄진 게 아니며, 적절하지 않은 일이라는 걸 잘 아실 겁니다."

그렇게 철학자는 이솝을 때릴 적당한 구실을 찾지 못하자 입을 다물고 자기 마음을 숨겼다.

다른 날, 크산토스가 책을 읽고 있는 강의실로 학자들이 찾아와 그중 한 명이 그를 저녁식사에 초대했다. 저녁을 먹던 중에 철학자가 음식 일인분을 들어 이솝에게 주며 말했다.

"집에 가서 이것을 나를 가장 사랑하는 이에게 주거라."

그러자 이솝이 집으로 향하며 혼잣말을 했다.

"이제 마님은 내가 한 말에 드디어 복수할 기회가 생겼어. 이제 주인님이 마님을 얼마나 사랑하는지 분명하게 드러나겠지."

그러고는 이솝은 집 안으로 들어가 집에 있는 사람들과 함께 앉고는, 마님의 이름을 부르면서 음식이 담긴 그릇을 앞에 내려놓고 말했다.

"마님, 마님은 여기 있는 이 음식은 좋아하지 않으시지요?"

그러자 그녀가 말했다.

"너는 늘 미친놈처럼 구는데다 미친 짓만 골라서 하는구나."

이솝이 말했다.

"이 음식은 크산토스 어르신께서 마님이 아니라 자기를 가장 사랑하는 이에게 보낸 겁니다."

그러고는 암캐가 음식 냄새를 맡고 꼬리를 흔들며 쫓아오자 암캐에게 음식과 뼈를 주면서 말했다.

"주인님이 다른 사람이 아닌 너에게 이 음식을 주라고 명하셨단다."

그리고 나서 이솝이 철학자에게 돌아가자, 철학자가 그에게 물었다.

"나를 가장 사랑하는 이에게 그 음식을 주었느냐?"

이솝이 대답했다.

"네, 제가 음식을 주었고, 내 앞에서 모두 먹어치웠습니다."

크산토스가 물었다.

"먹으면서 뭐라 하더냐?"

이솝이 대답했다.

"당연히 아무 말도 하지 않았습니다. 하지만 주인님을 원하고 사랑하는 것 같아 보였습니다."

그러나 그것을 본 크산토스의 아내는 흐느끼면서 방으로 들어갔다.

학자들은 실컷 먹고 마시고 난 다음 각자 돌아가며 문제를 냈다. 그들 중 한 명이 인간에게 어떤 때가 가장 다급하고 힘든 때인지 물었다. 머리가 빨리 돌아가는 이솝이 다른 사람들 뒤에 있다가 대답했다.

"죽은 자들이 다시 살아나 각기 자기 몸을 찾아다닐 때입니다."

그 말을 들은 학자들이 말했다.

"정말이지 날카로운 놈이군. 절대 어리석거나 정신이 나간 게 아니야. 생각이 열린데다 제 주인에게 확실하게 배웠어."

이번에는 다른 사람이, 도살장에 끌려가는 동물들은 조용히 끌

려가고 시끄럽게 울지 않는데 왜 돼지는 잡히지 않으려고 몸부림을 치고 시끄럽게 꽥꽥거리며 난리를 치는지 물었다. 이에 이솝이 좀전처럼 대답했다.

"소와 양 같은 다른 동물들은 젖을 짜고 털을 깎는 데 익숙하기 때문에 그것 때문에 간다고 생각해 칼을 두려워하지 않고 조용히 있습니다. 하지만 돼지는 그렇지 않습니다. 우리는 돼지에게 젖이나 털은 원하지 않고 오로지 고기와 피만 얻으려고 합니다. 그래서 사람들이 잡아가려고 하면 그렇게 비명을 지르고 난리를 치는 겁니다."

그러자 학자들은 모두 그 말에 수긍하고 이솝을 칭찬하고는 흐뭇해하며 각자 집으로 돌아갔다.

집으로 돌아온 스승은 방으로 들어가 울고 있는 아내를 위로하기 시작했다. 그러자 그녀가 얼굴을 돌리며 그에게 말했다.

"저리 가요! 손대지 말아요!"

그러자 철학자가 달콤한 말을 늘어놓으며 그녀를 설득했다.

"당신은 나의 기쁨이오. 그러니 당신의 남편인 나에게 화를 내고 슬픈 모습을 보이는 건 옳지 않소."

그러나 그녀는 더이상은 그와 함께 있고 싶지 않다며, 자기를 집에서 내보내달라고 했다.

"당신이 음식을 보내준 암캐나 불러서 아부하시지."

상황을 모르는 그가 말했다.

"이솝이 잔치에서 당신한테 뭘 가져다줬소?"

그녀가 대답했다.

"아무것도 가져오지 않았어요."

철학자가 말했다.

"나는 당혹스럽소. 분명히 내가 당신 먹으라고 이솝 편에 보냈
단 말이오."

그녀가 말했다.

"나한테요?"

철학자가 대답했다.

"그렇소."

그녀가 대답했다.

"당신은 나에게 보내지 않았어요. 이솝이 암캐한테 보냈다고
했어요."

그러자 크산토스가 말했다.

"누가 그 노예 놈을 불러오너라!"

잠시 후 이솝이 오자 그의 주인이 그에게 말했다.

"누구에게 그 음식을 주었느냐?"

그가 대답했다.

"주인님이 분부하신 대로, 주인님을 가장 사랑하는 이에게요."

크산토스가 아내에게 말했다.

"이솝이 하는 말 잘 들었소?"

그녀가 대답했다.

"그의 말은 들었어요. 하지만 내가 말하고 또다시 말하건대, 그
는 암캐에게 음식을 가져다주었지, 나에게는 아무것도 가져오지
않았어요."

그러자 주인이 이솝에게 말했다.

"이 못된 놈아, 대체 누구한테 주었느냐?"

그가 대답했다.

"주인님이 명한 이에게요."

주인이 말했다.

"나는 그걸 나를 가장 사랑하는 이에게 갖다주라고 했다."

이솝이 말했다.

"그래서 주인님을 가장 사랑하는 이에게 갖다주었습니다."

철학자가 말했다.

"그러면 그게 누구더냐, 이 망할 놈아?"

그러자 이솝이 암캐를 부르며 말했다.

"이놈이 주인님을 가장 사랑하는 이입니다. 주인님이 사랑하시는 마님은 절대 주인님을 사랑하는 게 아닙니다. 마님은 아주 사소한 일에도 주인님을 모욕하고, 따지고, 성질나는 대로 말하고, 그리고 나서는 화를 내고 집을 나갑니다. 하지만 개는 아무리 주인님이 때리고 귀찮게 해도 절대 나가지 않습니다. 게다가 주인님이 다시 부르면 꼬리를 다리 사이로 감추고 와서 주인님에게 알랑거리며 비위를 맞춥니다. 그러니 주인님은 '나를 가장 사랑하는 이에게'라고 말씀하시지 말고 '이것을 내 아내에게 갖다주거라'라고 말하셔야 했습니다."

그러자 크산토스가 말했다.

"여보, 그게 내 잘못인지 심부름한 놈의 잘못인지 당신도 이미 보았잖소. 자, 당신에게 애원하니, 이제 그만 화를 푸시오. 내가 나중에 저놈을 제대로 벌주어 때릴 명분을 찾아보겠소."

그러자 그녀가 말했다.

"이제 앞으로 나와는 아무 일도 하지 못할 테니, 당신 마음대로 하세요."

그러고는 그녀는 잠시 기다렸다가 아무도 모르게 집을 나가 친척들에게 갔다. 남편은 아내가 떠난 것을 알고는 매우 화를 내기도 하고 슬퍼하기도 했다. 그러자 이솝이 그에게 말했다.

"이제 마님이 아니라 암캐가 진정으로 주인님을 사랑한다는 걸 보셨지요?"

며칠 동안 그녀가 집으로 돌아오지 않자 남편은 그것 때문에 많이 속상해하며 견디기 힘들어했다. 그는 그녀에게 사람을 보내 집으로 돌아오라고 애원했다. 하지만 그녀는 남편 말에 따르려 하지 않고, 오히려 갈수록 더욱 고집을 피우며 냉정하게 말했다.

"그에게는 절대 돌아가지 않을 거야."

그러자 이솝이 크산토스에게 말했다.

"주인님, 기뻐하십시오. 주인님이 부르거나 애원하지 않아도 마님이 알아서 집으로 달려오시도록 하겠습니다."

그러고는 이솝은 다음날 돈을 갖고 시장에 가서 닭과 거세한 닭, 공작새, 거위를 샀다. 그런 다음 주인의 아내가 머물고 있는 거리로 가서 그녀가 어디에 있는지 모르는 척 시치미를 떼며 그 집에서 나오는 노예에게 마을에서 치러질 결혼식에 필요한 물건들과 새들을 팔라며 부탁했다. 노예가 누가 결혼하느냐고 묻자 이솝이 대답했다.

"철학자 크산토스가 내일 아내를 맞이해 성대한 결혼식을 올립니다."

그 말을 들은 노예는 얼른 집으로 들어가 크산토스의 아내에게 그 모든 사실을 고했다. 그러자 아내는 슬퍼하고 소리를 지르며 남편인 철학자의 집으로 서둘러 달려갔다. 그녀가 집으로 들어서면서 말했다.

"바로 이런 이유 때문에 당신이 그 못된 노예를 동원해 나를 무시한 거예요? 하지만 당신 뜻대로는 되지 않을 거예요. 내가 살아있는 한 이 집에 다른 여자는 절대 들어오지 못해요. 내가 당신한테 하는 말이에요, 크산토스."

며칠 후 크산토스가 제자들을 식사에 초대하며 이솝에게 말했다.

"아주 좋고, 달콤하고, 맛있는 것을 사오너라."

그러자 이솝이 시장에 가면서 혼잣말을 했다.

"내가 식사를 제대로 차릴 줄 아는 사람이라는 걸 이제 보여주겠어."

그러고는 정육점으로 가서 오로지 돼지 혀만 잔뜩 샀다. 그러고는 돼지 혀를 요리해 식탁에 내놓았다. 철학자가 제자들과 함께 앉아 이솝에게 음식을 가져오라고 했다. 이솝은 식초 쏘스와 함께 혀를 내놓았다. 그러자 제자들이 스승을 칭찬하며 말했다.

"스승님, 스승님의 만찬에는 철학이 가득 들어 있습니다."

그러고 나서 잠시 후 크산토스가 이솝에게 명했다.

"다른 음식을 내오너라."

이에 이솝이 다시 후추와 마늘 쏘스로 요리한 혀를 가져왔다. 그러자 학자들이 말했다.

"스승님, 혀가 혀를 자극하니, 혀가 제대로 나온 것 같습니다."

잠시 후 주인이 이솝에게 말했다.

"이제 다른 음식을 좀 내오너라."

이솝이 다시 혀를 내놓자, 손님들이 화가 나서 말했다.

"대체 언제까지 혀가 나오는 거야?"

철학자가 화가 나서 이솝에게 말했다.

"다른 먹을 것은 없느냐?"

이솝이 대답했다.

"물론 다른 것은 없습니다."

그러자 크산토스가 말했다.

"오, 고약한 놈. 내가 너한테 아주 좋고, 달콤하고, 맛있는 걸 사오라고 하지 않았더냐?"

이솝이 대답했다.

"주인님께서 그렇게 분부하셨지요. 하지만 저는 여기 계신 분들이 철학자인 것을 신들께 감사드립니다. 그러나 어느 것이 혀보다 훨씬 좋고 달콤한지 주인님께 여쭤보고 싶습니다. 분명 모든 교리와 예술과 철학이 혀에 의해 세워지고 정리되기 때문이지요. 즉, 주고, 갖고, 인사하고, 재판하는 것과, 상품, 영광, 학문, 결혼, 집, 도시 들이 모두 혀로 인해 만들어집니다. 인간들은 혀로 인해 칭찬을 받고, 인간들의 거의 전 생애가 혀에 근거하고 있지요. 그러니 불멸의 신들이 인간에게 하사한 것 중에서 혀보다 더 좋고, 더 달콤하고, 더 유익한 것은 없습니다."

그러자 학자들이 이솝을 껴안으며 말했다.

"이솝은 정말 말을 잘하는군요. 그러니 스승님께서 이를 다르게, 나쁘게 생각하신 건 아무래도 실수하시는 것 같습니다."

다음날, 스승은 제자들에게 사과하려는 마음으로 그들에게 말했다.

"어제는 그 쓸모없는 노예 때문에 내가 명한 대로 저녁을 먹지 못했구나. 오늘은 음식을 바꿔보겠다. 내가 너희들이 보는 앞에서 명을 내릴 테니 잘 보거라."

그러고는 이솝을 불러 말했다.

"여기 있는 모든 이들이 나와 함께 식사할 것이다. 그러니 네가 찾을 수 있는 것 중에서 가장 나쁘고 쓴 것으로 저녁식사를 준비해라."

그렇지만 이솝은 아무 겁도 없이 정육점으로 가서 지난번과 마찬가지로 혀를 사왔다. 그러고는 지난번과 같은 방법으로 혀를 요리해 상을 차렸다. 오후가 되어 학자들이 저녁식사를 하기 위해 자리에 앉자, 크산토스가 이솝에게 말했다.

"저녁식사를 이리 내오너라."

노예는 똑같은 쏘스와 함께 혀를 식탁에 내놓았다. 그러자 학자들이 말했다.

"또 혀를 먹게 되는군. 또다시 혀를 가져왔으니."

저녁을 먹으러 온 사람들이 화를 내고 참을성있게 받아들이지 않자 철학자가 이솝에게 말했다.

"내가 어제 너에게 가장 좋고 달콤한 걸 가져오라 하지 않았더냐? 그리고 오늘은 너에게 가장 나쁘고 쓴 것을 가져오라고 했다. 분명 너에게 그리 명했다."

이솝이 대답했다.

"주인님께서 하신 말씀은 모두 사실입니다. 하지만 혀보다 더 나쁘고 악취를 풍기는 게 또 있는지 말씀해주십시오. 인간들은 혀 때문에 죽습니다. 인간들은 혀 때문에 가난하게 되고, 혀 때문에 도시가 파괴되고, 혀 때문에 모든 재난을 맞이합니다."

그러자 식탁에 앉아 있던 사람들 중 한 명이 크산토스에게 말했다.

"스승님이 이놈을 이해하려 하신다면 틀림없이 미치고 말 겁니다. 이놈의 마음 씀씀이는 이놈의 몸 생김새와 똑같습니다."

그러자 이솝이 말했다.

"당신은 아주 고약한 선동자요. 주인님께 노예에 대해 나쁜 말만 골라서 하는군. 게다가 다른 사람들보다 훨씬 남의 일에 관심이 많고 입도 거칠고."

크산토스는 이솝을 벌줄 방법을 찾다가 그에게 말했다.

"너는 철학자에게 남의 일에 관심이 많고 걱정이 많다고 했다. 네가 남의 일에 신경을 쓰지 않는 사람을 데려와 보여다오."

이솝은 집을 나서서 주인이 원하는 사람을 찾아다니다가 한 농부에게 말했다.

"나의 주인님이신 철학자가 당신을 식사에 초대하셨소."

농부는 자기가 왜 모르는 사람에게 초대를 받았는지 묻지도 않은 채 당당하게 이솝을 따라갔다. 그리고 진흙이 잔뜩 묻은 신발을 그대로 신은 채 집으로 들어가 아무 신경도 쓰지 않고 다른 사람들과 함께 식탁에 앉았다. 그러자 크산토스가 아내에게 말했다.

"내가 확실한 명분을 갖고 이솝을 때리려 하오. 다른 사람들도 금방 우리를 따르기로 했소. 그러니 내가 당신에게 하는 말을 인내심을 갖고 듣고, 그것 때문에 절대 화내지 마시오."

그러고는 잠시 후 큰 소리로 말했다.

"부인, 대야에 물을 받아와서 이 농부의 발을 씻겨주시오."

철학자는 그렇게 하면 농부가 민망해서 집을 떠날 테고, 그러면 이솝을 때릴 수 있으리라 생각했다. 그녀는 남편이 명한 대로 대야에 물을 받아 농부의 발을 씻겨주었다. 농부는 그녀가 안주인인 것을 알고는 혼자 속으로 말했다.

"왜 나를 이렇게 귀하게 대접하는 거지? 노예들과 하녀들을 놔두고 자기 아내에게 내 발을 씻기라고 명하다니!"

그러고는 그는 그녀가 발을 씻기도록 내버려두었으며, 발을 다 씻고 나자 기분이 훨씬 좋아졌다. 잠시 후 철학자는 아내에게 직접 술시중을 들게 했다. 그러자 농부가 혼자 속으로 말했다.

"그들이 먼저 술을 마시는 게 옳은 일이지만, 이게 주인의 뜻이라면 그의 말에 따라야겠군."

그러고는 잔을 들어 과감하게 마셨다. 식사를 시작하자 철학자는 그에게 생선을 먹으라고 권하며 그의 앞에 생선 한 마리를 갖다놓았다. 농부는 아무 신경도 쓰지 않고 아주 기꺼이 맛있게 먹었다. 철학자가 이것을 보고 요리사를 불러 말했다.

"이 생선은 모양도 엉망이고 맛도 없구나."

그러고는 요리사의 옷을 벗겨 때리라고 명했다. 그러자 농부가 혼자 속으로 말했다.

"이 생선에는 어느 쏘스도 모자라지 않는데도 요리사가 아무 이유도 없이 매를 맞는군. 하지만 요리사가 매를 맞든 맞지 않든 그게 나랑 무슨 상관이람. 나야 좋은 음식으로 배만 채우면 되지."

크산토스는 초대받아 온 농부가 생선을 먹는 것을 보고는 입을 다물었다.

잠시 후 농부는 벽돌처럼 큼지막한 조각으로 식탁에 내온 빵을 자르기 시작했고, 크산토스는 그것을 보지 못하고 먹기 시작했다. 철학자는 농부가 너무나도 맛있게 허겁지겁 먹는 것을 보고는 빵 만든 사람을 불러 말했다.

"이 지저분하고 치졸한 놈! 왜 빵에 꿀이나 후추를 뿌리지 않았더냐?"

빵 만든 사람이 대답했다.

"이 빵이 제가 만든 빵인데도 제대로 되지 않았다면 제가 죽을 때까지 벌을 주십시오. 이 빵이 제가 만든 빵이 아니라면 어르신의 아내가 잘못이지 제 잘못은 아닙니다."

크산토스가 말했다.

"내 아내가 잘못한 거라면, 그녀를 산 채로 태워버리겠다."

철학자는 가만히 있던 아내를 돌아보며, 이솝을 때리려고 하는 거니 아무 대꾸도 하지 말라고 넌지시 말했다. 그러고는 하인들 중 한 명에게 명했다.

"포도 덩굴을 가져와 화장실 위에 놓고 불을 지펴라. 그리고 너와 이솝은 내 아내를 끌고 가서 태워라."

철학자는 농부가 그 말을 들으면 얼른 일어나 말리고 훼방을 놓을 거라 생각하며 일부러 그렇게 말했다. 하지만 농부는 혼자 속으로 말했다.

"이 사람이 아무 이유도 없이 자기 아내를 죽이려고 하는군."

그러고는 크산토스에게 말했다.

"어르신, 제발 부탁이니, 어르신의 아내를 태우려 하신다면 잠시만 기다려주십시오. 함께 태울 수 있도록 얼른 제 아내도 데려오겠습니다."

그 말을 들은 크산토스가 놀라며 말했다.

"이 남자의 마음이야말로 곧고 무신경하군."

그러고는 이솝을 돌아보고 말했다.

"네가 나를 이긴 게 분명하다. 하지만 앞으로는 그렇게 호락호락하지 않을 것이다. 네가 나를 충직하고 성실하게 모시기만 하면 너에게 곧 자유를 주마."

이솝이 대답했다.

"저야말로 매사에 늘 그렇게 할 것입니다. 그러니 주인님이야 말로 저를 불공평하게 벌주려 하지 마십시오."

삼일 후 철학자가 이솝에게 말했다.

"목욕탕에 사람들이 많이 있는지 보거라. 사람들이 많지 않으면 씻으러 가야겠다."

그래서 이솝이 그곳으로 가다가 도시의 시장을 만났다. 시장은 이솝이 크산토스의 노예인 것을 알고 그에게 물었다.

"익살맞은 놈, 어디 가는 거냐?"

이솝이 대답했다.

"그야 저도 모르지요."

시장은 이솝이 자기를 놀린다고 생각하고는 그를 감옥으로 끌고 가라고 명했다. 이솝이 끌려가면서 말했다.

"시장 어르신, 저는 어디로 가는지 모른다고 진실을 말했습니다. 조금 전까지만 해도 제가 감옥으로 끌려갈 줄은 전혀 생각도 하지 못했으니까요."

그 말을 들은 시장은 웃으면서 이솝을 풀어주라고 명했다.

잠시 후 이솝은 사람들이 북적이는 목욕탕으로 가서, 그곳을 들어오고 나가는 모든 사람들이 커다란 돌에 걸려 넘어지는 것을 보았다. 마침내 목욕탕 앞에 앉아 있던 한 사람이 자기 발이 그 돌에 걸려 다치자 돌을 한쪽으로 치워놓았다. 그것을 본 이솝이 집으로 돌아와 주인에게 목욕탕에는 사람이 한 명밖에 없다고 말했다. 그러자 철학자가 그에게 말했다.

"그러면 필요한 물건들을 챙겨 목욕탕으로 가자."

철학자는 목욕탕에 들어서다가 사람들이 엄청나게 많은 것을 보고는 버럭 화를 내며 이솝에게 말했다.

"이 고약하고 못된 놈아, 왜 목욕탕에 사람이 한 명밖에 없다고 말했느냐?"

이솝이 대답했다.

"제가 그렇게 말씀드렸지요. 여기 이 사람들 중에는 사람이 한 명밖에 없었습니다. 제 말을 들으시면 제가 진실을 말했다고 생각하실 겁니다. 주인님이 보고 계신, 저 구석에 있는 돌멩이는 제가 여기 왔을 때 문 입구에 있었습니다. 그리고 들락거리는 모든 사람들이 돌멩이 때문에 다쳤습니다. 그런데도 한 사람만 제외하고는 그 돌멩이를 치우는 사람이 아무도 없었습니다. 그 한 사람이 돌멩이를 치워 지금 저기 보고 계신 곳에다 옮겨놓았습니다. 그래서 저는 다른 사람들이 아닌 그 사람만을 사람으로 보았습니다."

그러자 철학자가 대답했다.

"너는 변명하는 데는 전혀 시간이 걸리지 않는구나."

크산토스는 목욕탕에서 나와 상쾌한 마음으로 집에 도착해 변을 보았다. 이솝은 그가 씻을 수 있도록 기다리며 물 항아리를 들고 옆에 서 있었다. 크산토스가 이솝에게 물었다.

"왜 사람들이 밖으로 나와 용변을 보고 나서 자기 변을 쳐다보는지 말해봐라."

이솝이 대답했다.

"아주 옛날에 한 현자가 화장실에서 용변을 보고 있었습니다. 그는 똥 누는 걸 즐기며 오랜 시간을 앉아 있다가 그만 똥과 함께 뇌까지 빠져나가버렸습니다. 그래서 그때부터 사람들은 그런 비슷한 일을 당할까봐 밖에서 용변을 볼 때면 항상 자기 똥을 살펴보는 거랍니다. 그렇지만 어르신은 잃어버릴 것도 없으니 그런 걱정 하지 마세요."

머칠이 지난 어느날, 크산토스는 손에 잔을 들고 친구들과 함께 앉아 있었다. 그가 친구들이 묻는 수많은 다양한 문제들에 당혹스러워하자, 이솝이 그에게 말했다.

"주인님, 친구들과 함께하는 잔에는 세 가지 힘이 들어 있다고 디오니소스의 책에서 읽었습니다. 첫번째 힘은 기쁨이고, 두번째 힘은 즐거움이고, 세번째 힘은 광기라고 했습니다. 주인님께 애원하건데, 부디 즐겁게 즐기시고 다른 것은 그만두십시오."

그러자 술에 취한 크산토스가 말했다.

"지옥에나 처박힐 놈, 입 다물어라."

이솝이 대답했다.

"주인님이 지옥에 가시더라도 절대 제게는 복수하지 마십시오."

크산토스가 술이 과한 것을 눈치챈 학자들 중 하나가 그에게 말했다.

"스승님, 말씀해주십시오. 사람이 혼자서 바닷물을 모두 마실 수 있을까요?"

철학자가 대답했다.

"못 마실 것도 없지. 나도 바닷물을 몽땅 마실 수 있는데 말이다."

제자가 말했다.

"만일 스승님이 바닷물을 모두 마시지 못한다면 무엇을 거시겠습니까?"

크산토스가 대답했다.

"내가 마시지 못한다면 우리 집을 걸겠다."

이에 사람들이 증표로 반지를 걸어 내기를 하고는 각자 자기 집으로 향했다.

다음날 아침, 크산토스가 일어나 세수를 하다가 손에 반지가 없는 것을 보고 이솝에게 물었다.

"내 반지가 어떻게 됐는지 아느냐?"

이솝이 말했다.

"아니요, 주인님. 하지만 곧 우리가 이 집의 손님이 될 거라는 건 확신합니다."

크산토스가 그에게 말했다.

"왜 그런 말을 하는 거냐?"

이솝이 대답했다.

"주인님이 어제 바닷물을 모두 마실 거라고 내기를 거셨기 때문이지요. 그에 대한 증표로 반지를 거셨습니다."

그 말을 들은 크산토스가 놀라 말했다.

"내가 무슨 수로 바닷물을 몽땅 마실 수 있단 말이냐? 그건 불가능한 일이야!"

이솝이 말했다.

"하지만 그렇게 되었습니다."

크산토스가 말했다.

"내가 너에게 애원하마. 그 내기에서 이길 수 있을지, 아니면 적어도 그 내기를 없던 것으로 할 수 있을지, 네가 머리를 짜내서 나를 도와주거라."

이솝이 말했다.

"주인님이 이길 수는 없습니다. 하지만 내기를 없던 걸로 해서 무를 수는 있습니다."

크산토스가 이솝에게 말했다.

"어떻게 하면 되는지 방법을 나에게 알려다오."

이솝이 말했다.

"이렇게 하시면 됩니다. 상대방이 주인님께 약속한 것을 내놓으라고 요구하면, 그때 가서 바닷가에다 돗자리와 상을 펴고 필요한 모든 준비를 마친 다음 하인들과 물 따르는 사람들을 데려다놓으라고 하십시오. 그러고 나서 마을 사람들이 모이면 주인님께서는 잔과 주전자, 항아리를 바다에 씻으라고 하십시오. 그런 다음 바닷물이 가득 든 잔을 손에 들고, 내기를 걸어 약속한 사실을 모두 공포하십시오. 하지만 술을 마시지 않고도 주인님이 취했을 때 약속한 대로 신중하게 확인하고 이렇게 말하십시오. '사모스의 시민 여러분, 많은 강과 여러 개천이 바다로 흘러든다는 것은 잘 알려진 사실입니다. 상대방이 바다로 들어오는 강을 모두 막아준다면 그와 내기를 건 것을 지켜 바닷물을 모두 마시겠습니다.'"

크산토스가 이솝의 말대로 하자 모든 마을 사람들이 손뼉을 치며 철학자에게 더이상 하지 말라고 외쳤다. 그러자 크산토스에게 맞섰던 상대가 그의 발아래 엎드리며 말했다.

"위대하신 스승님이시여, 어르신께서 신중하고 기꺼이 그 내기를 거둬들여 없던 걸로 해주시기를 이렇게 애원합니다. 제가 졌습니다."

모든 마을 사람들의 애원과 함께 철학자가 이를 허락했다. 그렇게 해서 철학자는 이솝의 충고를 따라 자기가 저지른 실수에서 무사히 벗어났다.

그러고 나서 그들이 집으로 돌아오자, 이솝은 자기에게 응당한 상을 내려 자기를 자유인으로 만들어달라고 애원했다. 그러자 크산토스가 그에게 악담을 퍼부으며 말했다.

"고약한 놈, 오늘은 내게서 아무것도 얻지 못할 테니 얼른 꺼져라. 문밖으로 나가서 까마귀 두 마리가 보이면 나한테 알려다오. 두 마리를 보면 좋은 징조다. 하지만 한 마리만 보면 나쁜 징조이니라."

이솝은 집 밖으로 나가 나무에 까마귀 두 마리가 앉아 있는 것을 보고 집으로 돌아와 주인에게 말했다. 하지만 철학자가 집 밖으로 나갔을 때는 한 마리는 이미 날아가버리고 한 마리밖에 보이지 않았다. 그가 이솝에게 말했다.

"고약한 놈, 네가 봤다는 까마귀 두 마리는 어디 있느냐?"

이솝이 대답했다.

"제가 주인님께 말하러 들어갔을 때 한 마리가 날아갔습니다."

크산토스가 말했다.

"네놈이 늘 계략과 음흉한 생각으로 나를 골탕먹이는 데 이골이 났다. 하지만 드디어 네 잘못을 되갚아줄 때가 되었구나."

그러고는 철학자는 이솝의 옷을 벗겨 사정없이 때리라고 명했다. 이솝이 맞고 있는 동안 집에서 시중드는 아이가 와서 식사 준비가 되었다며 크산토스를 불렀다. 그러자 이솝이 말했다.

"아, 그 무엇보다 기구한 내 팔자야! 까마귀 두 마리를 본 나는 잔인하게 매를 맞고, 한 마리만 본 크산토스는 맛있는 식사를 하는구나! 그러니 좋은 징조를 보고도 나보다 더 기구한 사람은 없을 거야!"

크산토스는 이솝의 말과 날카로운 생각을 듣고는 그를 때리고 있던 사람들에게 말했다.

"그가 안됐으니 이제 그만 매질을 멈추거라."

며칠 후 크산토스가 이솝에게 말했다.

"훌륭한 쏘스와 함께 우아하고 멋진 식사를 준비하거라."

이솝은 필요한 물건을 사서 집으로 돌아와, 방 안에서 자고 있

는 마님을 보고 말했다.

"마님, 제가 여기에 놓는 음식들을 개가 먹지 않도록 봐주십시오."

그녀가 대답했다.

"내 엉덩이에는 눈이 달려 있으니, 너는 아무 걱정 하지 말고 가보거라."

이솝이 필요한 것을 준비해 다시 방 안으로 돌아와보니, 그녀가 엉덩이를 식탁 쪽으로 돌리고 잠을 자고 있었다. 이솝은 조금 전에 그녀가 한 말을 떠올리고는, 그녀의 치마를 엉덩이 있는 데까지 걷어올려 훤히 드러낸 엉덩이를 식탁 쪽으로 하고 자게 했다. 철학자가 집으로 들어오다가 아내가 허리 아래를 드러내놓고 자고 있는 모습을 보고는, 자기와 함께 있던 학자들 앞에서 너무나도 창피하고 기가 막혀 이솝을 불러 말했다.

"이 막돼먹은 놈아! 이게 무슨 일이냐?"

이솝이 대답했다.

"주인님, 제가 부엌에서 음식을 준비하는 동안 개가 식탁에 올려놓은 음식을 먹지 못하도록 마님께 감시해달라고 부탁드렸습니다. 그랬더니 마님께서 엉덩이에도 눈이 달려 있으니 아무 걱정 말라고 하셨어요. 나중에 제가 다시 들어와보니까 마님께서 주무시고 계셨습니다. 그래서 마님의 엉덩이에 붙은 눈이 식탁에 올려놓은 음식을 잘 감시할 수 있도록 제가 조용히 마님의 치마를 걷어올려놨지요."

그러자 크산토스가 말했다.

"고얀 놈 같으니, 네가 못된 짓을 수도 없이 많이 저질렀지만 이번만큼 나와 내 아내를 욕보인 적은 없었다. 지금은 손님들이 계셔서 용서하겠다. 하지만 나중에 또 이런 못된 장난을 하면 네놈을 때려죽일 테니 명심하거라."

그러고 나서 또 며칠 후 크산토스가 철학자들과 수사학자들을 식사에 초대하면서 이솝에게 말했다.

"이솝아, 문앞을 지키고 서 있다가 무식하고 못 배운 사람들은 들여보내지 말고, 철학자와 수사학자만 골라서 들여보내거라."

이솝이 문앞을 지키고 있는데 손님이 와서 문을 열라고 했다. 이솝이 그에게 무슨 말을 했지만 손님은 그의 말을 알아듣지 못했다. 손님은 이솝이 자기를 개라고 불렀거나 모욕적인 말을 한 것으로 생각하고는 기분이 상해서 돌아갔다. 그런 식으로 많은 손님들이 왔다가 그냥 되돌아갔다. 마지막으로 예의바르고 똑똑한 사람이 왔다. 이솝이 그에게 모욕적인 말을 하자, 그는 그 말을 재치있게 받아넘겼다. 그러자 이솝이 그 사람을 집 안으로 들여보냈다. 잠시 후 이솝이 크산토스에게 가서 말했다.

"주인님, 이분 이외에 다른 철학자는 오지 않았습니다."

그러자 크산토스는 크게 실망하며 자신의 초대를 받고도 오지 않은 사람들에게 화가 났다. 하지만 그 다음날 크산토스의 집에 들어오지 못한 사람들이 크산토스를 보자 그에게 항의했다.

"아니, 어떻게 그럴 수가 있습니까? 문앞을 지키던 노예가 우리 모두를 모욕하고 개라고 불렀습니다."

그 말을 듣고 당황한 크산토스가 혼자 중얼거렸다.

"몰상식하고 버릇없는 놈 같으니."

이솝이 불려오자 크산토스가 그에게 말했다.

"이놈아, 정중하게 예를 갖추어 모셔도 시원찮은 판에 감히 욕지거리를 지껄여 기분을 상하게 해?"

이솝이 대답했다.

"아이, 주인님께서 철학자나 수사학자가 아니면 들여보내지 말라고 하시지 않았습니까?"

그러자 크산토스가 말했다.

"악마 같은 놈. 그럼 이 철학자들이 누구란 말이냐?"

이솝이 대답했다.

"제가 보기에는 무식한 사람들입니다. 내가 단어 하나를 물어보았는데, 이 사람들은 그 말뜻을 이해하지 못했습니다. 어떻게 그들을 학자고 유식한 사람이라 볼 수 있단 말입니까? 하지만 제

대로 이해한 그 사람은 똑똑해 보였지요. 그래서 그분은 모시고
들어간 겁니다."

이솝의 말을 들은 사람들은 모두 그의 말이 옳다고 인정했다.

며칠 후 크산토스가 이솝과 함께 선조들의 무덤이 있는 곳으로
갔다. 크산토스는 선조들의 무덤 사이를 거닐며 무덤들에 적힌
묘비명을 읽었다. 이솝은 계단을 하나씩 밟고 올라갈 수 있는 동
상 가까이 있는 관에 새겨진 글자들을 유심히 보았다. 얼룩덜룩
한 점들들과 함께 ＡＧＱＦＩＴＡ라고 새겨진 글자들이 얼른 해석
이 되지 않았다. 이솝이 주인에게 물었다.

"이 글자가 무슨 의미입니까?"

크산토스는 신중하게 한참을 생각해봐도 도무지 무슨 뜻인지
이해할 수 없자 이솝에게 말했다.

"그 글자들이 무슨 의미인지 알 수 있도록 네가 도와주려무나."

이솝이 말했다.

"제가 여기 있는 보물을 보여드린다면, 주인님은 저에게 뭘 해
주시겠습니까?"

주인이 대답했다.

"보물의 절반과 자유를 줄 테니, 너는 마음을 정직하고 곱게 쓰
도록 해라."

그러자 이솝이 기둥의 계단 네 개를 올라가 그곳을 파니 금이
나왔다. 이솝이 그것을 주인에게 건네며 말했다.

"주인님, 이제 저에게 약속하신 걸 주십시오."

크산토스가 대답했다.

"네가 그것을 어떻게 발견했는지 밝히지 않으면 네게 아무것도
주지 않겠다. 나는 그것을 금보다 더 귀하게 여긴다."

이솝이 말했다.

"이곳에 보물을 묻은 사람은 분명히 철학자답게 그것을 봉했습
니다. 그는 일곱 개의 봉인으로 표시를 하고 여기에 그 표시를 남
겨두었습니다. 그것이 아까 말한 일곱 개의 글자입니다. 그것은
라틴어로 이런 의미입니다. 'Ascende, gradus, quattuor, fodias,
invenies, thesaurum, auri.' 로망스어로는 이런 의미입니다. '계단
을 네 개 올라가 땅을 파면 금으로 된 보물을 발견할 것이다.'"

크산토스가 말했다.

"네가 그렇게 똑똑하니, 너는 자유를 얻지 못할 것이다."

이솝이 대답했다.

"가만히 입 다물고 계세요. 이 보물은 왕의 것이니까요."

크산토스가 말했다.

"네가 그걸 어떻게 아느냐?"

"그다음 글자들이 T R D Q I T A라 아는 겁니다. 그 일곱 개의 글자는 라틴어로 이런 의미입니다. 'Tradito regi Dionisio, que invenisti thesaurum auri.' 로망스어로는 이런 의미입니다. '당신이 발견한 금으로 된 보물을 디오니시오스 왕에게 주어라.'"

철학자는 보물이 왕의 것이라는 얘기를 듣고는 이솝에게 말했다.

"네가 보물의 절반을 가지고, 이 일을 아무에게도 말하지 말거라."

이솝이 대답했다.

"여기 보물을 묻은 사람이 주는 거지, 주인님이 주는 게 아닙니다."

크산토스가 말했다.

"그건 무슨 소리냐?"

이솝이 대답했다.

"E D Q I T A라는 다음 글자가 그런 의미입니다. 라틴어로 하면 'Euntes dividite quem invenistis thesaurum auri'입니다. 그건 '지나가다가 금으로 된 보물을 발견한 사람이 나눠가지거라'라는 의미입니다."

그러자 크산토스가 말했다.

"우리 집으로 가서 보물을 나눠갖자."

집에 도착하자 철학자는 발각될까봐 두려워 이솝을 감옥에 가두라고 명했다. 그러자 이솝이 말했다.

"아, 철학자들의 약속이란! 나에게 자유와 명예는 주지 않고 나를 감옥에 가두다니."

이 말을 들은 철학자는 명을 거두고 그를 감옥에서 풀어주라고 명했다. 그러고는 이솝에게 말했다.

"네가 자유인이 되고 싶다면 네 입에 재갈을 채우고 이제 앞으로는 그렇게 공개적으로 나를 망신주지 말거라."

이솝이 대답했다.

"주인님이 좋으실 대로 하십시오. 주인님이 원하든 원치 않든, 주인님은 저에게 자유를 주실 수밖에 없을 겁니다."

그즈음 아주 당혹스러운 일이 사모스에서 일어났다. 극장에서 시민들이 공공 행사를 치르고 있는데, 독수리 한 마리가 갑자기 날아와 재판관이자 최고 심문관의 반지를 낚아채더니 노예의 가슴에 떨어뜨리고 간 것이었다. 그런 당혹스러운 일이 벌어지자

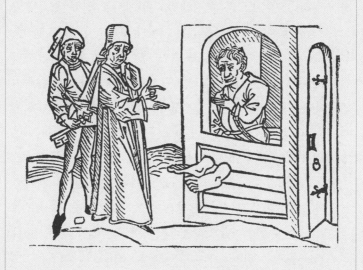

극장에 있던 시민들은 이 일에 대해 수군거리고 매우 동요하며 걱정하고 불안해했다. 그래서 사람들이 의회에 모여 크산토스에게 충고를 구했다. 그가 중요한 공인이니만큼, 그것이 무슨 의미인지 말해야 한다는 것이었다. 그 일에 대해 전혀 아는 바가 없는 크산토스는 대답할 수 있는 시간을 며칠간 달라고 청한 후 집으로 돌아왔다. 그는 시민들에게 뭐라 대답하고 충고해야 좋을지 모르는 채 깊은 생각에 빠져 고민하며 괴로워했다. 그러자 이솝이 그에게 다가와 물었다.

"주인님은 왜 그리 조바심을 내며 우울해하시는 겁니까? 슬픔을 거두시고, 그 문제에 답하고 충고할 수 있는 역할을 저에게 주십시오. 내일 주인님은 의회로 가서 시민들에게 이렇게 말씀하십시오. '사모스의 시민 여러분, 나는 점쟁이도, 앞일을 내다보는 사람도 아닙니다. 더군다나 징후와 신기한 일을 해석하고 알리는 사람은 더더욱 아닙니다. 하지만 우리 집에 그런 일에 대해 잘 알고 그 방면에 해박한 지식을 지닌 노예가 있습니다. 그를 불러오는 것을 여러분이 허락하신다면 그가 여러분에게 그 징조의 의미를 설명해드릴 것입니다.' 그러고 나서 제가 충고하는 내용에 시민들이 만족한다면, 주인님은 영광과 은혜를 더불어 누리시게 됩니다. 그리고 만족하지 않는다 해도 주인님은 망신을 당하지 않을 테고 잘못은 제가 한 게 됩니다."

철학자는 이솝의 말을 믿고는 다음날 새벽 일찍 일어나 극장과 광장으로 향했다. 그곳으로 그의 말을 듣기 위해 시민들이 모여들었다. 크산토스가 연단으로 올라가 노예인 이솝이 충고한 대로 그곳에 모인 사람들에게 말했다. 그의 말을 들은 시민들은 크게 기대하며 이솝을 데려오라고 크산토스에게 청했다. 이솝이 그들 앞에 나서자, 그들은 이솝의 못생기고 추한 외모를 보고는 그를 무시하고 조롱하고 놀리며 말했다.

"그의 얼굴보다 더 나쁜 징조가 어디 있겠어? 저렇게 지저분하고 못생긴 사람에게서 좋은 말이 나올 거라고 믿을 수 없지."

이솝은 이런저런 조롱 가득한 말들을 들으면서 가장 높은 곳으로 올라가서는, 시민들에게 조용히 자기 말을 들어달라는 손짓을 했다. 시민들이 잠잠해지자 이솝이 이렇게 말했다.

"사모스의 시민 여러분, 왜 저의 생김새를 비웃으십니까? 사람의 마음을 봐야지, 얼굴만을 봐서는 안됩니다. 당연히 사람의 추한 외모와 생김새 아래 지혜가 숨어 있는 경우가 많습니다. 술자루를 볼 때 거기에 어떤 술이 들어 있으며 그 술맛이 좋은지 나쁜지 평가해야지, 술자루의 생김새는 보지 않는 것과 마찬가지입니다. 그러니 얼굴만이 아니라 사람의 마음을 봐야 합니다."

그 말을 들은 사람들이 이솝에게 말했다.

"네가 충고로서 공익을 위할 수 있다면 얼른 말해보아라."

그러자 이솝이 자신감있게 말했다.

"만물의 근원인 자연이 오늘날 주인과 노예 사이에 크나큰 전쟁을 일으켰습니다. 만일 주인이 전쟁에서 이긴다면 그는 여러분에게서 영광과 은혜를 얻을 것입니다. 하지만 노예는 이긴다 해도 아무 보상도 얻을 수 없습니다. 제가 그 신기한 일을 밝힌다 해도, 주인님은 당연히 그래야 하는데도 저를 자유롭게 풀어주지 않을 것이기 때문입니다. 오히려 주인님은 저에게 욕을 하며 저를 감옥에 가둘 것입니다. 그래서 여러분이 만족할 수 있도록 이 전쟁과 싸움을 평등하게 해야 한다면, 저는 자유인이 되어야 합니다. 제가 확실한 자신감을 갖고 말하기 위해서입니다. 이 징조가 무슨 의미인지 제가 틀림없이 밝힐 수 있다고, 여러분에게 분명하게 말씀드립니다."

그러자 그곳에 모인 사람들이 한목소리로 말했다.

"그의 요구는 당연하고 공평하다. 그러니 크산토스가 그를 자유롭게 구속이 없도록 풀어줘야 한다."

그러나 철학자가 그렇게 하려 하지 않자 재판관이 공공의 권위로서 그에게 말했다.

"그대가 대중의 말을 따르지 않겠다면 내가 정무관의 권한으로 주노의 집에서 그를 자유롭게 할 것이오. 그리고 그대에게는 대

신 다른 노예를 주겠소."

　그 말을 듣자 철학자의 친구들은 이솝을 자유롭게 해 대중에게 넘겨주라며 철학자에게 충고하고 간청했다. 그러자 철학자는 내키지는 않았지만 모든 대중 앞에서 말했다.

　"이솝은 자유의 몸이며 아무 구속도 없습니다!"

　그러자 알림꾼이 공개적으로 큰 소리로 외쳤다.

　"철학자 크산토스가 그의 노예인 이솝을 자유롭게 구속이 없이 풀어주었다!"

　그렇게 얼마 전 이솝이 주인에게 했던 '주인님이 원하든 원치 않든, 주인님은 저에게 자유를 주실 수밖에 없을 겁니다'라는 말이 그대로 이루어졌다. 그렇게 자유인이 되어 구속이 없어진 이솝은 사람들이 모인 곳 한가운데를 걸으며 손으로 조용히 하라는 신호를 보내고는 다음과 같이 기쁘고 겸손하게 말했다.

　"사모스의 시민 여러분, 독수리는 인간으로 치면 새들의 왕입니다. 그런 독수리가 재판관이자 최고 심문관의 손에서 반지를 뺏었습니다. 그것은 분명히, 어느 왕이 여러분의 자유와 자주를 빼앗기 위해, 그렇게 해서 여러분의 법을 파괴하고 찬탈해 여러분을 그의 힘에 굴복시키기 위해 침략할 것이라는 의미입니다."

　사람들은 이러한 이야기를 듣고 두려움에 떨었다. 그리고 잠시 후 왕의 편지를 가져온 사신이 도착하여 사모스의 평의회와 원로원에 출석했다. 그렇게 해서 사모스의 평의회와 원로원에 보내온 편지가 이와 같이 공개되었다.

　"리디아의 크로이소스 왕이 사모스의 의회와 시민들에게 인사를 보낸다. 내가 너희에게 명하거늘, 이제 앞으로는 나에게 세금과 조공, 추징금을 보내라. 너희가 마땅히 따라야 할 내 명을 따르지 않을 때는 너희가 견딜 수 없을 정도의 엄청난 가난이 내려질 것이다."

이러한 편지가 의회에서 읽혀 알려지자, 모든 사람들이 두려움에 떨며 왕에게 복종하려 했다. 하지만 그들은 먼저 이솝이 어떤 충고를 할지 들어보기로 했다. 이솝이 훌륭한 충고를 달라는 청을 받고 의회로 나와 말했다.

"사모스의 시민 여러분, 여러분은 이미 왕에게 세금과 조공을 바치자는 쪽으로 기울어졌다고 보지만, 나는 여러분에게 그렇게 하지 말라고 충고합니다. 여러분이 참고할 수 있도록 간단히 이 나라에 적합한 이야기 하나를 들려드리겠습니다. 운명은 이생에서 인간에게 두 가지 길을 제시해주었습니다. 하나는 자유의 길로, 시작은 고되고 견디기 힘들지만 끝은 아주 평평하고 견디기 쉽습니다. 그리고 다른 길은 노예의 길로, 처음은 들판처럼 가볍고 평평하지만 끝은 매우 혹독하고 크나큰 고통 없이는 걸을 수 없습니다. 여러분이 잘 생각하시도록 이 이야기를 들려드리는 바입니다."

시민들은 그 이야기를 듣고 공공의 안녕을 위해 무엇이 적합한지 깨닫고는 한목소리로 이솝의 충고를 따르기로 했다. 그들이 말했다.

"우리는 자유인이니 종속되고 싶지 않다."

그러고는 왕의 사신에게 그러한 대답을 보냈다. 이 모든 사실을 알고 마음이 움직인 크로이소스 왕은 다른 속국들에게 그러듯 사모스의 시민들에게도 공물을 보낼 양과 목록을 보내기로 결심했다. 하지만 그곳에 갔던 사신이 만류하며 다음과 같이 말해 일단은 보류하기로 했다.

"우선 사모스의 시민들에게서 이솝을 데려와 제거하지 않으면 사모스를 절대 굴복시키실 수 없습니다. 그들은 이솝의 충고에 따라 움직입니다. 그러니 전하께서 사신들을 보내 이솝을 보내라고 요구하면서, 그러면 전하께서 큰 은혜를 베풀어 조공을 없애주겠다고 하십시오. 만일 그들이 그렇게 한다면 그들은 전하의 수중에 들어가게 됩니다."

그러자 왕은 그 충고에 따라 막강한 신하들 중 한 명을 그들에게 보냈다. 사모스에 도착한 사신은 의회에 자신의 임무를 제안한 후 이솝을 왕에게 보내라고 의회를 설득했다. 의회에 불려온 이솝이 왕의 의도를 알고 말했다.

"사모스의 시민들이여, 분명히 나는 왕의 발밑에 엎드려 왕의 손에 입을 맞추고 싶습니다. 하지만 먼저 여러분에게 우화 하나를 들려드리고 싶습니다. 옛날, 야수들이 모두 한자리에 모였을 때 늑대들이 양들에게 전쟁을 걸려고 했습니다. 양들은 스스로를 지킬 수 없어서 개들에게 도움을 청했고, 개들은 늑대들과 맞서 싸워 그들을 멀리 쫓아냈습니다. 그러자 늑대들은 개들 때문에 양들을 어떻게 할 수 없다는 것을 알고는, 양들에게 사신들을 보냈습니다. 그들과 평화를 지속하고 싶은데 단 한 가지 조건이 있다고 했지요. 전쟁의 발단이 될 수 있는 것을 모두 제거하고자 하니 개들을 자기네에게 보내라는 거였습니다. 늑대들을 믿은 정신 나간 양들은 늑대들이 요구한 조건에 동의해 평화협정을 맺었습니다. 늑대들은 개들이 자기네 수중으로 들어오자 개들을 죽이고, 그렇게 아무 어려움 없이 양들을 파멸시켰습니다."

이솝은 사모스의 명에 복종하지 않았다. 하지만 사신과 합의해 배를 타고 왕에게 가서 왕 앞에 나섰다. 이솝을 본 왕이 화를 내며 말했다.

"사모스의 시민들이 나의 명에 복종하지 못하도록 한 놈이 이 놈이냐?"

그러자 이솝이 다음과 같이 말했다.

"오, 왕 중의 왕이시여, 저는 분명히 그 어느 힘에도 압력을 받거나 강요당하지 않았으며, 필요 때문이 아니라 저 스스로 전하를 공경하고자 왔습니다. 그리고 저는 전하께서 자비로운 귀로

저의 말을 들어주시리라 믿습니다."

왕이 안심하고 말하라고 명하자 이솝은 다음과 같이 이야기했다.

"찢어지게 가난한 사람이 가재를 잡으러 갔다가 매미를 잡았습니다. 매미는 사냥꾼이 자기를 죽이려는 것을 보고 말했습니다. '저는 아무 잘못도 없으니 당신은 저를 죽이려 하셔서는 안됩니다. 저는 이삭도 해치지 않고 과일과 곡물도 망치지 않습니다. 하지만 저는 제 날개와 발을 문질러 달콤하고 조화로운 노래를 불러 길가는 사람들을 즐겁게 해주고 그들의 시름을 덜어줍니다. 당신은 저에게서는 이 목소리 이외에는 아무것도 찾지 못하실 겁니다.' 이 말을 듣고 사냥꾼은 매미를 풀어주었습니다. 오, 부디 애원컨대, 저는 별로 가치도 없고 잘못도 저지르지 않았으니 제발 저를 죽이지 마십시오. 저는 몸이 워낙 약해 누구에게 잘못을 저지를 수도, 저지르고 싶지도 않습니다. 하지만 인간들의 삶에 이로운 말은 할 수 있습니다."

그러자 왕이 감탄하며 자비심에 이끌려 이솝에게 말했다.

"짐은 너에게 목숨뿐만 아니라 재산도 주겠다. 원하는 게 있으면 말해보거라. 진심으로 너에게 하사하겠다."

이솝이 말했다.

"저는 전하께 한 가지만을 원합니다. 저를 자유롭고 구속이 없게 만들어준 사모스의 시민들에게 자유를 내려주시고, 조공을 면하게 해주십시오."

그러자 왕은 사모스 시민들에게 자유를 주고 조공을 면제해주었고, 이솝은 땅에 엎드려 왕에게 큰절을 올렸다. 그리고 나서 이숍은 오늘날까지 전해지는 우화들을 글로 옮겨 왕에게 바쳤다. 그후 이숍은 왕이 전하는 문서를 받아 배를 타고 사모스 시에 도착했다. 사모스의 시민들은 아주 성대하게 이숍을 맞이했다. 모든 의원들도 시민들을 거느리고 그를 맞이하러 나왔으며, 도시 전체가 화환과 춤으로 단장하고 장식되어 빛났다. 의회로 안내된 이숍은 시민들과 의원들에게 왕의 편지를 읽어주며 그들이 자유를 되찾았으며 조공이 면제되었음을 알려주었다.

그러고 나서 이숍은 사모스를 떠나, 사람들에게 우화를 이야기하고 유익한 교훈을 가르치면서 수많은 나라를 돌아다녔다. 이숍은 바빌로니아에 도착해 자신의 학식을 알린 후 바빌로니아의 왕인 리쿠루스 왕에게 커다란 존경과 신의를 얻었다. 당시 왕들은 게임처럼 서로에게 편지를 보내 문제를 냈는데, 그 문제를 풀지 못하는 왕은 문제를 낸 왕에게 조공을 바쳐야 했다. 그런데 이숍은 우화와 다른 문제들을 매우 잘 해석해 바빌로니아 왕의 명성을 드높였다. 마찬가지로 이숍은 리쿠루스 왕을 위해 다른 왕들에게 보낼 문제들을 만들었고, 그 문제를 풀지 못한 많은 왕들이 바빌로니아의 왕에게 조공을 바쳐와 바빌로니아 왕국은 영역을 넓히고 많은 영광과 명예를 얻었다.

하지만 이숍에게는 아들이 없어 에누스라는 이름의 귀족 청년을 양자로 들였다. 이숍은 그를 자주 왕 앞으로 데리고 가서 자기 친아들 못지않게 칭찬했다. 얼마 지나지 않아 에누스는 이숍이 아내처럼 데리고 있는 하녀이자 시녀와 가까워졌다. 에누스는 그 때문에 이숍이 자기를 해코지할까 두려워 왕에게 이숍을 거짓으로 음해했다. 에누스는 이솝의 이름으로 다른 왕들에게 보내는 가짜 편지를 만들어 이솝이 평소 사용하는 인장까지 찍어 왕에게 보여주었다. 그 편지에는 이솝이 문제를 풀 수 있도록 도와주겠다는 내용이 적혀 있었다. 그러자 그의 인장이 진짜라고 믿은 리쿠르스 왕은 노발대발해서 에르미포스라는 친척 한 명을 보내 지체 없이 이솝을 죽이라고 명했다. 하지만 이솝을 불쌍히 여긴 에르미포스는 언젠가 그의 학식이 유용하게 쓰일 거라 생각해 그를 죽이지 않고 무덤 안에 아무도 모르게 숨겨두었다. 하지만 그의 재산은 양자인 에누스가 모두 물려받아 차지했다.

오랜 시간이 흘러 이솝의 죽음이 공공연하게 알려지자 이집트의 왕 넥타네보가 이솝이 죽었다는 이야기를 듣고 사신을 통해 리쿠르스 왕에게 문제를 보내왔다. 문제는 다음과 같았다.

"이집트의 왕 넥타네보가 바빌로니아의 왕 리쿠루스에게. 하늘

에도 땅에도 닿지 않는 높은 탑을 만들고 싶소. 그 탑을 지을 수 있는 기술자들을 보내고 내 질문에 답하시오. 그러면 내 쪽에서 십년 동안 조공을 바치겠소."

리쿠루스 왕은 이 문제를 받고는 매우 상심하고 고민했다. 그는 그 문제를 풀기 위해 현자들을 모두 불러 답을 찾아내라고 명했다. 그러나 왕은 그들이 문제를 풀지 못하는 것을 보고는 땅바닥에 쓰러져 신음을 토해내며 이렇게 말했다.

"아, 내가 어리석어 우리나라의 기둥을 잃어버렸다! 대체 무슨 악운이 따라 내가 이솝을 죽이라는 명을 내렸던가?"

왕의 울음과 괴로움을 듣고 있던 에르미포스가 왕에게 다가와 말했다.

"전하, 언젠가 전하께서 후회하실 거라 생각해서 이솝을 죽이지 않았으니 그리 자책하고 괴로워하지 마십시오. 전하께서 죽이라고 명한 사람은 지금 무덤 속에서 살고 있습니다. 전하의 명이 두려워 소신이 그를 지금껏 무덤 속에 살게 했습니다."

그 말을 들은 왕은 커다란 기쁨에 차서 벌떡 일어나 에르미포스를 꼭 끌어안으며 말했다.

"이솝이 살아 있다는 말이 사실이라면 네가 오늘 내 목숨을 살렸다. 분명 너는 그를 잘 보살핌으로써 우리 왕국을 구한 것이다."

그러고는 곧바로 이솝을 자기 앞으로 데려오라고 명했다.

지저분하고, 야위고, 병약하고, 노쇠해진 이솝이 왕 앞으로 왔다. 왕은 고개를 돌려 신음을 토해내며 이솝을 얼른 씻겨 옷을 갈아입히도록 명했다. 이솝은 씻고 다시 옷을 차려입은 후 궁으로 와서 왕에게 공손하게 예를 갖춰 자신의 양자 에누스가 어떻게 자기를 음해했는지 설명했다. 그 말을 들은 왕은 아버지를 죽인 사람은 벌을 받아야 하니 에누스에게도 그에 응하는 벌을 내리라고 명했다. 하지만 이솝은 직접 아들을 위해 애원했다. 마침내 왕이 문제가 들어 있는 편지를 들어 이솝에게 읽어보라며 건네주었다. 이솝은 편지를 보고는 문제를 풀기 전에 말했다.

"전하, 이 편지의 답장을 이렇게 쓰십시오. 전하께서 겨울이 지나면 탑을 만들 사람을 보낼 테니, 그때 가서 모든 질문에 자세히 답하겠다고 하십시오."

그렇게 왕은 이 답장과 함께 이집트에 사신을 보냈다. 그러고는 이솝에게 모든 재산을 돌려주고 그의 명예를 원래대로 회복시키도록 명했다. 그러나 에누스는 알아서 처리하도록 명했으며, 이솝은 그를 기쁜 마음으로 받아들였다.

이솝은 다음과 같은 충고와 훈계와 지식으로 에누스를 다시 가르치고 벌주며 말했다.

"아들아, 내 말을 명심해서 잘 듣고 그 말을 진심으로 받아들여라. 우리 모두는 다른 사람들에게는 충고할 줄 알지만, 우리 자신에게는 충고할 줄 모른다. 너는 인간이니, 인간의 나약함에 얽매여 있다. 먼저, 신을 사랑하고 섬겨라. 그리고 너의 왕을 수호해라. 너는 인간이니, 인간의 관심사를 생각하고 신경써라. 부당한 이에게는 신이 복수한다. 알고도 일부러 다른 사람에게 해를 끼치는 것은 나쁜 일이다. 깨끗하고 넓은 마음으로 운명과 역경을 견뎌라. 네 적들에게는 너를 무시하지 못하도록 잔인한 모습을 보여주거라. 그리고 네 친구들에게는 그들이 하루하루 너를 더욱 사랑할 수 있도록 온화하고 순종적인 모습을 보여주거라. 네 적들에게는 너를 해치지 못하도록 나쁜 건강과 실패를 원하거라. 그리고 네 친구들에게는 행운과 번창을 빌어주거라. 네 아내에게는 다른 남자를 욕심내지 않도록 좋은 말을 해주거라. 여자들이란 워낙 변덕이 심하고 경솔하기 때문에 기분을 맞춰주지 않으면 금세 나쁜 쪽으로 기운다. 잔인한 사람을 멀리해야 한다는 것을 명심해라. 악한 사람은 아무리 번창하고 운이 따라도 늘 치졸하다. 말하기보다는 남의 말을 들어라. 말을 삼가고, 식사하거나 술을 마실 때는 말을 적게 해라. 식사할 때 현자의 말은 들리지 않지만 재미있는 사람은 남을 웃게 만든다. 운이 좋은 사람을 질투하지 말고 오히려 그들의 행운을 기뻐해라. 질투가 많은 사람은 질투 때문에 많은 것을 가지지 못한다. 네 가족을 주인으로서가 아니라 선행을 베푸는 사람처럼 돌보거라. 네 가족들에게 존경을 받으려면 부끄러운 일을 하지 말고 이성에서 멀어지지 마라.

그리고 매일 더 좋은 것을 배우는 것을 부끄러워하지 마라. 큰 비밀을 네 아내에게 털어놓지 마라. 아내가 너를 욕보이기 위해 벼르기 때문이다. 네가 번 것은 미래를 위해 잘 간직해라. 죽을 때 적들에게 돈을 남겨주는 것이 살아서 친구들에게 구걸하고 청하는 것보다 훨씬 낫기 때문이다. 네가 만나는 사람들에게 성심껏 인사해라. 비이성적인 짐승인 개도 꼬리를 흔들면서 빵을 구하러 가는 법이다. 괴롭고 불쌍한 사람들을 경멸하는 것은 나쁜 일이다. 좋은 일을 배우고 터득하는 것을 멈추지 마라. 네가 다른 사람의 물건에 손을 댔다면 가능한 한 빨리 돌려주도록 해라. 그가 나중에 너에게 쉽게 빌려줄 수도 있기 때문이다. 누군가에게 좋은 일을 할 때는 힘들어하거나 게으름을 피우지 마라. 말이 많고, 험담하고, 남의 말 하기를 좋아하는 사람들을 멀리해라. 조용한 친구들에게는 네 말과 행동을 실천해라. 하지만 그러한 것들을 행하고 난 다음에는 후회하지 않도록 해라. 고난과 역경이 찾아온다면 슬픈 마음이 아니라 오히려 기쁘고 즐거운 마음으로 맞이해라. 못되고 사악한 사람들은 피하고 그들에게 충고하려 하지 마라. 나쁜 사람들의 습관을 따라하지 마라. 손님들과 외지인들을 친절하게 맞아줘라. 그래야 너도 낯선 땅에 갔을 때 너를 맞이해주는 사람을 찾을 수 있다. 좋은 말은 영혼의 결함에 좋은 약이다. 좋은 친구를 가져 잘 이용하는 사람은 분명 운이 좋은 사람이다. 시간이 흘러 결국 세상에 드러나지 않는 비밀은 없다."

이솝은 이것과 그밖에 더 많은 훈계를 하며 자신을 거짓으로 음해한 에누스를 돌려보냈다. 그러나 에누스는 얼마 후 깊은 절망에 빠져 높은 탑 아래로 몸을 던졌다. 그렇게 그는 악인으로 살다가 불행하게 생을 마감했다.

이런 일이 있은 후 이솝은 매사냥꾼들을 불러 새끼 독수리들을 잡아오도록 명했다. 새끼 독수리들을 잡은 이솝은 어린아이를 태운 가죽자루를 독수리의 발에 묶은 뒤 위아래로 날아다니면서 먹이를 먹도록 훈련시켰다. 그렇게 아이들이 음식을 올렸다 내렸다하면 독수리들도 먹이를 따라 날아올랐다가 내려갔다. 그렇게 겨울이 지나가자, 이솝은 리쿠루스 왕의 허락을 받아 이집트 사람들을 놀라게 하리라는 확실한 희망을 갖고 배를 타고 이집트로 갔다. 하지만 이집트 사람들은 이솝의 외모를 보고 그를 학식이 없는 괴물이고 음유시인이고 부랑자라고 생각했다. 그들은 못생

기고 투박한 그릇에 가끔은 모든 액체 중에서 가장 귀한 향유가 들어 있다는 것을, 그리고 가끔은 깨끗하지 않은 병에 깨끗한 술이 담겨 있다는 것을 깨닫지 못한 것이다. 그렇게 이솝은 궁으로 가 왕의 발밑에 엎드렸다. 왕은 왕좌에 앉아 친절하게 그를 맞이하며 그에게 말했다.

"말해봐라 이솝, 그대는 나와 내 신하들을 누구와 견주겠느냐?"

이솝이 대답했다.

"전하는 해와, 전하의 신하들은 햇빛과 견주겠습니다. 분명히 전하는 다름아닌 해처럼, 태양계처럼 빛이 나고 전하의 신하들은 해를 에워싼 햇빛처럼 빛이 나기 때문입니다."

그러자 넥타네보가 이솝에게 말했다.

"리쿠르스의 왕국은 우리 왕국과 비교하면 어떠하냐?"

이솝이 미소를 머금으며 말했다.

"어느 면에서도 낮지 않고, 오히려 훨씬 높습니다. 태양이 그 빛으로 달을 능가하고 놀라게 하듯이, 리쿠르스 왕국이 전하의 왕국을 능가하고 압도합니다."

왕은 이솝의 대답이 재빠르면서도 명쾌한 것에 놀라 말했다.

"탑을 지을 기술자들을 데려왔느냐?"

이솝이 대답했다.

"그전에 전하께서 탑을 지으려는 장소를 보여주십시오."

왕은 도시 밖으로 나와 들판에 있는 한 장소를 가리켰다. 이솝은 왕이 가리킨 곳의 사방 네 구석에 아이들을 태운 자루를 발에 묶은 독수리들을 내려놓았다. 아이들은 한 손으로는 혀를 붙잡고 다른 한 손으로는 먹이를 쥐고 있었다. 아이들이 독수리에 매달려 높이 날아오른 다음 혀를 내보이며 말했다.

"우리에게 석회와 벽돌, 나무를 주시오. 건물을 지을 재료들을 주시오."

그러자 그것을 본 넥타네보가 말했다.

"왜 너희들 중에는 날개가 달린 사람들이 있느냐?"

이솝이 그에게 대답했다.

"여러 가지 일을 위해서입니다. 그런데도 전하는 한낱 인간이면서 신과 다름없는 이와 경쟁하려 하십니까?"

그러자 이집트의 왕이 말했다.

"내가 졌다는 걸 인정한다. 하지만 이솝 너에게 이르노니, 이 질문에 답해보거라. 내가 그리스에서 암말들을 데려왔다. 그런데

어떻게 그 암말들이 바빌로니아에 있는 수말들이 우는 소리를 듣고 임신했느냐?"

이솝은 대답할 수 있도록 하루 동안의 시간을 달라고 청했다. 그러고는 집으로 돌아가 신하들에게 명해 고양이 한 마리를 잡아오도록 했다. 신하들이 고양이를 이솝 앞으로 가져오자 이솝은 사람들이 보는 앞에서 몽둥이로 고양이를 때렸다. 그 말을 들은 이집트 사람들이 고양이를 풀어주고 지켜주려 했지만 그럴 수 없었다. 그들이 왕을 찾아가 큰일이 났다고 알리자 왕이 이솝을 자기 앞으로 불러오라고 명했다. 이솝이 왕 앞으로 오자 왕이 말했다.

"이솝, 왜 그런 일을 저질렀느냐? 우리가 고양이의 모습을 한 신을 숭배한다는 것을 모르느냐? 이집트 사람들은 그런 우상을 섬긴다."

이솝이 대답했다.

"지난밤 그 고양이가 리쿠루스 왕을 욕보였기 때문입니다. 그놈이 밤 시간을 알리는 훌륭하고 너그러운 수탉을 죽였습니다."

왕이 말했다.

"네가 이렇게 거짓말을 할 줄은 몰랐다. 어떻게 고양이가 하룻밤 사이에 바빌로니아까지 갔다가 다시 여기로 돌아올 수 있느냐?"

이솝이 웃으면서 말했다.

"고양이가 바빌로니아까지 갔다가 돌아온 것은 이곳의 암말들이 바빌로니아에 있는 수말들이 우는 소리를 듣고 임신이 된 것과 같은 이치입니다."

이 말에 왕은 이솝의 지혜를 칭찬하고 높이 샀다. 하지만 다음 날 넥타네보 왕은 태양의 도시에 있는 학자들과 철학자들을 불러 오게 했다. 왕은 그들에게 이솝의 지혜에 대해 알리며 그들을 저녁 만찬에 초대했고, 그들과 함께 이솝도 초대했다. 식탁에 앉은 그들 중 한 명이 이솝에게 말했다.

"안녕하시오. 나는 신의 부름을 받고 그대와 이야기하기 위해 왔소. 그것에 대해 그대는 뭐라고 말하겠소?"

이솝이 대답했다.

"신은 인간들이 거짓말을 배우는 것을 절대 원하지 않소. 그대의 말이 신을 전혀 두려워하지 않고 숭배하지 않는다는 것을 말해주기 때문이오."

다른 사람이 말했다.

"큰 사원이 있는데, 그 사원에는 열두 개의 도시를 떠받치는 기둥이 하나 있소. 그리고 각 도시는 두 명의 여자를 나타내는 서른 개의 대들보로 덮여 있소."

이솝이 말했다.

"이 문제는 바빌로니아에서는 아이들도 풀 줄 아는 문제입니다. 사원은 지구의 둥근 모양을, 기둥은 일 년을, 열두 개의 도시는 열두 달을, 서른 개의 대들보는 한 달의 날수를, 두 명의 여자는 계속해서 서로를 쫓는 낮과 밤을 의미하지요."

그러자 넥타네보 왕이 그의 신하들에게 말했다.

"내가 바빌로니아의 왕에게 조공을 바치는 것이 당연하다."

그들 중 한 명이 왕에게 말했다.

"그에게 다른 문제를 더 내보시지요. 한번도 들어본 적도, 본 적도 없는 것이 무엇이냐고 말입니다."

그러자 왕이 말했다.

"이솝, 우리가 한번도 들어본 적도, 본 적도 없는 것이 무엇인지 말해보거라."

이솝이 말했다.

"내일 대답을 드릴 테니 허락해주십시오."

그는 집으로 돌아가 넥타네보 왕이 리쿠루스 왕에게 은화 천 마르크를 빌렸으며 갚아야 할 기한이 지났다는 내용의 가짜 차용증서를 만들었다. 다음날 아침이 되자 이솝은 그 증서를 왕에게 보여주었다. 왕은 그것을 읽고 깜짝 놀라 신하들에게 말했다.

"그대들은 내가 바빌로니아의 왕인 리쿠루스 왕에게 예전에 돈을 빌린 적이 있다는 얘기를 듣고 본 적이 있느냐?"

그들이 말했다.

"우리는 절대 그런 일은 들은 적도, 본 적도 없습니다."

그러자 이솝이 말했다.

"그들의 말이 사실이라면 문제는 풀렸습니다."

이 말을 들은 왕이 말했다.

"리쿠루스는 저런 사람을 데리고 있으니 정말 복도 많구나."

그리고 왕은 조공과 함께 이솝을 돌려보냈다. 이솝은 바빌로니아로 돌아와 리쿠루스 왕에게 이집트에서 있었던 일을 모두 말하고 넥타네보 왕이 보낸 조공을 바쳤다. 이에 왕은 이솝의 금상을 공공장소에 세우도록 명했다.

며칠 뒤 이솝은 그리스를 보고 싶은 마음이 생겨, 반드시 돌아와 여생을 바빌로니아에서 보내겠다고 약속하며 왕에게 허락을 청했다. 그렇게 그는 그리스의 도시들을 돌며 우화를 통해 자신의 지혜를 보여주며, 그와 함께 크나큰 명성과 지식을 얻었다. 마침내 이솝은 델포이라는 도시를 지나게 되었다. 그곳은 그 일대에서 으뜸가는 도시이자 매우 존중받는 도시였다. 사람들은 이솝의 말을 듣고 따랐지만 그를 명예롭게 대하지는 않았다. 이솝이 그들에게 말했다.

　"델포이의 시민들이여, 그대들은 분명히 바닷물에 내던져진 통나무와 비슷합니다. 멀리서 파도 위를 떠다니는 것을 보면 뭔가 대단한 것처럼 보이지만, 가까이에서 보면 조그맣고 하찮습니다. 그와 마찬가지로 나도 여러분의 도시를 멀리서 막연하게 동경했을 때는 여러분이 모든 사람들 중에서 가장 훌륭한 사람들이라

생각했습니다. 하지만 이제 가까이에서 보니 모든 사람들 중에서 가장 신중하지 못한 사람들입니다."

이런 말과 그 비슷한 말을 들은 델포이 사람들이 서로에게 말했다.

"이자는 다른 도시들에서 많은 두려움과 존경을 받는 작자야. 우리가 조심하지 않으면 이 작자가 자신의 우화와 일화를 통해서 우리 도시의 권위를 깎아내리고 흠집을 낼 거야. 그러니 이 문제에 대해 회의를 열어야 해."

그렇게 해서 그들은 속임수를 써서 이솝을 불경을 저지른 사악한 인간으로 몰아 죽이기로 의견의 일치를 보았다. 아무 이유도 없이 공개적으로 이솝을 죽일 수는 없었으므로, 시민들은 이솝의 하인이 떠날 채비를 하기 위해 돌아올 때까지 기다렸다가 그의 짐 안에 태양의 신전에서 가져온 금잔을 몰래 집어넣었다. 이솝

은 자기를 해치려는 속임수와 계략이 준비되고 있는 것을 전혀 눈치채지 못한 채 그곳을 떠나 포키다라는 곳으로 향했다. 델포이 사람들은 그곳까지 그를 쫓아와 소란을 떨며 그를 체포했다. 이솝이 자기를 체포하는 이유를 알려달라고 애원하자 그들이 큰 소리로 말했다.

"오, 못된 놈! 사악하고 영악한 놈! 왜 태양의 신 아폴론의 신전에서 물건을 훔쳤느냐?"

이 말에 이솝은 가슴의 고통을 참으면서 솔직하게 부인했다. 하지만 델포이 사람들은 이솝의 짐을 풀어 그 안에서 금잔을 찾아내 모두에게 보여주고는, 엄청난 소란을 피우며 그를 단호히 감옥으로 끌고 갔다.

이솝은 아직 그들의 속임수와 계략을 모르는 채 자신의 길을 가게 풀어달라고 애원했고, 그들은 그를 더욱 억누르며 억지로 감옥에 가두었다. 도망칠 길이 없음을 안 이솝은 그들이 자기를 죽이려 한다는 것을 알고 신음을 토해내며 자신의 불운을 한탄했다. 데마스라는 이름을 가진 그의 친구가 감옥으로 와서 이솝이 울부짖는 것을 보고 말했다.

"이솝, 자네는 왜 그리 신음하는가? 마음을 강하게 먹고 희망을 품게. 그리고 자네 자신을 위로하게."

그러나 델포이 사람들은 신전에서 물건을 훔치고 신성모독을 범한 죄로 이솝에게 사형 판결을 내렸다. 그러고는 마치 한 사람처럼 몰려와 이솝을 절벽 아래로 떨어뜨리기 위해 그를 감옥에서 꺼냈다. 그 사실을 안 이솝이 그들에게 말했다.

"짐승들이 서로 사이좋게 지내던 시절에 쥐가 개구리와 친해져 개구리를 저녁식사에 초대했습니다. 그렇게 빵과 꿀, 무화과와 다른 많은 맛난 음식들이 차려진 방으로 들어가자 쥐가 개구리에게 말했습니다. '이중에서 가장 네 마음에 드는 걸 골라 먹으렴. 아주 맛있을 거야.' 그렇게 한참 즐겁게 식사를 즐긴 뒤, 개구리가 쥐에게 말했습니다. '아주 즐거운 식사였어. 그러니 당연히 너도 우리 집에 와서 함께하면서 친구이자 형제로서 내 물건을 공유해야지. 하지만 네가 좀더 안전하게 올 수 있도록 네 발을 내 발에 묶자.' 쥐가 개구리의 말을 믿고 그렇게 하자, 발을 묶은 개구리는 강물 속으로 뛰어들어 쥐를 매달고 헤엄쳤습니다. 그러자 쥐는 자기가 물에 빠져 죽는 것을 알고 고함을 쳤습니다. '내가 속아서 너한테 죽는구나. 살아 있는 자들 중 누군가 너에게 복수할 것이다.' 그들이 이렇게 티격태격 싸우고 있는데, 솔개가 날아가다가 물 위에 떠 있는 쥐를 보고 개구리와 함께 낚아채 둘다 먹어버렸습니다. 지금 나는 아무 잘못도 없이 부당하게 여러분의 손에 죽고 벌을 받습니다. 하지만 바빌로니아와 그리스가 나에게 이렇게 못된 짓을 한 여러분에게 복수할 것입니다."

델포이 사람들은 이 이야기를 듣고도 이솝을 풀어주려 하지 않고, 오히려 그를 밀어 떨어뜨리기 위해 절벽으로 끌고 갔다. 그러나 이솝은 발버둥치며 그들의 손에서 도망쳐 아폴론 신전으로 들어가 제단 위로 올라갔다. 그러나 델포이 사람들은 잔인하게 그를 끌어내 분노에 차 단호하고 거칠게 그를 때리며 강제로 절벽으로 끌고 갔다. 이솝은 자기가 그렇게 불명예스럽게 끌려가는 것을 보고 그들에게 말했다.

"델포이의 시민들이여, 그대들의 신을 보아라. 신의 거처가 아무리 작다 해도 신을 모욕해서는 안된다. 그러나 그대들은 아폴론 신을 부끄러운 마음으로 적당히 대했다. 아폴론 신이 나를 받아주었는데 그대들이 나를 강제로 끌어냈으니 말이다."

하지만 그들은 이솝의 말을 이해하지 못한 채 그를 죽음으로 내모는 데 열중했다. 이솝은 자신의 종말이 아주 가까운 것을 알고 그들에게 말했다.

"고약하고 잔인한 시민들이여, 나는 그대들에게 내 훈계를 이해시킬 수 없다. 그러니 적어도 이 이야기만은 성심껏 들어보아라. 한 여자에게 미친 처녀인 딸이 있었다. 그녀는 딸에게 두뇌를 내려달라고 신들에게 간곡히 빌었다. 어머니가 그런 기도를 무수히 많이, 그것도 공개적으로 했기 때문에 미친 딸은 그 말을 마음속

에 새겨두었다. 며칠이 지나 미친 딸이 어머니와 함께 어느 마을에 머물다가 집을 나서서 한 마을 청년이 당나귀에게 아주 흉측한 짓을 하는 것을 보았다. 처녀가 청년에게 다가가 물었다. '착한 청년이여, 무엇을 하는 건가요?' 그가 대답했다. '이 당나귀에게 두뇌를 집어넣어주고 있지.' 미친 딸은 어머니의 말을 떠올리며 말했다. '아, 착한 청년이여, 제발 부탁이니 나한테도 두뇌를 집어넣어줘요. 그렇게만 해준다면 우리 어머니가 매우 고마워할 테니 헛수고는 아닐 거예요.' 그러자 마을 청년은 당나귀를 놔두고 처녀를 범해 망쳐놓았다. 그녀는 망가진 몸으로 기뻐하며 어머니한테 달려가 말했다. '어머니, 기뻐하세요. 어머니의 기도 덕분에 이제 내가 두뇌가 생겼어요.' 어머니가 대답했다. '어떻게 신들이 내 기도를 들었단 말이냐? 대체 이게 무슨 소리냐?' 딸이 대답했다. '조금 전에 한 청년이 내 배에다 길쭉하고 뻣뻣한 물건을 집어넣었다가 재빨리 다시 뺐다가 했어요. 물론 나는 기쁜 마음으로 받아들였지요. 그렇게 해서 그가 나에게 두뇌를 주었고, 나는 진심으로 그 두뇌를 마음으로 느끼고 있어요.' 그러자 어머니가 말했다. '아이고, 내 딸아, 그나마 가지고 있던 두뇌까지 모두 잃어버리다니!'"

그러고는 이솝은 그들에게 다른 우화도 들어달라고 청했다.

"시골에서 늙어가며 도시를 한번도 구경해본 적이 없는 농부가 도시가 보고 싶어 친척들에게 자기를 도시로 데려다달라고 애원했다. 그래서 그들은 멍에를 씌운 나귀 두 마리가 끄는 마차에 노인을 태우고는 노인에게 말했다. '이제 나귀에게 박차를 가하세요. 그러면 나귀들이 알아서 어르신을 도시까지 데려다줄 겁니다.' 그러나 노인이 도시를 향해 가던 중에 갑자기 돌풍이 불어 하늘이 어두워지자, 나귀들이 길을 잘못 들어 노인을 위험하고 높은 곳으로 데리고 갔다. 자기가 죽을 위험에 처했음을 안 노인이 유피테르 신을 부르며 말했다. '아, 유피테르 신이시여! 제가 어떻게 당신의 신전과 위엄을 훼손시켰기에 이리도 잔인하게 죽어야 한단 말입니까? 게다가 그것도 잘생기고 훌륭한 준마들이 아닌, 아주 천한 나귀들한테 끌려가 절벽에서 떨어져 죽어야 한단 말입니까?"

그리고 이솝은 이렇게 말했다.

"나는 고귀하고 저명한 사람들에게 괴롭힘을 당하는 것이 아니라 쓸모없고 사악한 노예들에게 죽임을 당한다."

이솝은 자신이 떨어질 장소에 도착하자 또 다른 이야기를 들려

주었다.

"딸을 사랑한 남자가 아내를 마을로 보낸 다음 딸을 집에 두고 겁탈했다. 그러자 딸이 아버지에게 말했다. '아버지, 아버지는 금지된 추한 일을 저질렀습니다. 나는 이 끔찍한 일을 아버지 한 사람에게 당하느니 차라리 백 명의 사내들에게 당하는 게 낫습니다.'"

그리고 이솝은 이렇게 말했다.

"사악하고 흉측한 델포이인들이여, 나는 그대들에게 이렇게 부당하게 죽느니, 차라리 킬리키아 전체를 포위하고 바다의 온갖 위험을 견디는 게 훨씬 낫겠다. 그대들과 그대들의 신들, 그리고 그대들의 땅에게 애원컨대, 부당하게 죽는 나의 말을 그대들 모두가 듣기를 충고하노라. 그대들은 고통과 처벌로 그대들이 받아 마땅한 복수를 받게 될 것이다."

하지만 그들은 아무 말도 들으려 하지 않고 이솝을 절벽에서 밀어 떨어뜨렸다. 그렇게 불쌍한 이솝은 생을 마감했다.

이솝의 죽음 이후 델포이는 전염병과 기근, 크나큰 분노와 광기에 시달렸다. 그들은 아폴론 신에게 충고를 구했고, 신들을 진정시키고 화를 잠재우기 위해서는 이솝을 위해 전당을 지어야 한다는 대답을 얻었다. 그래서 그들은 이솝을 부당하게 죽인 것을 진정으로 뉘우치고 후회하며 이솝을 위해 전당을 세웠다. 그리하여 그리스의 통치자들과 모든 주들의 중요 인물들과 지도자들이 이솝의 죽음을 듣고 델포이를 찾아와 자세한 조사를 통해 진실을 밝혔다. 그리고 그들은 이솝을 죽음에 이르게 한 사람들을 체포

해 그에 합당한 벌을 내렸다. 그렇게 그들은 이솝의 죽음에 대해
복수했다.

여기서 이솝의 생애는 막을 내린다.

제2부

이솝 우화 I

수탉과 옥

수탉이 거름더미 속에서 먹이를 뒤지다가 옥을 발견했다. 수탉은 전혀 어울리지 않는 그런 곳에 옥이 있다는 게 의아했다.

"거름 속에 이런 보석이 들어 있다니 참 신기하군. 만약 욕심 많은 사람이 너를 봤다면 얼마나 기분이 좋았을까. 그러면 네 본래 위치로 돌아갈 수 있었을 텐데. 하지만 나는 너를 발견한 게 전혀 반갑지 않구나. 나는 먹을 것을 찾고 있었지 너를 찾고 있었던 게 아니거든. 그러니 너도 나에게 소용이 없고, 나도 너에게 소용이 없어."

늑대와 양

양과 늑대가 강가에 물을 마시러 갔다. 늑대는 상류에서, 양은 하류에서 물을 마셨다. 늑대가 양에게 말했다.

"왜 내가 마시는 물을 더럽히는 거야?"

양이 억울함을 참으며 대답했다.

"아저씨가 있는 곳에서 제가 있는 곳으로 물이 흘러내려오는데, 제가 어떻게 아저씨가 마시는 물을 더럽힌다는 거예요?"

그런데도 늑대는 계속해서 생트집을 잡았다.

"네가 감히 나한테 대들어?"

양이 대답했다.

"제가 언제 대들었어요?"

그러자 늑대가 양을 노려보며 말했다.

"여섯 달 전에 네 아빠도 똑같이 그랬어."

양이 대답했다.

"저는 그때 태어나지도 않았어요."

멋쩍어하던 늑대가 한참 있다가 말했다.

"네가 풀을 뜯어먹어서 내 들판이 망가졌잖아."

양이 대답했다.

"저는 아직 이빨도 제대로 나지 않아서 풀도 뜯어먹지 못해요. 그러니까 아저씨한테 피해를 입힌 건 아무것도 없다고요."

그러자 결국에는 늑대가 속을 내보이며 말했다.

"나한테 더이상 대들지 못하도록 너를 잡아먹겠다. 저녁거리치곤 꽤 괜찮겠군."

결국 늑대는 죄없는 양을 잡아먹고 말았다.

쥐와 개구리와 솔개

쥐가 강을 건너기 위해 개구리에게 도움을 청하자 개구리가 흔쾌히 도와주겠다고 했다. 개구리는 마음속으로는 쥐를 물에 빠뜨려 죽일 작정이었지만, 겉으로는 시치미를 떼고 말했다.

"안전하게 강을 건너기 위해서 네 발과 내 발을 단단히 묶자."

쥐는 개구리의 말을 곧이곧대로 믿고 발을 묶었다. 강 한가운데에 이르자 개구리가 쥐를 물에 빠뜨려 죽일 생각으로 잠수를 시작했다. 쥐는 물에 빠지지 않으려고 있는 힘을 다해 허우적거렸다.

쥐와 개구리가 한참 승강이를 벌이고 있을 때, 솔개가 날아와 물 위에 떠 있는 쥐를 냅다 낚아챘다. 그러자 쥐와 함께 묶여 있던 개구리도 덩달아 끌려갔다. 결국 개구리와 쥐 둘다 솔개에게 잡아먹히고 말았다.

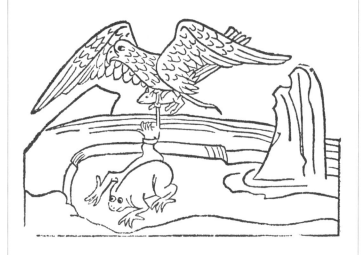

4

개와 양

개가 빌려주지도 않은 빵을 내놓으라며 양을 들볶았다. 또 양은 양대로 빵을 받은 적이 없다며 자신의 결백을 주장했다. 개와 양은 한참을 싸우다가 결국은 재판관을 찾아갔다. 개가 재판관에게 양을 고소하자, 양은 아무 잘못이 없다고 주장했다. 그러자 개가 믿을 만한 증인들이 있다고 했다. 개는 늑대와 대머리독수리, 솔개에게 미리 거짓 증언을 부탁해놓았던 것이다. 먼저 늑대가 증인으로 나와 말했다.

"개가 양에게 빵을 빌려준 적이 있습니다."

대머리독수리도 말했다.

"양이 빵을 빌려가고도 왜 시치미를 떼는지 모르겠어요."

솔개 역시 같은 증언을 했다.

"내가 보는 앞에서 개가 양에게 빵을 빌려줬어요."

이 증언들 때문에 재판관은 양에게 재판 경비까지 쳐서 빵을 돌려주라는 판결을 내렸다. 빵을 갚을 능력이 없는 양은 결국 겨울인데도 스스로 털을 깎아서 빌리지도 않은 빵값을 변상하고는 추운 겨울을 벌벌 떨며 지내야 했다.

개와 고깃덩어리

개가 고깃덩어리를 물고 강을 건너다 문득 물에 비친 자기 그림자를 보니, 물에 비친 고깃덩어리가 자기 것보다 훨씬 커 보였다. 개가 그것이 탐나 입을 벌리자 물고 있던 고깃덩어리가 떨어져 강물에 휩쓸려갔다. 자기가 가진 것보다 더 커 보이는 것을 탐내다가 빈털터리가 된 것이다.

사자와 암소와 염소와 양

암소와 염소와 양이 사자와 함께 살고 있었다. 어느날 넷이 함
께 사냥을 나갔다가 사슴 한 마리를 잡아 네 등분으로 나누었다.

사자가 첫째 조각을 집으면서 말했다.

"내가 사자니까 당연히 이건 내 몫이야."

"내가 너희보다 힘이 더 세니까 둘째 조각도 내 거야."

"내가 너희보다 더 빨리 달리니까 셋째 조각도 내 거야."

"마지막 조각에 손을 대는 놈은 내가 평생 원수로 삼을 테니 알아서 해."

결국 이렇게 해서 사자 혼자 사슴 한 마리를 독차지하고 말았다.

못된 도둑과 태양

아주 못된 도둑이 살고 있었다. 그 이웃 사람들이 도둑의 비위를 맞추기 위해 그의 신붓감을 물색하고 있었다. 한 현자가 그 동네를 지나다가 그것을 보고 그들에게 말했다.

내가 이야기 하나를 해줄 테니 잘 들어보십시오.

아주 옛날에 태양이 아내를 맞이하고 싶어했습니다. 그것을 안 많은 사람들이 힘을 모아 그 결혼을 결사반대했습니다. 그래서 모두 모여 유피테르 신을 찾아가 이렇게 말했지요.

"태양이 결혼하면 안됩니다. 태양이 결혼하면 우리 모두에게 큰 화가 미칠 것입니다."

그들은 이런저런 이야기로 유피테르 신에게 태양의 결혼만은 막아달라고 사정했습니다. 유피테르 신도 그들이 하도 간곡히 사정하니까 안됐다는 생각이 들었지요. 그래서 어떤 화를 입게 되느냐고 물었습니다. 그러자 한 사람이 일어나 유피테르 신에게 말했습니다.

"태양이 결혼하면 안되는 이유는 이렇습니다. 지금은 해가 하나밖에 없습니다. 그런데도 태양의 열기가, 특히 한여름에는 거의 살인적이어서 우리의 얼굴과 몸이 다 타들어갈 지경입니다. 온몸의 힘도 쫙 빠지고요. 그런데 태양이 결혼해서 자식까지 생기면 그때는 어떻게 되겠습니까?"

늑대와 학

늑대가 고기를 먹다가 목구멍에 뼈가 걸렸다. 늑대는 목이 긴 학에게 제발 뼈를 빼달라고 사정하면서, 부탁을 들어주면 푸짐한 선물을 주겠다고 약속했다. 학은 늑대가 간곡히 사정하는데다 선물까지 주겠다고 하자 늑대의 목에 걸린 뼈를 빼주었다. 그리고 나서 늑대에게 약속을 지키라고 했다. 그러자 늑대가 대답했다.

"이런 배은망덕한 것을 봤나. 내 입 안에 네 머리가 들어와 있어도 상처 하나 입히지 않고 가만히 내버려두지 않았느냐. 그만하면 큰 선물이지 바라긴 뭘 더 바라?"

두 마리의 개

새끼를 밴 암캐가 있었다. 하지만 새끼를 낳을 만한 마땅한 장소가 없어 다른 암캐에게 집을 빌려달라고 부탁했다. 암캐가 집을 빌려 새끼를 낳은 다음 몸도 추스르고 건강해지자, 집주인 개가 말했다.

"이제 새끼도 낳고 몸도 건강해졌으니 네 새끼들을 데리고 내 집에서 떠나줄래?"

그러나 어미개는 꿈쩍도 하지 않았다. 집주인 개가 자기 집에서 떠나달라고 한번 더 간곡하게 말했다. 그러자 어미개는 오히려 더 화를 냈다.

"왜 쓸데없는 이야기를 해서 날 귀찮게 하니? 네가 나보다 힘도
더 세고 무서우면 집을 돌려주겠지만, 너랑 나랑은 만만하니까
꿈도 꾸지 마."

10

남자와 뱀

겨울이 되어 날씨가 춥고 온 천지가 얼어붙었다. 마음씨 착한
남자가 길바닥에서 오들오들 떨고 있는 뱀을 데려다가 자기 집
에서 겨울 내내 머물게 했다. 여름이 되어 몸에 살이 오르고 독이
생기자, 뱀은 착한 남자의 말을 듣지 않기 시작했다. 착한 남자는
배은망덕한 뱀의 행동을 참다못해 그만 자기 집에서 떠나달라
고 했다. 그러자 뱀은 잘못을 뉘우치기는커녕 오히려 그를 물어버
렸다.

사자와 당나귀

당나귀가 길을 가다가 사자를 보고는 아무 이유 없이 사자를 비웃었다. 당나귀가 자기를 비웃는 것을 본 사자가 기가 막혀 혼잣

말을 했다.

"별 미친놈을 다 보겠군. 뭐 상대가 돼야 화도 내지. 괜히 내 입을 네 피로 더럽히느니 그냥 비웃음을 당하는 게 낫겠어."

시골 쥐와 도시 쥐

도시 쥐가 여행을 하다가 시골 쥐의 초대를 받았다. 집도 초라하고 식사도 도토리, 콩, 보리 같은 보잘것없는 것이었지만 주인의 정성이 듬뿍 담겨 있었다. 며칠 뒤 도시 쥐가 자기 집으로 돌아가면서 시골 쥐를 초대했다. 그래서 시골 쥐는 도시 쥐가 사는 커다란 궁궐의 멋진 방에 함께 갔다. 방에는 진수성찬이 잔뜩 차려져 있었다. 도시 쥐가 시골 쥐에게 음식을 보여주며 말했다.

"친구야, 먹을 게 많이 있으니까 먹고 싶은 대로 다 먹어봐. 나는 음식이 매일 남아돈단다."

시골 쥐와 도시 쥐는 배불리 먹고 재미있게 놀았다. 그런데 갑자기 창고지기가 큰 소리를 내며 문을 열었다. 놀란 쥐들은 몸을 숨기기에 정신이 없었다. 도시 쥐는 자기 집이라 금방 숨었지만, 시골 쥐는 어디가 어디인지 몰라 우왕좌왕하다가 간신히 벽을 타고 천장으로 올라갔다. 시골 쥐는 붙잡혀 죽지는 않을까 잔뜩 겁에 질렸다.

창고지기가 문을 잠그고 나가자 쥐들은 다시 제자리로 돌아왔다. 도시 쥐가 시골 쥐에게 말했다.

"도망치느라 많이 놀랐지? 자, 이제 다시 먹고 놀자. 놀고 먹을 게 사방에 널려 있잖아. 잘 봤지? 아무 위험도 없으니까 걱정하지 마."

시골 쥐가 대답했다.

"겁낼 게 없는 너나 실컷 먹고 놀아. 나는 시골에서 마음 편하게 두 발 뻗고 살 거야. 거기에는 두려울 것도, 걱정할 것도 없단다. 하지만 너는 신경쓸 게 너무 많아. 안전한 게 아무것도 없잖아? 언제 쥐덫에 걸릴지, 고양이한테 잡혀먹을지 알 수 없잖니? 그리고 여기서는 아무도 너를 좋아하지 않는 것 같구나."

독수리와 여우

독수리가 자기 새끼들에게 먹이려고 여우 새끼를 잡아갔다. 여우가 독수리를 쫓아가면서 새끼를 돌려달라고 빌었다. 독수리는 자기가 힘이 더 센 것만 믿고 들은 척도 하지 않았다. 그러자 영리한 여우가 짚더미를 잔뜩 가져와 독수리의 둥지가 있는 나무 밑에다가 불을 지폈다. 연기와 불길이 치솟으면서 독수리와 독수리

새끼들이 위험해지자, 독수리는 그제야 할 수 없이 여우 새끼를 돌려주었다.

14

독수리와 달팽이와 까마귀

독수리가 달팽이를 낚아채 하늘 높이 날아갔다. 하지만 달팽이가 껍데기 속에 들어가 꼼짝하지 않았기 때문에 먹을 수가 없었다. 독수리가 달팽이 껍데기를 깨지 못해 끙끙거리는데 까마귀가 찾아왔다. 까마귀가 독수리에게 아부하면서 말했다.

"세상에, 맛있는 걸 잡아오셨네요. 하지만 머리를 써야지, 안 그러면 아무 소용이 없어요."

그러자 독수리는 까마귀에게 달팽이를 나누어줄 테니 어떻게 하면 되는지 가르쳐달라고 했다. 까마귀가 이렇게 충고했다.

"아주 높이 날아가서 바위에다 달팽이를 힘껏 떨어뜨리세요.

그러면 달팽이 껍데기가 깨질 거예요. 그러고 나서 사이좋게 나눠먹으면 되잖아요?"

이렇게 해서 껍데기 속에 안전하게 숨어 있던 달팽이는 까마귀의 나쁜 충고로 목숨을 잃고 말았다.

15

까마귀와 여우

까마귀가 창가에 놓아둔 치즈를 입으로 낚아채 나무 위로 날아가 앉았다. 그걸 본 여우가 치즈가 먹고 싶어 거짓으로 까마귀를 칭찬하기 시작했다.

"너보다 더 아름다운 새는 없을 거야. 깃털도 빛나고 멋있지, 몸매도 잘빠졌지, 맑은 목소리만 가졌으면 너보다 더 잘난 새는 없을 거야."

여우의 칭찬에 우쭐해진 까마귀는 자기 목소리를 자랑하고 싶어서 노래를 부르기 시작했다. 까마귀가 입을 여는 순간 물고 있던 치즈가 떨어지자, 나무 밑에서 기다리던 여우가 치즈를 날름 물어 까마귀가 보는 앞에서 먹어치웠다. 까마귀는 여우에게 속은 것을 깨닫고 비명을 질렀지만 이미 후회해도 소용없었다.

16

사자와 멧돼지와 황소와 당나귀

사자가 늙고 병들어 죽을 때가 다 되었다. 그러자 멧돼지가 옛 날에 사자에게 상처입은 것을 복수하기 위해 씩씩거리며 찾아와 사자를 들이받았다. 얼마 후에는 황소가 찾아와서 사자를 뿔로 들이받았다. 마지막으로 사자에게 앙심을 품고 있던 당나귀가 찾 아와 사자의 면전에다 뒷발질을 했다. 무참히 당한 사자가 깊은 한숨을 내쉬며 말했다.

"내가 건강하고 힘이 셀 때는 벌벌 떨면서 내 이름만 들어도 맥 을 못 추던 것들이 이럴 수가! 내가 지금껏 자기네들을 얼마나 안전하게 보살펴주었는데, 이제 와서 모두 합세해 나한테 덤벼들다니."

17

당나귀와 강아지

당나귀가 주인이 늘 강아지만 데리고 다니면서 귀여워하는 것을 보고는 생각했다.

'주인과 집안식구들이 조그맣고 볼품없는 강아지를 저렇게 예뻐하고 좋아하니, 만약 내가 똑같이 굴면 나는 얼마나 좋아하겠어? 어느 면에서 보나 내가 강아지보다야 훨씬 낫지. 그러니 당연히 내가 더 좋은 대접을 받고 살아야 해.'

당나귀가 이런 생각에 잠겨 있는데 밖에 나갔던 주인이 집으로 돌아왔다. 당나귀는 주인을 향해 히힝 울며 우리에서 뛰어나갔다. 그리고는 강아지처럼 주인 앞에서 깡충깡충 뛰며 주인의 어깨에 발을 딛고 혀로 얼굴을 핥기 시작했다.

당나귀가 무거운 몸으로 짓누르자 주인의 옷은 진흙과 먼지로 엉망이 되었다. 당나귀의 갑작스러운 응석에 질겁한 주인이 도와 달라며 소리치자, 주인의 고함소리를 듣고 달려나온 식구들이 당나귀를 몽둥이로 마구 두들겨팼다. 당나귀는 갈비뼈가 부러지고 온몸에 멍이 든 채 다시 우리 안으로 끌려들어가 묶이는 신세가 되었다.

사자와 들쥐

산비탈에서 사자가 낮잠을 자고 있었다. 들쥐들이 뛰어다니며 놀다가 사자가 있는 곳까지 왔다. 그중 한 마리가 실수로 잠자던 사자를 밟아 붙잡히고 말았다. 들쥐는 사자에게 실수였으니 불쌍히 여겨 한번만 살려달라고 애원했다. 진정으로 잘못을 뉘우치는 모습이었다. 사자는 들쥐가 너무 작아서 복수고 뭐고 할 게 없어 보였다. 조그맣고 힘없는 들쥐를 죽이면 오히려 자신의 명예를 더럽힐 것 같았다. 그래서 넓은 마음으로 들쥐를 용서해 상처 하나 입히지 않고 풀어주었다. 들쥐는 연거푸 고맙다고 인사하며 그곳을 떠났다.

며칠 뒤 사자가 덫에 걸렸다. 사자가 몸부림을 치면서 큰 소리로 울고 있는데, 그때 사자가 풀어준 들쥐가 울음소리를 듣고 달려왔다. 사자가 덫에 걸린 것을 알고 들쥐가 말했다.

"사자님, 힘내세요. 아무것도 걱정하지 마세요. 저는 당신에게 받은 은혜를 잊지 않고 있답니다. 지금이야말로 제가 그 은혜에 보답할 기회군요."

그리고는 매듭이 쉽게 풀릴 만한 곳을 찾아 이빨로 밧줄을 갉기 시작했다. 잠시 후 사자는 덫에서 풀려나 자유로워졌다.

솔개와 어미

오랫동안 병을 앓아 목숨이 위태로운 솔개가 울면서 엄마에게 소원을 이야기했다.

"엄마, 신전에 가서 내 병을 낫게 해달라고 기도를 올려주세요."

엄마가 대답했다.

"얘야, 네 소원을 들어주는 거야 어렵지 않지만 괜히 부질없는 짓을 하는 건 아닌지 모르겠구나. 네가 신전이란 신전은 죄다 부수고, 제단을 더럽히고, 제물에까지 손을 댔으니 네 건강을 되찾아달라고 기도를 해도 소용이 없을 것 같구나."

20

제비와 새들

　모든 새들이 농부가 밭을 갈고 아마 씨를 뿌리는 것을 보았지만 그것이 무엇인지 알지 못했다. 그것의 쓰임이를 아는 제비가 다른 새들을 불러모아 말했다.

　"장차 이게 우리에게 큰 화를 미칠 거야."

　시간이 흘러 씨앗에서 싹이 터 자라는 것을 본 제비가 다른 새들에게 말했다.

　"이게 자라면 우리에게 큰 화근이 돼. 힘을 합쳐 새싹들을 뽑아 버리자. 저게 자라면 밧줄이 될 거야. 그러면 사람들이 그걸로 덫을 만들어 우리를 잡으려 들걸."

　하지만 다른 새들은 제비의 충고를 귀담아듣기는커녕 코웃음만 쳤다. 제비는 새들이 자기 충고를 무시하는 것을 보고는 인간들

을 찾아갔다. 그리고 그들의 처마 밑에 둥지를 틀고 인간의 보호를 받으며 살았다. 하지만 제비의 충고를 귀담아듣지 않은 다른 새들은 덫에 걸려 고통을 받는 신세가 되었다.

제**3**부

이솝 우화 II

유피테르 신과 개구리

개구리들이 호숫가에서 자유롭게 살고 있었다. 하루는 개구리들이 모여 유피테르 신에게 잘못을 저지른 개구리를 벌주고 바로잡을 왕을 내려달라고 간청했다. 유피테르 신은 그들의 청을 웃어넘겼다. 개구리들은 유피테르 신이 아무런 반응도 보이지 않자 다시 간곡히 졸랐다.

동정심 많은 유피테르 신은 개구리들의 천진스러움을 보고는 커다란 나무토막을 호수 한가운데 던져주었다. 무거운 나무토막이 물속으로 첨벙 빠지면서 우레 같은 소리가 나자 놀란 개구리들은 물속으로 도망쳤다. 잠시 후 개구리 한 마리가 물 위로 고개를 내밀어 유피테르 신이 내려준 왕이 누구인지 보았다. 개구리는 자기네 왕이 나무토막인 것을 알고는 다른 개구리들을 불러모았다. 몇몇 개구리들이 여전히 두려움에 떨면서 새로 온 왕에게 인사를 하려고 다가갔다. 하지만 곧 그것이 생명이 없는 나무토막이라는 것을 알고는 그 위로 올라가 밟아대며 놀았다. 개구리들은 다시 유피테르 신에게 간청했다.

"이번에 내려주신 왕은 아무 소용이 없어요. 그러니까 다른 왕을 내려주세요."

그러자 유피테르 신은 개구리들에게 황새를 내려보냈다. 황새는 개구리들을 한 마리씩 잡아먹기 시작했다. 개구리들은 울면서 유피테르 신에게 살려달라고 애원했다. 그러자 유피테르 신은 큰 소리로 개구리들을 꾸짖었다.

"너희가 왕을 원했을 때, 나는 왕을 보내주려고 하지 않았다. 하지만 너희가 하도 졸라대서 할 수 없이 나무토막을 내려주었지. 그런데 너희는 그걸 하찮게 여겼다. 그래서 지금 너희가 모시는, 그리고 앞으로도 계속 모셔야 할 새로운 왕을 보내준 것이다. 너희 스스로 복을 걷어차고 화를 자초한 셈이니 아무 불평 말거라."

2

비둘기와 솔개와 매

비둘기들은 솔개가 무서워 늘 두려움에 떨며 도망다녀야 했다. 그래서 솔개로부터 안전하게 보호받기 위해 힘이 세고 잔인한 매를 보호자로 삼기로 했다. 비둘기들은 매를 보호자로 삼으면 안전하리라 생각했다. 그런데 매는 기강을 바로잡고 질서를 세운다는 구실로 비둘기들을 한 마리씩 잡아먹기 시작했다. 그러자 비둘기 하나가 말했다.

"매가 이렇게 횡포를 부릴 줄 알았으면 차라리 솔개가 못살게

굴 때 그냥 꾹 참고 지낼걸. 이제는 우리의 보호자라 믿었던 매한
테 잡아먹히는 꼴이 되었네. 하지만 우리가 선택한 거니 참고 견
딜 수밖에."

3

도둑과 개

도둑이 어느날 밤 부잣집에 도둑질하러 갔다가 문앞에서 개가
집을 지키고 있는 것을 보았다. 도둑은 개의 입을 막기 위해 빵조
각을 던져주었다. 그러자 개가 고마워해야 할지 화를 내야 할지
생각해보고는 이렇게 말했다.

"네가 내 주인과 가족들을 모두 죽이고 이 집에 있는 물건들을
훔쳐가버리면 나는 어디서 살아야 하지? 네가 나보고 조용히하라
고 빵을 주지만, 나중에 내가 배고파 굶어죽게 되면 나를 불쌍히
여겨 빵을 줄지 의문이구나. 네가 던져준 빵을 먹고 내 행복이 깨

지는 것을 잠자코 지켜보지는 않을 거야. 아무렴, 있는 힘을 다해 짖어서 주인과 식구들을 깨우고 집 안에 도둑이 들어왔다고 알릴 거야. 나는 코앞에 닥친 현재만을 보지 않고 다가올 미래도 본단다. 그러니까 좋게 말할 때 조용히 돌아가."

훌륭한 개는 도둑이 던져준 빵 때문에 주인을 배신하지 않았다.

4

암퇘지와 늑대

암퇘지가 새끼를 낳으려고 진통을 하고 있는데 늑대가 와서 말했다.

"마음 푹 놓고 새끼를 낳아요. 내가 옆에서 산파 노릇을 하면서 안전하게 지켜줄게요."

암퇘지가 늑대의 시커먼 속을 훤히 들여다보고는 말했다.

"내가 네 말을 믿을 줄 아니? 네 도움은 받고 싶지 않아. 그러지

말고 내 옆에서 좀 떠나줘. 네가 있으면 더 불안해서 새끼를 낳을
수 없단 말이야."

　암돼지는 예전에 자기가 늑대를 엄마처럼 돌봐주었던 것을 생각
해서라도 제발 자기 부탁을 들어달라며 사정했다. 결국 늑대는 돼
지의 간곡한 부탁에 못 이겨 그곳을 떠났고, 돼지는 안전하고 마음
편히 새끼를 낳을 수 있었다. 만약 암돼지가 음흉한 늑대의 말을
믿었다면 새끼들과 함께 고스란히 늑대의 먹이가 되었을 것이다.

아이를 낳으려는 대지

　대지가 커다란 신음소리를 내자 대지가 아이를 낳을 것이라는
소문이 돌았다. 그러자 모든 나라 모든 사람들이 대지가 토해내
는 소리에 놀라 두려움에 떨었다. 그래서 사람들은 대지가 순산
할 수 있도록 땅에다 군데군데 커다란 구멍을 뚫어주었다. 그런

데 대지에서 나온 것은 작고 보잘것없는 쥐 한 마리였다. 쥐가 태어났다는 소식이 사방에 퍼지자, 걱정하던 사람들은 한숨을 돌리며 비웃음을 터뜨렸다.

양과 늑대

염소들과 함께 풀을 뜯고 있는 어린 양에게 늑대가 다가와 말했다.

"네가 같이 살고 있는 염소는 네 친엄마가 아니야."

그러고는 멀찌감치 떨어진 양을 가리켰다. 어린 양이 대답했다.

"나를 낳아준 친엄마는 필요없어요. 오히려 여기 있는 이 염소가 나한테는 친엄마나 마찬가지예요. 자기 자식들을 제쳐놓고 나에게 젖을 먹이고 키웠으니까요."

그러자 늑대가 반박했다.

"정신차려. 그래도 너를 낳아준 친엄마가 너를 더 사랑하고 예뻐한단다. 그러니까 저쪽으로 가."

어린 양이 말했다.

"당신 말도 맞긴 해요. 하지만 사실 내가 여기 있는 건 친엄마의 깊은 뜻 때문이에요. 여기에서 염소 엄마와 함께 사는 게 더 안전하거든요. 왜냐면 가축들과 들짐승들은 자기 자식을 이용하지 않지만, 백정들과 목동들은 매일 젖도 짜고 털도 깎고, 필요에 따라 잡아먹기까지도 하잖아요. 그러니까 내가 보기에도 여기서 염소들하고 같이 사는 게 더 안전해요. 나는 당신이 말하는 곳보다 여기 있는 게 더 편해요."

늙은 개와 주인

젊을 때 사냥을 따라다니면서 궂은일도 마다 않고 열심히 주인을 모시던 개가 이제 늙어 몸도 무겁고 이빨도 다 빠져버렸다. 어느날 늙은 개가 사냥을 나갔다가 용케 토끼를 잡고도 힘이 없어 놓쳐버리고 말았다. 늙은 개는 토끼를 쫓아 넓은 들판을 헤매고 다녔지만 헛수고였다. 그러자 주인은 화가 잔뜩 나서 말했다.

"도대체 무슨 일을 잘할 수 있는 거니? 넌 이제 아무데도 쓸모가 없구나."

개가 주인에게 말했다.

"저는 이제 늙어서 힘도 못 쓰고 이빨도 다 빠졌어요. 한때는 기운이 넘쳤고 그때는 주인님이 절 칭찬하셨지요. 지금 주인님은 제대로 일을 못한다고 저를 나무라시지만, 제가 옛날에 어땠는지 기억해주시고, 지금도 할 수 있는 만큼 열심히 하고 있다는 걸 알아주시면 좋겠어요."

산토끼와 개구리

　수많은 사냥개와 개가 매일 산토끼들을 덮쳐 많은 산토끼가 죽어가자 산토끼들이 모여 회의를 열었다. 산토끼들은 이런 시련을 당하느니 차라리 다 같이 죽어버리자는 결론을 내렸다. 그래서 산토끼들은 강물에 빠져죽기 위해 강가로 몰려갔다. 수많은 산토끼들이 한꺼번에 몰려들자 개구리들이 놀라서 물속으로 도망쳤다. 그것을 본 토끼 하나가 이렇게 말했다.

　"여러분, 절망하지 말고 있는 그대로 열심히 살아봅시다. 다른 동물들도 우리처럼 많은 시련을 당하고 두려움에 떨면서 살아가지 않습니까. 어떤 시련이 닥친다 해도 인내와 희망을 가지고 견뎌냅시다. 언젠가는 좋은 날이 올 겁니다."

늘대와 새끼 염소

해산한 엄마 염소가 풀을 뜯으러 나가면서 집에 남아 있는 새끼 염소에게 주의를 주었다.

"짐승들이 먹이를 찾아서 우리 주변을 맴돌고 있으니까, 아무에게나 문을 열어주면 안된다."

이렇게 말하고 엄마 염소는 풀을 뜯으러 나갔다. 잠시 후 늘대가 와서 문을 두드리며 엄마 목소리를 흉내내어 새끼 염소에게 문을 열라고 했다. 그러자 새끼 염소가 문틈으로 엿보고는 말했다.

"엄마 목소리와 비슷하기는 하지만, 나를 속이려고 그러는 거 잘 알아요. 엄마 목소리를 흉내내서 나를 잡아먹으려는 거죠? 절대로 문을 열어주지 않을 테니까 그만 가보세요."

가난한 남자와 뱀

가난한 남자의 집에 사는 뱀이 슬그머니 식탁으로 기어올라가 남자와 빵 부스러기를 나눠먹곤 했다. 그후로 가난한 남자는 하는 일마다 잘되어 큰돈을 벌었다. 그러던 어느날, 남자가 뱀 때문에 화가 나 도끼로 뱀에게 큰 상처를 입혔다. 그러자 그 남자는 다시 옛날처럼 가난해졌다. 가난한 남자는 자신의 사업이 번창한 것이 다 뱀 덕분이었다는 사실을 깨닫고 뱀에게 잘못을 빌었다. 그러자 뱀이 남자에게 말했다.

"나도 너를 용서해주고 싶어. 하지만 내 상처가 다 아물더라도 너를 옛날처럼 완전히 믿을 수는 없을 것 같아. 네가 나를 도끼로 내리쳤을 때의 그 아픔을 잊을 수 있다면 다시 친하게 지낼 수도 있겠지만 말이야."

사슴과 양과 늑대

사슴이 양에게 예전에 밀가루 한 포대를 빌려주었으니 갚으라고 요구했다. 옆에 있던 늑대도 거들었다. 양은 사슴의 말이 거짓임을 알면서도 사슴이 늑대와 함께 있는 것을 보고 무서워서 이렇게 대답했다.

"밀가루를 갚을 테니 며칠만 시간을 줘."

며칠 후 사슴이 다시 양에게 밀가루를 달라고 했다. 그러자 양이 대답했다.

"네가 네 꾀에 속은 거야. 지금은 늑대가 없잖니? 네가 나를 협박하려고 내 천적인 늑대를 데려와 빌리지도 않은 밀가루를 돌려달라고 했지? 그때는 그러겠다고 대답했지만, 이제는 무서운 늑대가 없으니 빌리지도 않은 걸 갚을 필요가 없지."

대머리와 파리

파리가 대머리의 머리 주위를 맴돌면서 매일 그를 못살게 굴었다. 대머리가 파리를 잡으려고 손바닥으로 자기 머리를 쳤지만 번번이 실패했다. 파리는 대머리를 약올리는 것이 재미있어 더 신이 났다. 그러자 대머리가 파리에게 말했다.

"조심해, 넌 지금 죽음을 벌고 있는 거야. 내가 널 잡으려다 내 머릴 때려도 난 조금밖에 아프지 않지만, 그러다가 널 맞히기만 하면 넌 끝장이야."

여우와 황새

여우가 황새를 식사에 초대했다. 여우는 접시에 묽은 죽을 담아 황새에게 내놓았다. 황새는 뾰족한 부리 때문에 죽을 먹지 못하고 빈속으로 돌아와야 했다.

며칠 뒤 황새가 여우를 식사에 초대했다. 황새는 여우에게 복수하려고 목이 긴 유리병에 음식을 담아 내놓았다. 여우는 병 안으로 입이 들어가지 않아 아무것도 먹지 못했다. 황새는 여유있게 음식을 먹으면서 맛있으니 어서 먹으라며 여우의 약을 올렸다. 여우는 황새가 자기의 장난에 복수하고 있다는 것을 깨달았다. 그러자 황새가 말했다.

"친구야, 네가 나에게 식사를 잘 대접했으면 나도 똑같이 답례를 했을 거야. 기분이 언짢아도 어쩔 수 없어. 다 네가 뿌린 씨니까 네가 거둬들여야지."

늑대와 인형

늑대가 벌판에서 인형을 발견했다. 인형을 두세 번 이리저리 굴려본 늑대가 말했다.

"정말이지 아름답게 생겼구나. 하지만 머리는 텅 비었어."

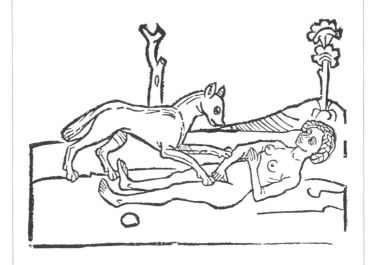

떼까마귀와 공작새

허영심 많은 떼까마귀가 우연히 공작새 깃털을 주웠다. 떼까마귀는 그 깃털로 치장하고는 자기 동족들을 무시하고 공작새들과 어울렸다. 그러나 공작새들은 떼까마귀가 자기 종족이 아니라는 것을 알고는 떼까마귀의 깃털을 빼앗고 부리로 마구 쪼아 혼쭐을 냈다. 온몸이 찢기고 초주검이 되어 쫓겨난 떼까마귀는 전에는 무시하고 거들떠보지도 않던 자기 동족들을 찾아갔다. 그러자 한 떼까마귀가 허영심 많은 떼까마귀에게 말했다.

"네가 우리처럼 원래 모습을 자랑스럽게 여기고 만족했다면 오늘 같은 불상사는 당하지 않았을 거야. 또 우리에게 버림받지도 않았을 테고 말이야."

16

파리와 노새

수레 위에 앉아 있던 파리가 노새에게 말했다.

"야! 왜 이렇게 천천히 가는 거야. 빨리 좀 가! 안 그러면 네 목덜미를 따끔하게 물어버릴 거야."

그러자 노새가 파리에게 말했다.

"안장에 앉은 마부가 무섭지 네 말은 하나도 무섭지 않아. 마부가 날 채찍으로 때려서 가는 거지, 네가 무서워서 가는 줄 아니? 그렇게 어리석게 너보다 힘센 이에게 잘난 척하다 큰코다칠 테니 조심해."

17

파리와 개미

파리와 개미가 서로 자기가 잘났다며 싸우고 있었다. 파리가 먼저 자기가 잘난 이유를 설명했다.

"네가 나랑 맞먹을 순 없지. 내가 모든 면에서 너보다 뛰어나니까. 제물을 차리면 내가 가장 먼저 맛보지. 게다가 나는 왕의 머리 위에도 앉을 수 있어. 마음만 먹으면 귀부인들의 뺨에 키스도 할 수 있고. 너는 꿈도 꾸지 못하는 일들이지."

그러자 개미가 이에 질세라 말했다.

"이 나쁜 녀석아, 뻔뻔하게도 버릇없는 짓만 골라서 잘났다고 떠벌리는구나. 네가 말하는 것 중에서 뭐 쓸 만한 게 있니? 너는 네 멋대로 왕이나 귀부인들을 찾아가서는 모두가 네 거라고 해대지만, 남을 중상모략하고 귀찮게 하는 놈들이 그렇듯 가는 곳마다 쫓겨나지. 너는 여름에는 기운이 펄펄 나서 돌아다니지만, 날씨가 쌀쌀해지면 꼼짝도 못하지. 하지만 나는 여름에는 기쁘게 지내고 겨울에는 안전하게 지내. 말 그대로 언제나 편안하게 살지. 나는 즐겁고 행복하게 살지만 너는 사람들이 파리채를 휘둘러 쫓아버리잖아."

18

늑대와 여우와 원숭이

늑대가 화가 나서 여우가 도둑질을 했다고 고소했다. 하지만 여우는 자기는 그런 적이 없다며 맞섰다. 결국 원숭이가 재판을 맡았다. 늑대와 여우는 원숭이 앞에서 각자 자기 변론을 하고 상대방의 험담을 늘어놓았다.

공정하고 신중한 재판관인 원숭이는 그들의 말을 다 듣고 나서 판결을 내렸다. 늑대는 자신이 신고한 것을 잃어버린 적이 없으며, 여우가 재판과정에서 완강히 부인했지만 늑대는 여우가 도둑질을 했다고 계속해서 믿고 있기 때문에, 원숭이는 서로 상대방에 대한 불신을 둘만의 생각으로 갖고 있으라고 명했다.

19

족제비와 남자

한 남자가 쥐를 잡으면서 족제비도 함께 잡았다. 도망칠 수 없다는 것을 안 족제비가 남자에게 사정했다.

"제발 절 좀 풀어주세요. 제가 못된 쥐들을 잡아먹어서 당신 집이 깨끗해졌잖아요."

그 말에 남자가 대답했다.

"네가 나를 위해서 쥐를 잡았니? 나를 위해서 그랬다면 당장 너를 풀어주마. 하지만 너는 네 배를 채우고 다음에 먹을 식량을 마련하기 위해 쥐들을 잡았고, 쥐들이 먹을 내가 남긴 음식까지 먹어치우며 좋아했잖아. 네가 내 집을 깨끗이 청소한 건 미리 염두에 두었던 네 이익을 위해서지. 네가 나를 위해서 쥐를 잡은 게 아니니 너를 용서할 수 없어."

개구리와 황소

개구리가 들판에서 풀을 뜯고 있는 황소를 보고는 생각했다.

'쭈글쭈글한 살가죽을 부풀리면 나도 저 황소만큼 커질 수 있을 거야.'

개구리는 자기 몸을 잔뜩 부풀리고는 자기가 황소만큼 커졌는지 자식들에게 물어보았다. 자식들이 아니라고 대답하자, 개구리는 다시 몸을 더 크게 부풀리고 "이제 내 몸이 크냐"라고 다시 물어보았다. 자식들이 아직도 멀었다고 대답하자 개구리는 다시 몸을 더 크게 부풀렸다. 하지만 너무 힘을 준 나머지 가죽이 찢어지면서 배가 터져 죽고 말았다.

제4부

이솝 우화 Ⅲ

사자와 양치기

사자가 깊은 산속을 헤매다가 길을 잃어버렸다. 가시밭길을 지나다가 발에 가시가 박히는 바람에 상처를 입고 쩔쩔매는데, 저 멀리서 양치기가 걸어오는 것이 보였다. 사자는 반가운 나머지 꼬리를 흔들고 앞발을 들어 보이며 발걸음을 재촉했다.

양치기는 힘센 사자가 자신을 위협하며 달려오는 것을 보고는 깜짝 놀라 데리고 있던 동물들을 사자에게 내놓았다. 하지만 사자는 동물들은 거들떠보지도 않고 가시 박힌 발을 양치기의 가슴에 얹었다. 현명한 양치기는 사자의 발에 상처가 난 것을 보고는 사자가 무엇을 원하는지 알고 날카로운 칼로 부풀어오른 상처를 살살 파내 가시를 빼주었다. 사자는 가시가 빠져 아픔이 사라지자 혀로 양치기의 손등을 핥으며 고마움을 표시했다. 사자는 양치기 옆에 쭈그리고 앉아 어느정도 몸을 추스르고 다시 건강한 몸이 되어 떠났다.

얼마 후, 사자는 사람들에게 잡혀 원형극장에 갇히는 신세가 되었다. 얼마 지나지 않아 사자를 구해준 양치기가 잡혀와 사자가 있는 원형극장의 맹수들에게 던져지는 벌을 받게 되었다.

양치기가 경기장으로 나오자 사자가 그를 잡아먹으러 기세좋게 달려나왔다. 하지만 양치기를 알아본 사자는 관중을 둘러보며 큰 소리로 으르렁대고 울부짖기만 했다. 그리고는 조련사에게 달려가 양치기를 지키겠다는 뜻을 전한 다음 양치기를 혼자 내버려두지 않기 위해 다시 그가 있는 곳으로 되돌아갔다. 양치기는 사자의 기이한 행동을 보고는, 옛날 자기가 산에서 발에 박힌 가시를 빼 목숨을 구해준 사자임을 알아보았다. 조련사가 아무리 사자와 양치기를 떨어뜨려놓으려 해도 사자는 양치기의 곁에서 한 발자국도 움직이려 하지 않았다. 그 광경을 지켜보는 관중들은 신기하기만 했다. 조련사가 그 이유를 설명하자, 관중들은 한목소리로 사자와 양치기를 풀어주라고 외쳤다. 사자와 양치기는 자유롭게 풀려나 사자는 산속으로, 양치기는 자기 고향으로 돌아갔다.

말과 사자

힘센 사자가 벌판에서 풀을 뜯고 있는 말을 보고는 어떻게 하면 그 말을 잡아먹을 수 있을까 궁리했다. 사자는 말에게 친구처럼 다정하게 굴면서 가까이 다가가서는 자신을 유능한 의사라고 소개했다. 사자의 꿍꿍이속을 꿰뚫어본 말은 사자가 두렵지 않은 것처럼 행동하며 오히려 반가운 표정을 지었다. 사자가 의사라고 한 말을 이용해 사자를 되속일 생각을 한 것이다. 말은 발에 가시가 박힌 것처럼 아픈 시늉을 하며 발을 들고 사자에게 말했다.

"오, 내 형제나 다름없는 사자여, 당신이 와서 참으로 반갑소. 나를 구하기 위해 신이 당신을 인도하지 않았나 싶소. 당신은 의사이니 나를 좀 구해주시오. 내 발에서 가시를 빼주시오. 아파죽겠소."

사자는 속으로는 딴생각을 하면서도 겉으로는 안됐다는 표정을 지었다. 그러고는 가시를 빼주겠다며 가까이 다가갔다. 그러자 말이 있는 힘을 다해 사자의 얼굴에 뒷발길질을 했다. 사자는 뒤로 나자빠지면서 정신을 잃었다. 사자가 한참 후 정신을 차리고 살펴보았지만, 말은 이미 사라진 다음이었다. 사자는 머리에 심한 상처가 난 것을 알고 중얼거렸다.

"벌을 받아도 싸지. 속으로는 다른 꿍꿍이가 있으면서 겉으로는 의사인 척 상냥하게 굴었으니 말이야."

말과 당나귀

몸에 금과 은으로 된 장신구들을 걸친, 젊고 아름답고 기품 있는 몸매를 지닌 말이 좁은 길목을 지나다가 당나귀와 마주쳤다. 당나귀는 먼 곳에서부터 짐을 잔뜩 짊어지고 온 길이라 많이 지쳤기 때문에 빨리 길을 비켜주지 못했다. 그러자 말이 당나귀에게 말했다.

"감히 내 길을 가로막다니. 너 같은 놈은 발길질해서 혼쭐을 내줘야 하는데. 내가 지나가는 동안 꼼짝 말고 가만히 서 있어."

당나귀는 말의 오만함에 기가 막혀서 마음속으로 신들을 원망했다. 얼마 후, 말이 달리다가 몸을 다쳐서 회복할 수 없을 정도가 되었다. 주인은 볼품없이 수척해진 말을 더이상 필요로 하지 않았다. 그래서 말은 농장으로 옮겨져 농지와 포도밭에 쓰일 거름을 옮겨야 했다. 말이 예전의 화려한 장신구들 대신 재갈을 물고

짐을 잔뜩 실은 채 길을 가는데, 그때 풀밭에서 한가롭게 풀을 뜯고 있던 당나귀가 알아보고는 악담을 늘어놓았다.

"그렇게 잘난 척하더니, 번쩍번쩍하던 장신구들은 다 어쨌어? 이제는 너도 나와 똑같이 밭일이나 하는 신세구나. 옛날의 그 거만함과 멋진 안장, 금빛 장신구는 어디 두었니? 그 아름답던 몸은 또 어디 갔고? 너의 그 모든 것이 지금은 볼품없는 초라한 것이 되었구나."

4

짐승과 새

짐승들과 새들 사이에 격렬한 전쟁이 일어나 누가 이길지 가늠하기 어려웠다. 전쟁에서 피해를 입지 않으려던 박쥐는 짐승들이 수가 더 많고 덩치도 큰 것을 보고는 짐승들 편에 섰다. 하지만 갑자기 힘센 독수리가 가세하면서 전세가 역전되어 새들이 짐승들

을 몰아내고 승리를 차지했다. 평화가 찾아오자, 자기 동족을 배반하고 적의 편에 섰던 박쥐는 재판에 처해져 온몸의 털이 다 뽑히고 빛이 없는 어두운 곳에서 평생을 살아야 하는 벌을 받았다.

나이팅게일과 매

매가 새벽에 해 뜨는 것을 보기 위해 나이팅게일의 둥지에 앉았다가 둥지 안에 나이팅게일의 새끼들이 있는 것을 보았다. 어미새가 날아와 새끼들을 해치지 말아달라며 사정하자 매가 대꾸했다.

"네가 멋들어지게 노래를 불러주면 원하는 것을 들어주지."

나이팅게일은 내키지 않았지만 새끼들을 살리기 위해 열심히 노래했다. 매가 노래를 다 듣고 나서 말했다.

"그걸 노래라고 한 거야?"

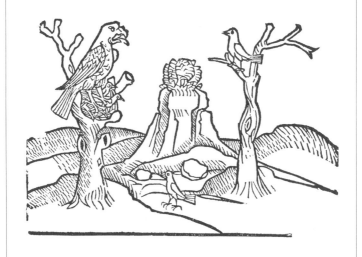

그러고는 매는 나이팅게일 새끼를 잡아먹기 시작했다. 바로 그때 사냥꾼이 가만히 다가와 올가미를 던져 매를 잡아 땅에다 메다꽂았다.

여우와 늑대

늑대가 두고두고 편하게 먹고살기 위해 굴 안에다 고기와 식량을 잔뜩 모아두고 있었다. 이 사실을 안 여우가 부러워하며 늑대를 찾아가 말했다.

"며칠째 통 얼굴을 볼 수가 없구나. 너랑 같이 놀지 못하니까 쓸쓸해. 그러니 이제 나를 좀 위로해주렴."

그러자 늑대가 여우의 마음속을 훤히 들여다보고는 말했다.

"나한테 뭘 얻어가려고 왔지? 넌 내가 보고 싶어서 온 게 아니야. 네가 나를 속이려고 온 게 확실하니 난 하나도 반갑지 않아."

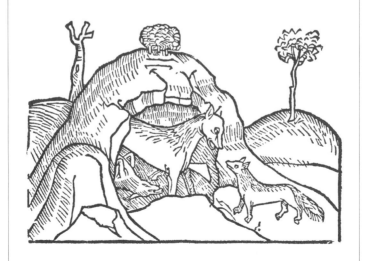

여우는 늑대의 말에 앙심을 품고는 양치기를 찾아갔다.

"당신이 마음놓고 지낼 수 있도록 내가 양들의 천적인 늑대를 당신 손에 넘겨주겠어요. 그러면 당신은 나한테 뭘 해줄 거죠?"

양치기가 대답했다.

"그렇게만 해주면 너에게 필요한 걸 선물하지."

그러자 여우는 늑대가 동굴 안에 있다고 고자질했다. 양치기는 동굴로 찾아가 늑대를 창으로 찔러 죽였고, 질투심 많은 여우는 늑대의 식량을 가로챘다. 하지만 얼마 후 여우는 사냥꾼의 손에 붙잡혔다. 개에게 갈기갈기 물어뜯기는 신세가 된 여우가 말했다.

"내가 잘못했어. 남을 해코지한 벌로 이런 신세가 된 거야."

7

사슴과 사냥꾼

못에서 물을 마시던 사슴이 물에 비친 자신의 근사한 뿔을 보고는 스스로에게 감탄했다. 하지만 가느다란 다리를 보고는 못마땅

해 투덜거렸다.

그러다 사냥꾼의 목소리와 사냥개들이 짖어대는 소리가 들려와 사슴은 발빠르게 험한 산속으로 도망가야 했다. 하지만 커다란 뿔 때문에 나무에 걸려 꼼짝달싹못하고 사냥꾼에게 잡히고 말았다. 사슴은 그제야 죽음이 코앞에 닥친 것을 알고는 말했다.

"나는 정작 쓸모있는 것은 무시하고 거들떠보지도 않았어. 아무데도 쓸모없을 뿐 아니라 해롭기까지 한 것에는 감탄하면서 말이야."

여우와 닭과 개

배고픈 여우가 닭들이 모여 있는 곳으로 왔다. 여우를 본 닭들은 여우가 올라올 수 없는 높은 나무 위로 올라갔다. 닭들이 나무 위로 올라가자, 여우가 수탉에게 아주 상냥하게 말을 걸었다.

"그렇게 높은 곳에 올라가서 뭘 하는 거예요? 우리 모두에게 아주 반가운 소식이 있는데 아직 못 들었어요?"

수탉이 대답했다.

"나는 당신이 말하는 그 소식이 뭔지 들어보지 못했어요."

여우가 말했다.

"아마 소식을 들으면 당신도 반가울 거예요. 그래서 그 소식을 전해주려고 내가 직접 여기까지 왔잖아요. 모든 동물들이 싸우지 않고 사이좋게 지내기로 했답니다. 이제부터는 누가 나를 해치지 않을까 걱정할 필요 없이 서로 믿고 평화롭게 살게 되었지요. 그러니까 당신도 아무 걱정 말고 내려와요. 자, 오늘같이 경사스러운 날을 축하해야지요."

여우의 속임수를 눈치챈 수탉이 말했다.

"정말이지 반가운 소식이네요."

그러고는 수탉이 고개를 길게 빼서 먼 길을 쳐다보는 시늉을 하자, 여우가 물었다.

"뭘 보고 있어요?"

수탉이 대답했다.

"개 두 마리가 입을 벌리고 뛰어오는 게 보여요. 평화가 왔다는 소식을 전하러 오는 것 같아요."

그러자 여우가 벌벌 떨면서 말했다.

"그럼 나는 이만 안전한 곳으로 가는 게 낫겠군요."

수탉이 여우에게 말했다.

"평화가 왔는데 왜 도망을 가지요?"

여우가 대답했다.

"개들도 그 소식을 알고 있을지 의심스러워서요."

이렇게 여우는 수탉을 속이려다 수탉에게 속고 말았다.

여자와 죽은 남편

한 여자가 남편이 죽자 그가 묻힌 무덤에 가서 슬픔에 젖어 여러 날을 보냈다. 한편 어떤 남자가 죄를 지어 교수형에 처해졌는데, 그의 친척들이 시체를 거두어가지 못하도록 한 군인이 그 시체를 지켰다. 시체를 지키던 군인이 목이 말라 여자가 있는 무덤으로 와서 물을 청했다. 군인은 무덤을 보고 그 여자가 어떤 사람인지 알고는 그 여자를 위로하고 이야기를 나누었다. 그때부터 군인은 무덤으로 자주 왔고, 그러면서 두 사람 사이에 우정이 싹텄다.

그러던 어느날, 군인이 여자를 찾아간 사이 시체를 도둑맞았다. 사방을 돌아다녔지만 시체를 찾을 수 없자, 몹시 낙담한 군인은 여자의 발밑에 쭈그리고 앉아 자기 신세를 한탄하기 시작했다. 여자가 군인에게 말했다.

"나도 당신의 불행이 가슴아파요. 하지만 내가 할 수 있는 일이 아무것도 없네요."

군인이 말했다.

"제발 날 좀 도와줘요."

군인을 불쌍히 여긴 여자는 자기 남편의 시신을 무덤에서 파내 교수대에 매달아놓게 했다. 여인의 동정심 덕택에 군인은 자신의 잘못을 무마할 수 있었다. 군인은 여자가 자기를 사랑한다는 것을 알고 여자에게 청혼했고, 결국 여자의 승낙을 얻어냈다.

여자와 남자

많은 남자들을 우롱한 나쁜 여자가 자신이 예전에 여러 번 속였던 남자를 만났다. 남자는 그 여자를 잘 알고 있었기 때문에 쉽게 그 여자에게 넘어갔다. 여자가 남자에게 말했다.

"내가 좋다고 쫓아다니는 남자들은 많았어요. 값비싼 선물들도 많이 받았지요. 하지만 나는 당신을 어느 누구보다도 사랑해요."

남자는 그 여자에게 수도 없이 속은 것을 떠올리면서도 상냥하게 대답했다.

"나도 당신을 나 자신보다 더 사랑하오. 당신이 나만을 사랑해서가 아니라, 당신이 나를 기쁘게 해주기 때문이오."

11

아버지와 버릇없는 아들

버르장머리없고 성질 고약한 아들을 둔 아버지가 있었다. 아들은 매일같이 집을 나갔고, 아들의 장난 때문에 하인들이 매번 다치기 일쑤였다. 그러자 아버지가 아들에게 이야기 하나를 들려주었다.

농부가 커다란 황소와 어린 송아지에게 멍에를 씌우려 애썼지만, 송아지가 날뛰는 바람에 황소가 다쳤다. 그러자 농부가 이렇게 말했다.

"나는 너를 쟁기질시키고 일 시키려고 멍에를 씌우는 게 아니야. 단지 어렸을 때 길들이고 싶을 뿐이란다. 나중에 네가 남을 발로 차거나 뿔로 들이받아 다치게 하면 그땐 돌과 몽둥이로 맞아가면서 길들여져야 하니까."

12

뱀과 줄칼

뱀 한 마리가 대장간으로 들어가 먹을 것을 찾다가 줄칼을 갉기 시작했다. 그러자 줄칼이 말했다.

"이 멍청한 녀석아, 지금 뭐 하는 거야? 네 이빨을 갈고 싶은 거야? 너는 내가 단단한 쇠를 가는 줄칼이라는 것도 모르니? 우툴두

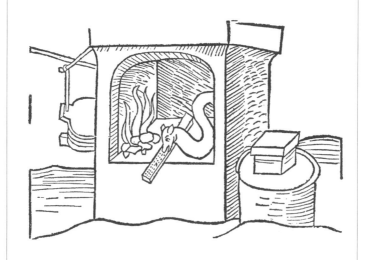

툴한 곳이 있으면 나는 그곳을 반듯하고 매끈하게 만들고, 모서리로는 물건을 잘라내기도 한단 말이야. 그러니까 너는 애초부터 내 상대가 되지 못해."

13

늑대와 양과 개

양들과 늑대들 사이에 큰 전쟁이 벌어졌다. 전쟁이 길어지자, 숫자가 월등히 많은 양들이 개들과 야생양의 도움을 받아 전세를 유리하게 이끌어갔다. 그러자 늑대들이 양들에게 사신을 보내, 자기들에게 개들을 넘기면 평화협정을 맺겠다고 전했다. 그 대신 늑대 새끼들을 양들에게 볼모로 보내겠다고 했다. 그런데 평화협정이 이루어지자 늑대 새끼들이 울부짖기 시작했다. 늑대들은 양들이 자기 새끼들에게 나쁜 짓을 한다며 사방에서 쳐들어왔다. 그리고 양들이 평화조약을 위반했다고 트집을 잡아 양들을 갈기

갈기 찢어서 잡아먹기 시작했다. 이제 도와줄 이들이 없어진 양들은 앉아서 당할 수밖에 없었다.

14

사람들과 나무

사람들이 도끼를 만들 자루를 찾다가 나무들에게 물어보았다. 그러자 나무들이 대답했다.

"산에 있는 올리브나무로 자루를 만들면 오래 쓸 수 있을 거예요."

그리고 나무들은 사람들을 산으로 보냈다. 그렇게 도끼가 만들어지자, 사람들은 도끼를 써서 손쉽게 큰 나무들을 베어갔다. 그것을 본 떡갈나무가 물푸레나무에게 말했다.

"우리는 이런 벌을 받아도 할말이 없어. 우리가 적들이 도끼를 만들도록 도와줬으니 말이야."

15

늑대와 개

산에서 늑대와 개가 만났다. 늑대가 개에게 물었다.

"어이, 친구, 요새 팔자가 편한가봐. 신수가 아주 훤한데."

개가 대답했다.

"나는 도둑이 들지 못하도록 집을 지키기만 하면 돼. 도둑들은 밤에 내가 버티고 있으면 집에 들어오지 못하거든. 그러다가 내가 도둑을 발견하면 사람들이 상으로 빵을 준단다. 주인님은 큼지막한 뼈다귀를 주고. 식구들 모두가 나한테 먹을 것 하나씩을 더 주지. 먹다가 남은 게 있으면 늘 내 몫이야. 그러니 배가 터질 때까지 먹고 싶은 대로 다 먹을 수 있어. 잠은 처마 밑에서 편하게 자고, 물도 모자라지 않고. 그러니 늘어진 팔자지 뭐."

그러자 늑대가 말했다.

"야, 좋겠네, 나도 너같이 배불리 먹고 편하게 살 수만 있다면 더 바랄 게 없을 텐데!"

개가 늑대에게 말했다.

"너도 편하게 살고 싶으면 나랑 같이 가자. 걱정할 건 아무것도 없어."

그래서 늑대가 개를 따라서 집으로 가다가, 개의 목에 사슬 때문에 상처가 생긴 것을 보았다. 늑대가 물었다.

"이봐, 목에 난 그 사슬 자국은 뭐야?"

개가 대답했다.

"내 성질을 사납게 만들기 위해서 낮에는 묶어놓고 밤에만 풀어준단다. 그래도 잠은 내가 원하는 곳에서 마음대로 잘 수 있어."

그 말을 들은 늑대가 말했다.

"네가 자랑한 것들이 나한테는 아무 소용이 없을 것 같구나. 차라리 그냥 자유롭게 사는 게 더 낫겠어. 나는 가고 싶으면 어디든 갈 수 있고, 사슬에 묶여 있지도 않아. 산이나 길에서 마음놓고 살 수 있고, 무서운 것도 없어. 양이나 다른 짐승들을 마음대로 잡아 먹으면 되지. 머리를 써서 개들을 따돌릴 줄도 알아. 난 그렇게 여태껏 살아온 것처럼 살아갈 거야."

16

손과 발과 위

손과 발이 위에게 질투를 느꼈다.

"우리가 고생해서 구해온 것들을 너 혼자서 다 차지하면 어떡하니? 우리는 고생만 하고 너는 가만히 놀기만 하지. 우리가 힘들게 구해오면 너는 받아먹기만 해. 그러니까 이제 둘 중 하나를 골

라. 너도 일을 해서 네가 먹을 걸 해결하든지, 아니면 굶어죽든지."

그다음부터 손과 발은 위를 모른 척했다. 위는 먹을 것을 구할 줄 몰라 매우 겸손하게 손과 발에게 몇번이고 도와달라고 사정했지만 번번이 거절당했다. 몇날 며칠 아무것도 먹지 못하자 위의 열기가 사그라지면서 목이 바짝 타들어가고 정신이 몽롱해졌다. 손과 발은 그제야 몸 전체와 함께 자기도 죽어간다는 것을 깨닫고 많은 음식을 구해왔지만, 이미 위는 아무것도 먹을 수도, 마실 수도 없었다. 이렇게 손과 발은 위와 함께 죽어갔다.

17

원숭이와 여우

원숭이는 여우에게는 멋진 꼬리가 달려 있는데 자기에게는 아무것도 달리지 않은 것이 싫었다. 그래서 엉덩이의 추한 부분을 가릴 수 있게 꼬리를 좀 나눠달라고 여우에게 사정했다. 사실 여우의 꼬리는 너무 길어서 땅바닥에 끌려 걸리적거리기만 할 뿐 별다른 도움이 되지 않았다. 하지만 여우는 원숭이에게 이렇게 대답했다.

"네가 내 도움으로 정숙하고 아름다워지는 건 못 보겠어. 차라리 그냥 긴 꼬리를 달고 땅과 자갈밭과 가시밭길과 진흙탕 위를 질질 끌고 다니는 게 백번 낫단 말이야."

18

상인과 당나귀

상인이 장에 가기 위해 당나귀를 재촉해서 서둘러 길을 가고 있었다. 그는 빨리 가서 장사를 하고 싶은 욕심에 채찍으로 사정없이 당나귀를 때렸다. 당나귀는 매를 맞아서 아프고 짐 때문에 무거워 죽을 지경이 되자 차라리 죽는 게 낫겠다는 생각이 들었다. 결국 당나귀는 지쳐서 죽고 말았다. 하지만 죽은 뒤에도 가죽으

로 작은 북이 만들어져 당나귀는 하루도 쉬지 못하고 두들겨맞아
야 했다.

19

사슴과 황소

사냥꾼들 때문에 놀란 사슴이 농가에 숨어들었다가 외양간으로
들어가게 되었다. 사슴이 외양간에 있던 황소에게 사정을 설명하
고 숨겨달라고 부탁했다. 황소가 대답했다.

"바보같이 왜 여기로 왔어! 네 마음대로 다닐 수 있는 산이 백번
낫지. 여기는 위험해."

그래도 사슴은 황소에게 날이 어두워져 안전하게 도망칠 수 있
을 때까지만 숨겨달라고 매달렸다. 황소는 할 수 없이 어두운 외
양간 구석으로 사슴을 데려갔다. 사슴은 양치기들에게 발각될 염
려도 없고 먹이나 건초를 들고 들어오는 하인들도 없었기 때문에

안심했다. 사슴은 황소에게 몇번이고 고맙다고 인사했다. 하지만 황소는 사슴에게 단단히 주의를 주었다.

"이 집 집사는 눈이 백 개나 달려 있기 때문에 그에게만 들키지 않으면 안심해도 돼. 만에 하나 그 사람한테 들키면 넌 죽은 목숨이야."

그 말이 끝나기가 무섭게 집사가 외양간 안으로 들어왔다. 며칠 전에 사슴이 몰래 들어와 황소의 먹이를 먹어치웠기에, 집사는 여물통을 꼼꼼히 살폈다. 그는 여물통이 비고 건초가 다른 곳에 있는 것을 보고 하인들에게 화를 내고, 소에게 건초를 먹이기 위해 외양간 안으로 들어왔다가 사슴의 긴 뿔을 보았다. 그때 주인이 와서 양치기들에게 어디서 사슴을 데려왔는지 물었다. 하지만 양치기들은 모르는 일이라고만 대답했다.

그러자 주인이 재차 물었다.

"사슴이 여기까진 어떻게 오게 된 거냐?"

모두들 한사코 모른다고 맹세했다. 주인은 누구도 그 사슴을 데려오지 않았다면 저절로 들어온 거라 생각하고 더할 나위 없이 기뻐했다. 그렇게 해서 사슴은 그곳에서 오랫동안 살았다.

사자의 거짓말

맹수들의 왕이 된 사자가 자기도 예전의 잔인함을 버리고 다른 왕들처럼 명성을 얻고 싶었다. 그래서 사자는 예전과는 달리 가축이나 다른 동물들을 잡아먹지 않겠다고 공공연하게 맹세했다. 하지만 사자는 동물을 먹는 습관을 버리지 못하고 자신의 맹세를 곧 후회했다. 그래서 속임수를 써서 동물들을 몰래 잡아먹기 시작했다.

사자는 자기 입에서 고약한 냄새가 나는지 동물들에게 물어보았다. 그러고는 냄새가 난다고 대답한 동물이나 나지 않는다고 대답한 동물이나 아무 말도 하지 않은 동물이나 모두 잡아먹었다. 사자는 원숭이에게도 자기가 입냄새가 고약하게 나는지 물어보았다. 원숭이는 냄새가 고약하기는커녕 오히려 신전에서 나는 좋은 향수 냄새가 난다고 대답했다. 원숭이의 칭찬에 혹한 사자

는 조금은 부끄러워하며 원숭이를 용서해주었다. 하지만 곧 마음을 바꾸어 원숭이를 속여서 잡아먹을 방법을 궁리했다.

사자는 꾀병을 부려 의사들을 불러오게 했다. 사자를 진찰한 의사들은 사자가 심각한 병을 앓고 있는 것은 아니며 음식을 너무 많이 먹어서 탈이 났으니 소화가 잘되는 가벼운 식사를 하라고 말했다. 그러자 왕에게는 모든 게 허용된다는 것을 잘 아는 사자가 말했다.

"나는 원숭이 고기를 먹어본 적이 없다. 그게 무슨 맛인지 먹어보고 싶구나."

그래서 원숭이가 끌려와 사자의 먹이가 되었다. 원숭이가 아무리 좋은 말로 사자의 비위를 맞췄다 하더라도 아무 소용이 없었다.

제**5**부

이솝 우화 IV

1

여우와 포도

여우가 길을 가다가 잘 익은 포도가 넝쿨에 매달린 것을 보고 포도를 따먹으려 했지만 쉽지 않았다. 별의별 방법을 다 써보았지만 도저히 포도넝쿨 위로 올라갈 수 없었다. 모든 것이 헛수고로 돌아가자 울적해진 여우가 말했다.

"포도가 아직 덜 익어서 시퍼렇군. 어차피 고생해서 따봤자 먹지도 못할걸. 쓸데없는 짓이지."

늙은 족제비와 쥐

힘이 없어서 쥐를 잡아먹지 못하는 늙은 족제비가 있었다. 어느 날 족제비가 하얀 밀가루를 뒤집어쓰고 쥐들을 잡기 위해 어두운 곳에 숨었다. 쥐 한 마리가 아무것도 모른 채 족제비를 먹이로 착각하고는 가까이 왔다가 족제비에게 잡아먹혔다. 그렇게 해서 족제비는 쥐 세 마리를 잡아먹을 수 있었다. 하지만 쥐덫과 올가미, 뱀 등 모든 위험을 훤히 꿰뚫고 있는 나이 많은 신중한 쥐는 속일 수 없었다. 늙은 족제비의 계략을 눈치챈 나이 많은 쥐가 말했다.

"무지하고 순진한 어린 쥐들은 잡아먹을 수 있었겠지만, 네 속을 훤히 들여다보는 나에게는 어림도 없어."

3

늑대와 양치기

늑대가 사냥꾼에게 쫓겨 도망가다가 양치기를 만났다. 늑대는 벌벌 떨면서 양치기에게 사정했다.

"제발 제가 숨어 있는 곳을 사냥꾼에게 말하지 마세요. 오, 신들이시여, 도와주십시오! 양치기에게 저를 살려주라고 말씀해주십시오!"

양치기가 대답했다.

"반대쪽을 가리켜서 사냥꾼을 따돌릴 테니, 걱정하지 마."

잠시 후 사냥꾼이 와서 늑대를 찾으며 양치기에게 혹시 늑대를 보지 못했느냐고 물었다. 양치기가 대답했다.

"늑대가 저기 왼쪽으로 가는 걸 보았어요. 빨리 뒤쫓아가면 잡을 수 있을 거예요."

그러나 양치기는 눈으로는 윙크를 하면서 늑대가 있는 오른쪽

을 가리켰다. 하지만 사냥꾼은 눈치채지 못하고 숨을 헐떡거리면서 왼쪽으로 뛰어갔다. 사냥꾼이 사라지자 양치기가 늑대에게 말했다.

"내가 무사히 도망치게 해줬으니 은혜를 갚아야지."

늑대가 대답했다.

"물론 네 입한테는 고맙지만, 네 눈한테는 고맙지 않아. 눈이나 팍 멀어버렸으면 좋겠어."

유노 여신과 공작새와 나이팅게일

공작새가 화가 잔뜩 나서 유노 여신을 찾아가 말했다.

"나이팅게일은 노래를 잘 부르고, 자연과 사물에 대해 훤히 알고 있어요. 하지만 저는 아는 게 아무것도 없고, 제가 노래를 부르면 전부 비웃어요."

그러자 유노 여신이 공작새를 위로하고 화를 풀어주려고 이렇게 말했다.

"그 대신 너는 아름답잖니. 그게 나이팅게일이 가진 재주들보다 더 뛰어난 거야. 너보다 더 빛깔 곱고 화려한 새는 없단다. 너는 보석처럼 아름답게 빛나고, 목과 꼬리 쪽에 곱게 접혀 있는 깃털들도 예쁘잖니. 그러니 네 모습에 만족하거라."

공작새가 대답했다.

"목소리가 따라주지 않는데 그게 다 무슨 소용이에요."

그러자 유노 여신이 말했다.

"신들은 하늘의 뜻에 따라 모두에게 재주를 골고루 나누어주었단다. 너에게는 아름다움과 훌륭한 광채를, 독수리에게는 힘과 용기를, 나이팅게일에게는 미래를 점칠 수 있는 목소리와 노래를 주었단다. 까마귀는 까악까악 우는 것이 특징이고, 비둘기는 노인의 동정심을 얻고, 학의 울음소리는 날씨를 점쳐주고, 학은 늦은 시간에 올리브나무에 알을 낳고, 솔새는 사과나무에 알을 낳지. 제비는 아침볕을 즐겁게 해주고, 벌거벗은 박쥐는 밤에만 날아다니고, 수탉은 새벽 시간을 알아. 이렇듯 모두가 재주를 나눠 가진 거야. 그러니까 신들이 너에게 주지 않은 것에 욕심을 부리지 말거라."

살쾡이와 농부들

죄 없는 살쾡이가 웅덩이의 덫에 걸린 것을 보고 양치기들이 쫓아왔다. 몇사람은 살쾡이를 몽둥이로 때렸고 다른 사람들은 비웃었다. 한 사람이 말했다.

"나쁜 짓도 하지 않았는데 때리지 맙시다. 그놈은 아무 잘못이
없잖소."

살쾡이를 못살게 굴던 사람들이 그의 말을 듣고는 때리던 손을
멈췄다. 살쾡이에게 먹을 것을 주는 사람도 있고, 또 살쾡이의 상
처를 보고 마음아파 울먹거리는 사람도 있었다. 그러다가 밤이
되자 사람들은 살쾡이가 그날 밤 안에 죽지는 않을 거라고 생각
하고는 집으로 돌아갔다. 얼마 후 살쾡이는 기운을 차려 웅덩이
를 빠져나왔고, 두려움에 떨며 위험에서 도망쳐 자기 동굴로 돌
아갔다.

며칠이 지나자 살쾡이는 생각할수록 억울해서 가만있을 수가
없었다. 살쾡이는 화가 잔뜩 나서 자기가 몰매를 맞았던 곳으로
가 양치기들과 가축들을 죽이고는 쑥대밭을 만들어놓았다. 밭을
갈던 농부들도 해쳐서 많은 피해를 입혔다. 이를 본 사람들이 두
려워하며 살쾡이에게 목숨만은 살려달라고 빌었다. 그러자 살쾡
이가 대답했다.

"나에게 돌팔매질을 하고, 몽둥이로 때리고, 또 그것을 부추긴

사람들은 용서할 수 없다. 하지만 나를 불쌍히 여기고, 먹을 것을 준 사람들에게는 손도 대지 않을 것이다."

양과 백정

한 무리의 야생양이 백정이 다가오는 것을 보고도 별로 신경쓰지 않았다. 백정이 양 한 마리를 잡아 죽이는데도 양들은 당장 자기에게 닥친 일이 아니라 가볍게 넘기며 자기네들끼리 이렇게 이야기했다.

"그냥 내버려둬. 잡아가봤자 얼마나 잡아가겠어."

마침내 백정은 양 한 마리만 남겨놓고는 전부 잡아 죽였다. 백정이 마지막 양을 붙잡아 죽이려고 하자 양이 말했다.

"우리가 네 손에 이렇게 죽는 것도 당연하지. 네가 우리를 하나하나 죽여갔는데도 처음부터 그냥 내버려둔 게 잘못이야. 우리가

똘똘 뭉쳐서 너를 머리와 뿔로 받아 죽이거나 몰아낼 수도 있었
는데 말이야."

7

새 사냥꾼과 새들

여름날 새들이 나무그늘에 앉아 이파리를 쪼아먹으면서 즐겁게
지내다가, 사악하게 생긴 새 사냥꾼이 허리춤에 지닌 올가미와
나뭇가지, 미끼 새를 가지고 사냥 준비를 하는 것을 보았다. 순진
하고 무지한 새들이 이야기했다.

"저 사람 좀 봐. 마음이 굉장히 여린가봐. 우리를 보고는 저렇
게 눈물을 흘리다니."

그러자 사냥꾼들의 계략을 잘 아는 똑똑한 새가 다른 새들에게
말했다.

"순진하고 멍청한 새들아, 조심해. 저 남자의 속임수에 넘어가

지 말고 빨리 도망쳐! 꾸물거리지 말고 높이 날아가. 저 남자가 하는 짓을 유심히 살펴보란 말이야. 너희들 중 몇마리를 잡아서 목을 비틀거나 죽이거나 기절시킨 다음 자루에 집어넣을 테니까."

진실한 사람과 거짓말하는 사람과 원숭이

거짓말을 잘하는 사람과 진실한 사람이 함께 세상을 돌아다니다가 원숭이 왕국에 도착했다. 원숭이들의 우두머리가 그들을 보고 자기 앞으로 잡아들이라고 명령했다. 두 사람이 우두머리 앞에 끌려와보니 그 나라의 원숭이들이 모두 근사하게 차려입고 그곳에 모여 있었다. 원숭이의 우두머리는 예전에 로마에서 본 황제처럼 멋들어진 옥좌에 앉아 있었다. 우두머리가 그들에게 물어보았다.

"나와 내 신하들과 국민들이 어떻게 보이느냐?"

거짓말을 잘하는 남자가 먼저 말했다.

"전하는 위대한 황제 같습니다. 그리고 전하 곁에 서 있는 신하들은 기사들과 장군들 같습니다."

사기꾼의 말에 우쭐해진 원숭이의 우두머리가 그에게 상을 내리라고 명했다. 그것을 본 진실한 사람이 생각했다.

'매사에 거짓말만 하는 사람의 말을 듣고 저렇게 큰 상을 내렸으니, 진실을 말하는 내게는 얼마나 큰 상을 내릴까?'

그가 이런 생각에 잠겨 있는데, 원숭이의 우두머리가 물었다.

"내가 누구냐? 그리고 나와 함께 있는 신하들은?"

진실을 사랑하고 항상 진실만을 말하는 사람이 대답했다.

"당신과 여기에 있는 당신 신하들은 원숭이입니다."

그 말을 들은 원숭이의 우두머리는 노발대발해서 진실을 말한 사람을 끌어내 당장 물어뜯어 죽이라고 명령했다.

말과 사슴과 사냥꾼

사이가 나쁜 말과 사슴이 있었다. 말은 사슴이 자기보다 몸매도 근사하고 뿔도 멋있고, 더 우아하게 달리자 질투가 났다. 그래서 말이 사냥꾼을 찾아가 말했다.

"기가 막힌 사슴이 있는데, 그놈이 어디에 있는지 가르쳐주겠어요. 날카로운 창으로 그 사슴을 잡으면 맛있는 고기를 잔뜩 얻을 수 있어요. 사슴 가죽과 뿔과 뼈는 많은 돈을 받고 팔 수도 있고요."

그 말에 욕심이 생긴 사냥꾼이 물었다.

"그 사슴을 어떻게 하면 잡을 수 있지?"

말이 대답했다.

"내가 그 사슴이 있는 곳으로 당신을 태워다주겠어요. 그러면 당신이 창으로 사슴을 잡으면 돼요. 사냥이 잘 끝나면 서로서로 좋은 일 아니겠어요?"

사냥꾼은 말을 타고 사슴이 있는 곳으로 향했다. 현명한 사슴은 사냥꾼이 자기를 잡으러 오는 것을 눈치채고는 들판을 달려 높은 산 쪽으로 재빨리 도망갔다. 말이 진땀을 흘리고 헉헉대며 말했다.

"열심히 뛰었지만 사슴을 쫓아갈 수 없네요. 그러니 이제 그만 내려서 당신 볼일이나 보세요."

그러자 사냥꾼이 말을 탄 채 말했다.

"네 입에 재갈이 채워져 있으니 이제 너는 내가 하자는 대로 해야 돼. 네 마음대로 달릴 수도, 깡충깡충 뛸 수도 없지. 안장에 묶여 있으니, 네 마음대로 발길질하기라도 하면 채찍으로 따끔하게 버릇을 고쳐놓겠어."

당나귀와 사자

당나귀가 산길을 가다가 사자를 만났다. 당나귀가 말했다.

"나랑 같이 산꼭대기로 올라가요. 다른 동물들이 나를 얼마나 두려워하는지 보여줄게요."

사자는 당나귀의 말이 어이가 없어 웃으면서도 어떻게 하나 두고 보려고 당나귀를 따라 산을 올랐다. 산꼭대기에 오르자 당나귀가 큰 소리로 울부짖기 시작했다. 그러자 산토끼와 여우 들이 그 소리를 듣고는 무서워서 도망치기 시작했다. 우쭐해진 당나귀가 말했다.

"다른 동물들이 얼마나 놀라는지 보셨죠?"

그러자 사자가 당나귀에게 말했다.

"네 목소리만 들으면 무서울 수도 있겠지. 하지만 나는 네가 당나귀라는 걸 아니 무서울 게 하나도 없어."

대머리독수리와 새들

대머리독수리가 생일잔치를 연다는 핑계로 작은 새들을 저녁식
사에 초대했다. 새들이 모두 자기 집 안으로 들어오자, 대머리독
수리는 문을 닫아걸고는 한 마리씩 모두 잡아먹었다.

사자와 여우

사자가 거짓으로 병에 걸린 척했다. 그러고는 병문안 온 동물들
을 한 마리씩 잡아먹었다. 여우가 사자의 동굴 앞에 와서 굴 안으
로 들어가지 않고 밖에서 사자에게 안부인사만 했다. 사자가 여

우에게 물었다.

"왜 안으로 들어오지 않고 거기에 있는 거지?"

여우가 대답했다.

"굴 안으로 들어간 동물들의 발자국은 보이는데, 나온 발자국이 보이지 않아서요."

13

아픈 당나귀와 늑대

늑대가 당나귀 병문안을 가서 당나귀를 여기저기 만져보며 어디가 아픈지 물었다. 당나귀가 대답했다.

"네가 건드린 데가 가장 아파."

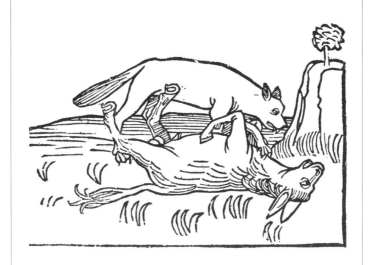

14

덩치 큰 양과 작은 양 세 마리

덩치 큰 야생양이 무서워 벌벌 떨면서 도망치는 것을 본 작은
야생양 세 마리가 마구 비웃으며 쑥덕거렸다. 그러자 큰 양이 말

했다.

"오, 아무것도 모르는 멍청한 것들아, 내가 왜 겁을 먹고 도망치는지 그 이유를 알면 그렇게 나를 비웃지 못할 거야."

15

인간과 사자

인간과 사자가 둘 중 누가 더 강한지 열띤 토론을 벌였다. 그리고 각자 자기 주장을 증명해 보이기로 했다. 인간은 사자를 무덤으로 데리고 가 그곳에 인간이 사자를 목 졸라 죽이는 그림이 그려져 있는 것을 보여주었다. 인간이 그 그림을 가리키면서 말했다.

"이게 인간이 사자보다 더 강하다는 증거야."

그러자 사자가 말했다.

"이 그림은 인간이 그린 거야. 만일 사자가 그렸다면 인간에게 목이 졸리는 사자가 아니라 사자에게 목이 졸리는 인간을 그렸을

테지. 내가 증거를 보여주겠어."

　사자는 격투장으로 쓰이는 원형극장으로 인간을 데리고 가서 실제로 인간과 싸웠다. 사자는 인간의 목을 졸라 그림이 거짓임을 보여주었다.

벼룩과 낙타

　낙타 등에 실린 짐보따리에 벼룩 한 마리가 올라탔다. 벼룩은 자기가 낙타보다 잘나서 위에 올라탄 줄 알고는 기분이 우쭐해졌다. 긴 여정 끝에 여관에 도착해 짐이 내려지자 벼룩이 낙타의 발밑으로 와서 말했다.

　"내가 이렇게 내려와서 그나마 너의 무거운 짐을 덜어준 것 같아 마음이 가볍구나."

　그러자 낙타가 대답했다.

"나 참, 가소롭기는. 네가 내 위로 올라왔다고 무겁고, 내려갔다고 가벼워지는 건 절대 아냐."

개미와 베짱이

추운 겨울날 개미가 여름에 수확한 밀을 햇볕에 말리고 있었다. 배고픈 베짱이가 와서 개미에게 배가 고파 죽을 것 같으니 밀을 좀 나눠달라고 부탁했다. 그러자 개미가 말했다.

"이보게 친구, 자네는 여름 동안 뭘 했나?"

베짱이가 대답했다.

"노래를 부르면서 여기저기 돌아다니느라 일할 시간이 없었지."

개미가 널어놓은 밀을 집 안으로 거둬들이면서 베짱이를 비웃었다.

"여름에 노래를 불렀으면, 겨울에는 춤을 추면 되겠네."

칼과 나그네

남자가 길을 가다가 땅바닥에 떨어진 칼을 보고는 물었다.
"누가 너를 버렸니?"
칼이 대답했다.
"나를 버린 사람은 하나지만, 나는 많은 사람을 버려놓았어요."

19

까마귀와 양

게으른 갈까마귀가 양의 등에 올라타고 놀았다. 갈까마귀가 여러 번 그렇게 귀찮게 하자 양이 화가 나서 말했다.

"나니까 가만히 있지, 개한테 그러면 마구 짖어대고 너를 찢어 죽일 거야."

그러자 갈까마귀가 양에게 말했다.

"나는 높은 언덕에 앉아서 내려다보면 누군 괴롭혀도 되고 누군 안되는지 알 수 있지. 나도 나이를 먹을 만큼 먹었어. 착하고 약한 이에게는 잔인하고 사납고, 나쁘고 강한 이에게는 친하게 군단다."

너도밤나무와 갈대

너도밤나무가 바람이 불어도 몸을 숙이려 하지 않았다. 하지만 근처에 있는 갈대는 강한 바람이 불자 얼른 몸을 숙이고는 바람이 부는 대로 몸을 맡겼다. 그것을 본 너도밤나무가 갈대에게 말했다.

"너는 왜 그렇게 줏대가 없니? 나처럼 꼿꼿이 있어봐."

갈대가 대답했다.

"나는 너처럼 강하지 못해."

그러자 너도밤나무가 말했다.

"너도 이제는 내가 너보다 훨씬 강하다는 것을 알겠지?"

잠시 후 강한 바람이 불어와 너도밤나무가 송두리째 뽑혀나갔다. 바람 부는 대로 몸을 맡긴 갈대가 말했다.

"자존심이 세면 그렇게 다치기 쉽지. 약한 자는 강자들의 비위를 맞추면서 살아가긴 하지만 목숨만은 무사해."

제6부

이솝의 다른 우화들

노새와 여우와 늑대

노새가 산중턱에서 풀을 뜯고 있는데 여우가 와서 물었다.

"너는 누구니?"

노새가 대답했다.

"나는 무거운 짐을 지는 짐승이야."

여우가 말했다.

"내가 물어보는 건 그게 아니야. 네 조상이 누구야?"

노새가 대답했다.

"말이 내 할아버지뻘이야."

여우가 다시 물었다.

"그것도 내가 물어보는 게 아니야. 네 이름이 뭐야?"

노새가 대답했다.

"난 아주 어릴 때 아버지가 돌아가셔서 내 이름을 몰라. 그래서 이름을 잊어버리지 말라고 왼쪽 발굽에 새겨놓았대. 내 이름이 뭔지 알고 싶으면 내 발굽에 새겨진 걸 읽어봐."

여우는 노새의 속셈을 눈치채고는 그냥 산속으로 들어가 평소 사이가 나쁜 늑대를 찾아갔다. 마침 늑대는 배가 고파 나무그늘에 힘없이 누워 있었다. 여우가 늑대를 마구 야단치며 말했다.

"아이고, 멍청하게 왜 가만히 앉아서 굶어죽으려고 그러니? 얼른 일어나서 들판으로 가봐. 크고 통통한 동물이 있으니까 빨리 가서 잡아먹으란 말이야."

그 말을 들은 늑대가 초원으로 달려가 노새에게 물었다.

"너는 누구니?"

노새가 대답했다.

"나는 무거운 짐을 지는 짐승이야."

늑대가 다시 물었다.

"내가 물어보는 건 그게 아니야. 네 조상이 누구야?"

노새가 대답했다.

"말이 내 할아버지뻘이야."

늑대가 다시 물었다.

"그것도 내가 물어보는 게 아니야. 네 이름이 뭐야?"

노새가 대답했다.

"난 아주 어릴 때 아버지가 돌아가셔서 내 이름을 몰라. 그래서 이름을 잊어버리지 말라고 왼쪽 발굽에 새겨놓았대. 내 이름이 뭔지 알고 싶으면 내 발굽에 새겨진 걸 읽어봐."

노새의 속셈을 전혀 눈치채지 못하고 그 말을 곧이곧대로 믿은 늑대는 노새의 발굽에 뭐라고 씌어 있는지 보려고 흙투성이인 노새의 발굽에 얼굴을 바짝 대고 혀로 깨끗이 핥기 시작했다. 그러자 노새가 늑대의 이마 한가운데를 오른발로 냅다 걷어차 늑대는 눈알과 뇌가 빠지면서 나동그라졌다. 풀숲에 숨어서 이를 지켜보

던 여우가 박장대소하면서 말했다.

"아이고, 멍청한 놈. 글을 읽을 줄도 모르는 놈이 글을 읽으려는 꼴이라니. 넌 그런 꼴을 당해도 싸."

씨돼지와 양과 늑대

조그만 씨돼지가 다른 돼지들과 함께 살고 있었다. 씨돼지는 자기가 우두머리가 되지 못하고 다른 돼지들이 자기를 떠받들지 않는 것이 불만이었다. 그래서 다른 돼지들에게 어금니를 들이대고 으르렁대면서 못살게 굴었다. 하지만 자기가 아무리 괴롭혀도 돼지들이 꿈쩍도 하지 않자, 제풀에 화가 나서 말했다.

"내가 여기 있어야 할 이유를 모르겠어. 여기서는 내가 뭘 시켜도 들은 척도 하지 않고, 내가 아무리 화를 내도 도망치려고도 하지 않아. 아무리 협박을 해도 눈 하나 깜짝하지도 않고."

씨돼지는 고민 끝에 그곳을 떠나 더 좋은 곳을 찾아가기로 마음먹고 길을 떠났다. 그렇게 길을 가다가 양떼를 만났다. 씨돼지가 양떼 한가운데로 가서 이를 갈면서 씩씩거리자 양들이 겁에 질려 사방으로 도망치기 시작했다. 씨돼지가 감탄하면서 말했다.

"여기서 사는 게 좋겠군. 여기서는 대접을 좀 받을 수 있을 것 같아. 내가 화를 내면 무서워서 도망가고, 겁을 주면 기겁을 하잖아. 여기 있으면 모두에게 존경받을 수 있을 거야."

그렇게 며칠이 지난 뒤, 굶주린 늑대 한 마리가 나타나 양들을 잡아먹으려 했다. 늑대가 오는 것을 본 양들은 얼른 언덕 위로 도망쳤다. 하지만 씨돼지는 양들을 지키려는 생각에 도망치려 하지 않았다. 결국 씨돼지는 늑대에게 잡혀서 산으로 끌려갔다. 우연히 옛날 같이 살던 돼지들이 있는 곳을 지나치게 된 씨돼지는 그들을 알아보고 살려달라고 고함을 질렀다. 그러자 씨돼지를 알아본 돼지들이 힘을 합쳐 늑대를 물리치고 거의 죽기 일보직전인 동료를 구해주었다. 씨돼지는 온몸이 아프기도 하고 망신스럽기도 해서 울상을 지으며 자신을 구해준 돼지들에게 말했다.

"기쁠 때나 슬플 때나 늘 가족과 함께해야 한다는 말을 이제야 이해할 수 있겠어. 내가 가족 곁을 떠나지만 않았어도 이런 봉변은 당하지 않았을 거야."

여우와 수탉

굶주린 여우가 마을로 내려갔다가 수탉을 보았다.

"오, 잘 있었나, 수탉 선생. 자네 아버지는 목소리가 기가 막혔는데. 아마 자네 목소리도 그에 못지않겠지. 옛날 자네 아버지와의 우정을 생각해서 내가 자네를 보려고 이렇게 여기까지 왔네. 그러니 노래 한번 불러보게나. 자네도 아버지만큼 좋은 목소리를 가졌는지, 아니면 더 좋은 목소리를 가졌는지 들어보고 싶네."

여우의 말을 곧이곧대로 믿은 수탉이 두 눈을 감고 노래를 부르기 시작했다. 그 순간 여우가 수탉을 덮쳐 낚아채서는 자기 동굴로 끌고 갔다. 그 소리를 들은 마을 사람들이 여우가 닭을 훔쳐간다고 소리지르면서 여우를 뒤쫓아갔다. 수탉이 여우에게 말했다.

"저 무례한 마을 사람들이 소리지르는 거 들리세요? 나는 저 사람들 게 아니고 아저씨 거고, 그러니까 아저씨가 자기 것을 찾아가는 거라고 확실히 말 좀 해주세요."

그러자 여우가 입에 물고 있던 수탉을 내려놓고는 말했다.

"내가 내 수탉을 데려가는데 당신들이 왜 그러는 거요?"

여우가 그 말을 하는 사이에, 수탉이 나무 위로 훌쩍 날아올랐다. 수탉이 여우에게 말했다.

"너 참, 뻔뻔하게 거짓말도 잘하는구나. 내가 마을 사람들 거지, 어떻게 네 거니?"

여우는 수탉의 꾀에 속아넘어간 것을 깨닫고는 자기 입을 때리면서 말했다.

"이놈의 주둥아리, 나중에 후회할 말들을 얼마나 많이 내뱉는 거냐. 지금도 네가 입을 열지만 않았으면 기껏 잡아놓은 수탉을 놓치는 일은 없었을 거 아냐."

용과 농부

용 한 마리가 강에서 살고 있었다. 자라면서 물이 모자라자 용이 점점 하류로 내려오다가 강이 말라 모래밭 위에서 꼼짝도 못하게 되었다. 농부가 그 옆을 우연히 지나가다 물었다.

"아니 용아, 여기서 왜 이러고 있는 거니?"

용이 대답했다.

"물을 찾아서 하류까지 오게 됐는데 물이 다 말라버려서 이렇게 오도가도 못하는 신세가 되었어요. 나는 물이 없으면 꼼짝도 못해요. 당신이 나를 당나귀에 묶어서 내 집까지 데려다주면 금은보화를 선물로 드릴게요."

그 말에 욕심이 생긴 농부는 용을 묶어서 당나귀에 싣고 동굴로 갔다. 농부가 용을 당나귀에서 내려 풀어주고는 약속한 금은보화를 달라고 하자, 용이 말했다.

"네놈이 감히 나를 묶어놓고는 금은보화를 달라고?"

농부가 말했다.

"네가 네 입으로 묶어달라고 했잖아."

용이 말했다.

"이제 그건 문제가 안돼. 배가 고프니 너를 잡아먹어야겠다."

농부가 말했다.

"은혜를 원수로 갚으려는구나."

이렇게 서로 승강이를 벌이는데, 여우가 우연히 지나가다가 그들이 하는 이야기를 듣고는 말했다.

"왜 그렇게들 서로 싸우는 건가요?"

그러자 용이 먼저 이야기하기 시작했다.

"이 농부가 나를 묶어서 자기 당나귀에 싣고는 여기 데려왔답니다. 그래놓고는 이제 와서 그 댓가를 내놓으라는 거예요."

그러자 농부가 말했다.

"여우 선생, 내 말 좀 들어보시오. 이 용이 강물을 따라 내려가다가 모래밭을 만나서 꼼짝도 못하고 있었는데, 지나가는 나를 보고는 자기를 당나귀에 묶어서 여기 자기 집까지 데려다주면 금은보화를 주겠다고 약속했소. 그런데 이제 와서 약속을 지키는 건 고사하고 나를 잡아먹으려는 거요."

여우가 말했다.

"용을 묶은 것은 당신 잘못이에요. 하지만 용을 어떻게 묶었는지 보여주면 판단을 내리겠어요."

농부가 용을 묶기 시작했다. 그러자 여우가 용에게 물었다.

"지금 묶은 것만큼 세게 묶었나요?"

용이 대답했다.

"이것보다 백배는 더 세게 묶었을 거예요."

여우가 농부에게 말했다.

"더 세게 묶어요."

힘센 농부가 있는 힘을 다해 용을 묶었다. 그러자 여우가 용에게 물었다.

"어때요, 지금처럼 꼭 묶었어요?"

용이 대답했다.

"예, 바로 지금처럼 꽉 묶었어요."

여우가 농부에게 말했다.

"고리를 꽉 묶고 올가미를 더 조여매세요. 잘 묶는 사람이 풀기도 잘하니까요. 이제 용을 당나귀에 싣고 다시 원래 위치에 가서 그대로 내려놓으세요. 그럼 더이상 당신을 잡아먹을 수 없을 거예요."

농부는 여우가 시킨 대로 했다.

여우와 고양이

여우와 고양이가 만나서 서로 안부인사를 나누었다. 여우가 고양이에게 물었다.

"너는 어떤 재주가 있니?"

고양이가 대답했다.

"나는 깡충 뛰어서 높은 벽이나 나무를 오르는 재주 말고는 별로 할 줄 아는 게 없어. 그렇게 해서 위험을 피하곤 하지."

그러자 여우가 말했다.

"너는 별다른 재주도 없고 멍청하니까 오래 살 가치도 없어."

고양이가 대답했다.

"그래, 네가 말한 그대로야. 그럼 이제 네가 얼마나 많은 재주를 가지고 있는지 말해봐."

여우가 대답했다.

"나는 백 가지도 더 있어. 그것도 대충이 아니라 완벽하게 말이야. 그 덕택에 어떤 위험이 닥쳐도 무사히 피할 수가 있지. 그러니까 나는 존경받으며 오래 살 가치가 있어."

고양이가 그 말을 듣고는 말했다.

"그래, 너는 유식하고 잘났으니까 별탈없이 오래 살 수 있을 거야. 그런데 저기 멀리서 말을 탄 사람이 우리의 천적인 큼지막하고 날쌔게 생긴 개 두 마리를 데리고 오고 있는걸."

여우가 말했다.

"너는 멍청해서 자기가 무슨 말을 하는지도 모르지? 괜히 무서우니까 거짓말로 둘러대는 거지? 그리고 그게 사실이라 한들 서두를 게 뭐 있어?"

하지만 잠시 후 말과 개들이 다가오더니 개들이 여우와 고양이를 보고 달려들었다. 그러자 여우가 고양이에게 말했다.

"우리 같이 달아나자."

고양이가 대답했다.

"그래야겠지. 하지만 각자 알아서 피하자고."

그래서 각자 몸을 피하기 시작했다. 고양이는 높은 나무를 발견하고 올라가 안전하게 몸을 피했다. 그러자 개들은 고양이를 포기하고 굼뜨게 도망치던 여우에게 달려들었다. 그러자 나무 꼭대기에 앉은 고양이가 큰 소리로 말했다.

"이봐, 여우야, 지금이야말로 네 백 가지 재주를 써먹을 때 아니니?"

그러나 개들이 곧 여우를 덮쳐 여우는 손쓸 겨를도 없이 죽임을 당하고 말았다.

늑대와 염소

늑대가 염소를 잡아먹으려고 뒤쫓아갔다. 하지만 염소가 높고 안전한 바위 위로 올라가버리자 늑대는 그 주위를 맴돌기만 했다. 삼사일이 지나 시장기를 느낀 늑대가 그곳을 떠나자, 염소도 목이 말라 강가로 갔다. 염소는 물을 실컷 마신 뒤 물에 비친 자기 모습을 보고 말했다.

"아, 다리도 잘빠졌고, 턱수염도 참 멋있어. 뿔은 또 얼마나 근사해. 이렇게 완벽한 미모를 갖춘 나를 고작 늑대 녀석이 도망다니게 해? 이제는 늑대를 보면 도망가지 말고 따끔한 맛을 보여줘야지."

늑대가 아무 말 없이 염소 뒤에 숨어 있다가 그 말을 다 들었다. 그러고는 갑자기 달려들어 이빨로 염소 다리를 물어뜯으며 말했다.

"어디 네가 말한 대로 해보지그래?"

큰소리치던 염소는 늑대에게 잡히자 싹싹 빌었다.

"오, 늑대 선생님, 제발 저를 불쌍히 여기십시오. 제가 잘못했습니다. 물을 너무 많이 마셔서 제 주제도 모르고 해서는 안 될 말까지 너무 많이 했어요."

하지만 늑대는 염소의 말은 들은 척도 하지 않고 염소를 잡아먹었다.

7

늘대와 당나귀

늘대가 당나귀를 만나서 말했다.

"안녕, 당나귀야. 배가 고프니 너를 잡아먹어야겠다."

당나귀가 대답했다.

"원하신다면 그렇게 해야죠. 당신은 명령을 내리고 나는 복종하게 되어 있으니까요. 당신이 나를 잡아먹으면 나를 그 많은 일에서 해방시켜주는 셈이에요. 나는 포도주 양조장에서 포도주를 나르고, 탈곡장에서 밀을 가져오고, 산에서 나뭇짐을 져와야 해요. 그것도 모자라서 집을 지을 돌을 날라야 하고, 밀을 빻으러 방앗간에 가서는 다시 밀가루를 짊어지고 돌아와야 해요. 어찌됐든 집안일은 전부 내 몫이에요. 그래서 내가 태어난 날을 저주하는 때가 많답니다. 하지만 딱 한 가지 부탁드릴 테니 꼭 들어주세요. 이웃 사람들에게 주인 망신시키는 꼴이니까, 여기 길가에서는 나를 잡아먹지 마세요. 당나귀를 길가에 그냥 버려둬서 늘대한테 잡아먹혔다고 사람들이 얼마나 수군거리겠어요. 그러니까 내 부탁을 들어주세요. 산에 올라가서 올가미를 만드세요. 그걸로 마치 내가 당신 노예인 것처럼 내 가슴을 묶으세요. 그러고는 노예를 끌고 가는 주인처럼 나를 데리고 당당하게 산을 내려가 거기서 편안한 마음으로 나를 잡아드세요."

당나귀의 속셈을 눈치채지 못한 늘대가 말했다.

"그래, 네가 말한 대로 하자."

늘대는 산에 올라가 튼튼한 밧줄을 만들어 당나귀 가슴에 묶고는 자기 목에도 밧줄을 걸었다. 그러자 당나귀가 말했다.

"자, 이제 당신이 가고 싶은 데로 가요."

늑대가 말했다.

"네가 길을 안내해봐."

당나귀가 대답했다.

"네, 기꺼이 그러겠습니다."

그리고 당나귀는 자기 주인집을 향해 걷기 시작했다. 마을이 나타나자 늑대가 말했다.

"잠깐 멈춰. 길을 잘못 들어섰어."

당나귀가 말했다.

"그런 말씀 마세요. 제대로 길을 찾아온 겁니다."

늑대는 그제야 당나귀의 속임수를 눈치채고는 뒷걸음질쳤다. 하지만 당나귀가 있는 힘을 다해 주인집으로 끌어당겨 대문 앞에 이르렀다. 그걸 본 주인이 식구들과 함께 나와 늑대를 몽둥이로 두들겨팼다. 그중 한 명이 도끼로 늑대의 머리를 내리치려다가 밧줄을 잘라 늑대는 구사일생으로 도망칠 수 있었다. 당나귀는 진저리를 치면서 주인집으로 돌아갔다. 그리고 늑대에게서 도망친 것이 기뻐서 큰 소리로 울부짖었다. 늑대가 산속에서 그 소리

를 듣고는 말했다.

"네가 아무리 크게 소리를 질러봐라. 한번 속지 두번 속나."

뱀과 농부

농부가 밭에 씨를 뿌리러 가다가 뱀을 밟았다. 뱀이 농부에게 말했다.

"내가 너한테 아무 짓도 하지 않았는데 왜 나를 이렇게 아프게 밟는 거야? 내가 너한테 한마디할 테니까 잘 새겨들어. 네가 피해를 입힌 사람의 말은 절대로 믿지 마. 꼭 명심해둬."

하지만 농부는 뱀의 말에 신경도 쓰지 않고 제 길을 갔다. 그 이듬해에 농부가 같은 길을 지나가다가 다시 그 뱀을 만났다. 뱀이 물었다.

"어디 가는 거야?"

농부가 대답했다.

"들판에 씨 뿌리러 가."

뱀이 말했다.

"올해는 비가 많이 올 테니까 습지에는 씨를 뿌리지 마. 습지에 씨를 뿌리면 물에 다 잠기게 될 거야. 하지만 네가 피해를 입힌 사람의 말은 믿지 마."

농부는 뱀이 자기를 속이려 한다고 생각하고 습지에다 씨를 뿌렸다. 그런데 그해에는 비가 많이 내리는 바람에 습지에 뿌린 씨가 다 잠겨 농부는 농사를 완전히 망쳤다. 그 이듬해에 농부가 밭에 씨를 뿌리기 위해 같은 길을 지나가다가 다시 뱀을 만났다. 뱀이 물었다.

"어디 가는 거야?"

농부가 대답했다.

"씨 뿌리러 가는 거야."

그러자 이번에도 뱀이 농부에게 충고했다.

"올해는 날씨가 아주 더울 테니까 마른 땅에다 씨를 뿌리지 마. 마른 땅에다 씨를 뿌리면 말라죽을 테니까. 하지만 네가 피해를 입힌 사람의 말은 믿지 마."

농부는 뱀이 자기를 속이려 한다고 생각해 뱀의 말을 듣지 않고 마른 땅에다 씨를 뿌렸다. 그런데 그해에는 오랫동안 무덥고 심한 가뭄이 들어 작물들이 다 말라비틀어졌다. 삼년째 되는 해에도 농부가 그 길을 지나가다가 뱀을 만났다. 뱀이 농부에게 물었다.

"어디 가는 거야?"

농부가 대답했다.

"밭에 씨 뿌리러 가는 거야."

뱀이 말했다.

"올해 제대로 수확하고 싶으면, 너무 습하지도 않고 그렇다고 너무 마르지도 않은 보통 땅에 씨를 뿌려봐. 하지만 다시 말하는데, 네가 피해를 입힌 사람의 말은 믿지 마."

농부는 그해에는 뱀의 충고대로 씨를 뿌렸고, 뱀이 예언한 대로 좋은 수확을 거두었다. 농부가 자기 땅에서 돌아오다가 다시 뱀을 만났다. 뱀이 말했다.

"잘 생각해봐. 전부 내가 말한 대로 됐지?"

농부가 대답했다.

"정말 그런 것 같아. 네가 말한 게 정확히 맞아떨어졌어. 너한테 고맙다는 말을 해야겠어."

그러자 뱀이 보상을 요구했다. 농부가 물었다.

"나한테 원하는 게 뭔데?"

뱀이 대답했다.

"다른 건 말고, 내일 네 외아들을 시켜서 우유 한 항아리를 가져다줘."

뱀은 우유를 갖다놓을 동굴을 가리키고는 한마디 덧붙였다.

"네가 피해를 입힌 사람의 말은 절대로 믿지 말라는 말을 너한테 수도 없이 했으니 잘 명심해둬."

그러나 농부는 뱀의 말에 신경도 쓰지 않고 집으로 돌아갔다. 농부는 다음날 아침 뱀과 한 약속대로 아들을 산에 보냈다. 아들이 아버지가 말한 동굴에 우유를 갖다놓으려는데, 뱀이 나타나 아들을 덮쳐 그 자리에서 물어죽였다. 슬픔에 빠진 농부가 뱀을 찾아가 말했다.

"네가 나를 속여서 내 아들을 죽이다니!"

그러자 뱀이 높은 바위 위에서 약을 올렸다.

"내가 너를 속였다는 건 말도 안돼. 오히려 네가 아무 이유도 없이 나에게 피해를 입혔지. 그리고 네가 피해를 입힌 사람의 말은 믿어서는 안된다고 내가 수도 없이 말했잖아."

9

여우와 늑대

여우가 강가에서 물고기를 잡아먹고 있는데 굶주린 늑대가 다가와 자기에게도 먹을 것을 나누어달라고 사정했다. 여우가 늑대에게 말했다.

"여보게, 정신 좀 차려. 내가 먹다 남긴 걸 네가 먹는다는 건 말도 안되는 일이고, 또 네 체면에도 금이 가는 일이야. 신들도 네 그런 모습을 보고 싶어하지 않으실 거야. 그러지 말고 내가 너에게 충고를 하나 하지. 바구니를 하나 가지고 와. 내가 그걸로 물고기 잡는 방법을 가르쳐줄 테니까. 그러면 이제부터 식량이 떨어지더라도 물고기를 질리도록 잡아먹을 수 있을 테니까 얼마나 좋아?"

늑대는 마을로 가서 커다란 바구니를 훔쳐 여우에게 가지고 왔다. 그러자 여우가 늑대 꼬리에 바구니를 꽉 묶고 나서 말했다.

"이제 물속으로 들어가서 네가 앞에서 바구니를 끌고 다녀. 그러면 내가 뒤에서 물고기들을 몰 테니까. 넌 사냥 못지않게 낚시도 잘할 수 있을 거야."

늑대는 여우의 말을 곧이곧대로 믿고 꼬리에 바구니를 묶고는 물속으로 들어갔다. 그러자 여우가 바구니에 돌을 잔뜩 집어넣었다. 바구니가 돌로 꽉 차자 늑대가 말했다.

"바구니가 벌써 꽉 찼는지 한 발자국도 뗄 수가 없어."

여우가 대답했다.

"네가 낚시에 그렇게 천부적인 소질을 보이다니 신의 가호가 있는 거야. 잠깐만 기다려봐. 내가 얼른 가서 이 많은 물고기들을 꺼낼 수 있도록 도와줄 사람을 구해볼 테니까."

여우가 마을로 가서 사람들에게 말했다.

"지금 이러고 있으면 어떡해요. 양과 염소를 잡아먹는 늑대가, 그것도 성에 차지 않아서 지금 강에서 물고기까지 축내고 있어요. 빨리 가보세요."

사람들이 그 말을 듣고는 창칼을 집어들고 개들을 앞세워 늑대를 잡으러 가서는 늑대를 초주검으로 만들어놓았다. 하지만 한 사람이 늑대를 단칼에 죽이기 위해 칼로 세게 내리치다가 꼬리를 자르는 바람에 늑대가 도망을 쳤다. 이렇게 해서 늑대는 꼬리가 잘린 채 구사일생으로 목숨을 구할 수 있었다.

그즈음 동물의 왕인 사자가 중병에 걸려 모든 동물들과 새들이 사자에게 병문안을 갔다. 꼬리 잘린 낚시꾼 늑대도 병문안을 가서 사자에게 말했다.

"전하, 전하의 몹쓸 병을 고칠 약을 구하러 소신이 구석구석 찾아다녀봤지만 모든 게 허사였습니다. 그러다가 결국은 좋은 처방 하나를 알아냈습니다. 우리 고장에 건방지고 비열한 여우가 살고 있는데, 그놈 몸에 좋은 약이 들어 있습니다. 여우를 불러들여서는 죽이지는 말고 껍질만 벗겨 그걸로 전하의 배와 입을 감싸면 병이 낫는다고 합니다."

여우는 사자의 동굴 근처에 살았기 때문에 늑대가 하는 이야기를 다 들을 수 있었다. 그래서 늑대가 사자의 동굴을 떠나자 온몸에 진흙을 바르고 사자 앞에 나타나 말했다.

"전하, 안녕하셨습니까?"

사자가 대답했다.

"그래, 어서 오너라. 내 너에게 긴히 할 말이 있으니 이리 가까이 오너라."

여우가 말했다.

"전하, 소신이 너무 급하게 오다보니 온몸이 진흙과 똥투성이입니다. 전하를 가까이 뵙기가 민망하옵니다. 깨끗이 씻고 털을 고른 다음 가까이 뵙도록 하겠습니다. 하지만 우선 제가 이리 급하게 온 연유부터 말씀드리겠습니다. 저는 전하의 병을 고칠 수 있는 약을 찾아 온 세상을 돌아다녔습니다. 그러다가 아테네에서 그리스 의사를 알게 되었는데, 그가 비방을 가르쳐주었습니다. 우리 고을에 꼬리가 잘린, 통통하고 큼지막한 늑대가 살고 있는데, 이 늑대가 전하의 병에 효과가 있다는 겁니다. 그 늑대를 불러들여 전하의 아름다운 앞발을 그놈에게 뻗어 머리와 발만 빼놓고 산 채로 껍질을 벗기세요. 머리와 발 부분은 독성이 강하기 때문에 필요가 없습니다. 늑대의 따뜻한 껍질을 전하의 배에 두르고 있으면 곧 쾌차하실 겁니다."

여우가 그 말을 마치고 떠나자 잠시 후에 늑대가 사자 앞으로 불려왔다. 사자는 단숨에 늑대를 덮쳐 여우가 말한 대로 머리와 발만 제외하고 껍질을 벗겨서 따뜻한 껍질을 배에 둘렀다. 그러자 파리와 벌과 벌레 떼가 윙윙거리며 늑대에게 달라붙어 물기 시작했다. 늑대가 정신없이 도망치는데, 높은 바위에 앉아서 보

고 있던 여우가 소리내어 웃으며 말했다.

"날씨가 이렇게 더운데 장갑 끼고 모자 쓰고 가는 게 누구야? 저기 풀밭 위로 정신없이 뛰어가는 놈아, 내 말 잘 새겨들어. 그 집에 들어가면 그 집주인 말을 좋게 하랬어. 좋은 말은 못할지언정 적어도 나쁘게 말해서는 안되지."

미련한 늑대

늑대가 아침 일찍 일어나 기지개를 켜다가 방귀를 뀌고는 이렇게 중얼거렸다.

"오늘 재수가 좋으려나보네. 내 꼬리에서 이렇게 기분좋은 소리가 나왔으니, 배터지게 먹을 복이 생길지도 몰라."

먹이를 찾아 길을 가던 늑대는 소금에 절인 베이컨이 마차에서 떨어진 것을 발견했다. 늑대는 냄새를 맡고 사방을 두리번거리고는 말했다.

"베이컨을 먹으면 배가 가득 찰 테니 오늘은 이걸 먹지 말고 그냥 가야지. 오늘 아침에 내 엉덩이가 예언한 바에 따르면 맛있는 걸 먹을 운세니까 미리 배를 채워두면 안되지."

늑대는 조금 더 가다가 소금에 절여 말린 베이컨을 발견하고 뒤집어보고는 말했다.

"내 꼬리가 예언한 바에 따르면 오늘 맛있는 걸 잔뜩 먹을 운세니까, 이걸 먹지 말고 그냥 지나쳐야지."

늑대는 계곡으로 내려갔다가 망아지와 함께 있는 암말을 발견하자 혼잣말을 했다.

"신이시여, 감사합니다. 내 오늘 먹을 복이 터질 줄 알았다니까."

늑대가 암말에게 다가가 말했다.

"안녕, 잘 있었니? 내가 먼 길을 오느라 몹시 출출하니 네 새끼를 내놓아라."

암말이 대답했다.

"좋으실 대로 하세요. 하지만 어저께 주인을 태우고 길을 가다가 이쪽 발에 가시가 박혔어요. 명의로 소문이 자자한 당신이 먼저 발에 박힌 가시를 빼주세요. 그러면 당신이 하자는 대로 여기 내 새끼를 드시도록 해드릴게요."

그 말을 곧이곧대로 믿은 늑대가 암말의 발에 박힌 가시를 빼주기 위해 말의 발바닥을 들여다보자, 암말이 늑대의 이마 한가운데를 냅다 걷어차 늑대는 정신을 잃고 쓰러졌다. 암말은 망아지를 데리고 산속으로 유유히 도망쳐 위험에서 벗어날 수 있었다. 간신히 정신을 차린 늑대가 중얼거렸다.

"이까짓 것쯤이야. 하여간 오늘 배만 부르면 되잖아."

늑대는 계속 길을 가다가 염소 두 마리가 풀밭에서 싸우는 것을 보고 혼잣말을 했다.

"이번엔 확실히 배를 채우겠군. 신이시여, 감사합니다."

늑대가 염소들에게 다가가 인사했다.

"잘들 있었느냐, 오늘 너희 중 하나는 내 밥이 돼야겠다."

한 염소가 대답했다.

"좋으실 대로 하세요. 하지만 우리 둘 중 누가 옳은지 공정한 재판부터 해주세요. 원래 이 벌판은 우리 아버지 것이었는데, 우리가 아는 바가 전혀 없기 때문에 그걸 가지고 싸우는 거예요. 그러니 당신이 올바르게 분배해주시면, 그때 가서 당신 뜻대로 하겠어요."

늑대가 대답했다.

"그것쯤이야 기꺼이 할 수 있지. 하지만 너희가 어떤 방법으로 나눠갖기를 원하는지 그것부터 말해봐라."

그러자 다른 염소가 말했다.

"저에게 좋은 방법이 하나 있어요. 당신이 초원 한가운데 서 있으면 우리가 양쪽 끝에서부터 당신이 있는 곳으로 뛰어가겠어요. 그래서 먼저 도착한 염소가 초원을 차지하는 거고, 진 염소는 당신 먹이가 되는 거예요."

늑대가 대답했다.

"그래, 그거 좋은 방법 같구나. 너희가 하자는 대로 하자."

그렇게 해서 염소들은 양쪽 끝에서 늑대가 있는 초원 한가운데로 있는 힘을 다해 뛰어와 동시에 늑대를 들이받았다. 늑대는 양쪽에서 커다란 충격을 받아 갈비뼈가 부러지고 거의 초주검 상태가 되어 자기도 모르는 사이에 똥을 싸 온몸을 더럽혔다. 잠시 후에 정신이 든 늑대가 말했다.

"이런 건 아무것도 아니야. 아침에 내 꼬리가 예언한 바에 따르면 오늘 배불리 먹을 수 있을 테니 참아야지."

늑대는 그곳을 떠나 길을 가다가 강가 풀밭에서 돼지가 새끼들과 풀을 뜯는 것을 보고 혼잣말을 했다.

"오, 복이 터져도 크게 터졌네. 내가 오늘 배터지게 먹을 줄 알았다니까."

늑대가 어미돼지에게 말했다.

"안녕, 네 새끼들을 잡아먹어야겠다."

어미돼지가 대답했다.

"좋으실 대로 하세요. 하지만 제 자식들은 아직 우리 종교의식에 따라 몸을 깨끗이 씻어 세례를 받지 못했어요. 신의 뜻에 따라 당신이 여기까지 온 것 같으니, 당신이 사제가 되어 우리 의식대로 제 자식들을 세례해주세요. 그리고 나서 당신 마음에 드는 놈으로 잡아먹으세요."

늑대가 말했다.

"물이 있는 곳으로 안내하거라."

그러자 돼지가 늑대를 물레방아로 데려가 말했다.

"이 물이 가장 깨끗하고 신성해요."

늑대는 물레방아의 가장 높은 곳으로 올라가 자기가 진짜 사제나 되는 것처럼 새끼돼지 한 마리를 잡아 물속에 집어넣고는 세례를 해주었다. 그때 어미돼지가 늑대를 힘껏 들이받아 물에 빠뜨렸다. 늑대는 물레방아의 물차에 끼여 온몸에 멍이 들고 심하게 다쳤다. 간신히 살아나온 늑대가 말했다.

"흥, 내가 이까짓 고통에 물러날 줄 알고. 깜빡 속아서 이렇게 당한 거지, 원래 오늘 내 운수가 얼마나 좋은데. 내 꼬리의 예언에 따르면 오늘 배불리 먹을 팔자란 말이야."

늑대는 마을 근처를 지나가다가 양 몇마리가 아궁이 위에 앉아 있는 것을 보고 말했다.

"오, 신이시여, 감사합니다. 내가 가장 좋아하는 먹이가 눈앞에 있습니다."

늑대가 양 있는 곳으로 다가가자 양들은 늑대를 보고 놀라서 아궁이 속으로 숨었다. 늑대가 아궁이 앞에서 말했다.

"잘들 있었니? 내가 너희를 잡아먹으러 왔다."

양들이 대답했다.

"당신 좋으실 대로 하세요. 우리는 제사를 지내러 여기 온 거예요. 목청 좋은 당신이 노래를 불러주셨으면 좋겠어요. 부탁해요. 제사가 끝나면 당신이 하라는 대로 다 하겠어요."

늑대는 자기가 덕망 높은 사제나 되는 것처럼 한껏 폼을 잡고 큰 소리로 울부짖기 시작했다. 그러자 마을 사람들이 늑대 소리를 듣고는 개를 끌고 무기를 집어들고 달려와 늑대를 흠씬 두들겨팼다. 늑대는 개들한테 실컷 물어뜯기고 몽둥이찜질을 당한 뒤 목숨만 건져서 간신히 도망쳐나왔다. 늑대는 가지가 무성한 나무 그늘에 쓰러져서 신세한탄을 했다.

"아이고, 내 팔자야. 대체 오늘 일진이 왜 이리 안 좋아. 하지만 생각해보면 내 잘못이 더 컸지. 베이컨을 우습게 알고 건방을 떨었으니 말이야. 그리고 의학에 대해서 아무것도 모르면서 의사나 되는 것처럼 암말을 고치겠다고 덤벼들었지. 또 법에 대해서도 아무것도 모르면서 염소들의 싸움을 중재하겠다고 나섰고. 게다가 글자도 모르면서 무슨 사제라도 되는 양 새끼돼지들을 세례해주겠다고 설쳐댔고, 사제나 주교가 주관하는 제사를 내가 하겠다고 잘난 척했으니 벌을 받은 거야. 오, 유피테르 신이시여, 상아 권좌에서 저에게 칼을 내려 벌을 주옵소서."

마침 그때 한 남자가 나무에 올라가 가지를 치다가 늑대가 하는 말을 빠짐없이 모두 들었다. 늑대가 신세한탄을 마치자 남자는 나뭇가지를 치던 도끼를 집어던져 늑대의 목덜미를 찍었다. 늑대는 아파서 낑낑대면서 주변을 뱅글뱅글 맴돌았다. 늑대가 간신히 몸을 일으켜 하늘을 올려다보며 말했다.

"오, 위대하신 유피테르 신이시여, 당신의 섭리가 이리 클 줄은 몰랐습니다. 소원을 이리 빨리 들어주시다니 그저 놀랄 뿐입니다. 이 장소를 성스러운 곳으로 여겨 괴롭고 슬픈 사람들이 소원을 빌 수 있도록 하겠습니다."

11

질투심 많은 개

개가 건초가 잔뜩 든 구유통에 드러누워 있었다. 개는 소들이 먹이를 먹지 못하도록 이빨을 드러내고 으르렁거리면서 훼방을 놓았다. 그러자 소가 말했다.

"너는 우리한테 질투를 느끼는 거지? 그래서 이렇게 못되게 구는 거고. 개는 이걸 먹지도 못하고 아무데도 쓰지 못하니까 화가 나서 괜히 우리를 못살게 구는 거야."

사실 개는 입에 뼈다귀를 물고 있었지만 그것도 제대로 먹지 못

했다. 그렇다고 그 뼈다귀를 내려놓아 다른 개들이 먹게 하지도 않았다.

늑대와 굶주린 개

아주 많은 양들을 가진 부자가 있었다. 그에게는 늑대로부터 양을 지키는 개가 있었다. 하지만 그 부자가 워낙 인색해서 개는 늘 배를 곯았다. 어느날 늑대가 개를 찾아와서 말했다.

"너는 왜 그렇게 말랐니? 제대로 먹지 못해서 그렇구나. 그래, 네 주인이 워낙 구두쇠라고 소문이 났으니 먹을 걸 제대로 줄 리가 없지. 네가 원한다면 좋은 생각이 하나 있는데 들어볼래?"

개가 대답했다.

"지금 나에게는 네 충고가 절실해. 뭐가 됐든 한번 말해봐. 기운이 달려 죽겠어."

늑대가 말했다.

"너한테 해줄 충고란 바로 이거야. 내가 양떼를 덮쳐서 양 한 마리를 훔쳐 도망가는 척할게. 그러면 네가 나를 쫓아오는 거야. 그리고 한참을 달리다가 힘이 달려서 더이상 나를 쫓지 못하는 것처럼 중간에 주저앉아버리는 거야. 양치기들이 그걸 보면 '저놈을 제대로 먹였으면 늑대를 충분히 따라잡을 수 있었을 텐데'라고 할 거야. 그러면 그때부터 너를 제대로 잘 먹이지 않겠니?"

개가 말했다.

"그래, 네 계획대로 하자."

잠시 후에 늑대가 양 한 마리를 낚아채 도망쳤다. 개가 늑대 뒤를 쫓아 열심히 뛰어갔지만 늑대를 잡기 전에 기운이 달려 쓰러지고 말았다. 양치기들과 집안식구들이 그걸 보고는 이렇게 말했다.

"이 개가 먹을 걸 제대로 못 먹어서 늑대를 쫓아가지 못했구나. 제대로 잘 먹어서 건강하기만 했어도 늑대가 어디 감히 나타나기나 했겠어. 아마 양 껍질도 못 가지고 갔겠지. 이건 개 주인이 잘못한 거야. 주인이 왜 개를 충분히 먹이지 않았지?"

그 말을 들은 주인은 화가 나고 부끄럽기도 해서 이렇게 말했다.

"저 개에게 먹이를 준 놈이 대체 누구야? 망할 자식 같으니. 내가 배불리 먹이라고 그렇게 이야기했건만 개를 굶겨죽일 뻔했잖아."

집주인은 자기 잘못을 다른 식구들에게 뒤집어씌우고는 앞으로는 개에게 먹을 것을 충분히 주라고 명했다. 그래서 그때부터 개는 고깃국물도 먹고 먹다 남은 고기 찌꺼기와 빵 부스러기도 먹어서 조금씩 기운을 회복하기 시작했다.

며칠 후에 늑대가 다시 개 앞에 나타나서 말했다.

"내가 너에게 좋은 충고를 했다는 걸 인정하겠지?"

"그럼, 나한테는 절실한 충고였지."

"나한테 더 좋은 생각이 있는데 들어볼래?"

"그래, 어디 한번 들어보자."

"그 계획이란 건 이거야. 내가 다시 양떼를 덮쳐서 양을 낚아채 도망가는 거야. 그럼 네가 나를 쫓아와서 내 가슴에 살짝 상처를 입혀. 하지만 곧 기운이 달려 더이상은 못하겠다는 듯이 쓰러지는 거야. 그러면 양치기들이 '저놈을 제대로 배불리 먹였으면 양도 뺏기지 않았을 테고 늑대도 저놈 손에 살아나지 못했을 텐데'라고 할 거야."

개가 대답했다.

"나에게 먹을 것을 주는 주인님이 무서워. 하지만 배불리 먹도록 주지 않으니, 네가 말한 대로 해야겠어."

늘대는 양떼 있는 곳으로 가서 통통하게 살찐 양 한 마리를 낚아채 도망가기 시작했다. 계획한 대로 개가 늘대 뒤를 쫓아 열심히 뛰어가 늘대의 가슴에 상처를 입혔다. 그러고는 배가 고파 기운이 달려 더이상은 못하겠다는 듯이 땅바닥에 쓰러졌다. 그걸 본 양치기들과 일행들이 말했다.

"저 개를 질릴 때까지 배부르게 먹였으면 늘대가 살찐 양을 훔쳐가지 못했을 테고 늘대도 살아서 도망가지 못했을 텐데."

그 말을 들은 주인은 속상하고 화가 나기도 해서 말했다.

"앞으로는 이 개가 먹기 싫어할 때까지 배불리 먹여라. 그 말 꼭 명심하거라."

그때부터 개는 푸짐한 고깃덩어리와 큰 빵 한 덩어리씩을 얻어먹어 곧 완전히 기운을 차렸다.

얼마 지나지 않아 늘대가 개 앞에 다시 나타났다.

"내가 너한테 좋은 충고를 해줬지?"

개가 대답했다.

"나에게는 절실한 충고였지. 다 네 덕이야."

늘대가 말했다.

"그래서 하는 말인데, 그 보답으로 내가 양 한 마리를 훔쳐가도 못 본 척 넘어가줄래?"

개가 대답했다.

"그 댓가를 이미 받은 걸로 아는데? 벌써 우리 주인님 양을 두 마리나 먹어치웠잖아."

늘대가 개에게 다시 말했다.

"너만 눈감아주면 양 한 마리만 가져갈게."

개가 말했다.

"나는 못 본 척할 수 없어. 네가 만일 그런 짓을 한다면 살아서 도망갈 수 없을 거야."

그 말을 듣고 늑대가 말했다.

"네 뜻이 그렇다면, 내가 배고파 죽기 일보직전이니까 좋은 생각이 있으면 말해봐."

개가 말했다.

"어제 빵과 소금에 절인 고기와 포도주를 잔뜩 보관해놓은 식량창고 벽이 허물어졌어. 오늘밤 그곳에 가면 배불리 먹을 수 있을 거야."

늑대가 말했다.

"나를 속이려는 거지? 내가 거기 들어가면 마구 짖어서 사람들에게 내가 거기 있다는 걸 알릴 작정이지?"

개가 대답했다.

"맹세컨대 그런 짓은 하지 않을 테니 아무 걱정 마. 나는 양들만 지키면 되지 주인님 재산까지는 지키지 않아도 돼. 너를 보고 짖지는 않을 테니 안심해."

개의 확답을 받고 안심한 늑대는 날이 어두워지자 식량창고로 몰래 숨어들어가 빵과 고기를 배불리 먹었다. 포도주까지 마시고 얼큰하게 취한 늑대는 술주정까지 했다.

"사람들은 빵과 포도주를 배불리 먹고 나면 노래를 부르기 시작한단 말이야. 나도 기분이 이렇게 좋은데 노래를 못할 게 없지."

늑대는 노래를 부르기 시작했다. 늑대의 노랫소리를 들은 개들이 일제히 짖어댔다. 그래도 늑대가 계속해서 더 큰 소리로 노래를 불러대자 그 소리를 들은 사람들이 말했다.

"늑대가 우리 가까이 있어. 늑대 소리가 굉장히 가깝게 크게 들리는걸. 늑대가 식량창고 안에 있는 게 틀림없어."

일제히 식량창고로 간 사람들은 한창 신나게 노래를 부르는 늑대를 발견했다. 그리고 모두 달려들어 늑대를 몽둥이로 때려죽였다.

13

아버지와 세 아들

한 남자가 죽어가면서 전재산인 사과나무 한 그루와 염소 한 마리, 물레방앗간 하나를 세 아들에게 남겨주었다. 아버지 장례식을 치르고 나서 아들들이 말했다.

"재판관에게 가서 우리 재산을 공평하게 나눠달라고 하자."

그들이 재판관 앞에 가서 말했다.

"재판관님, 우리 아버지가 돌아가실 때 우리 셋에게 전재산을 물려주었습니다. 그것을 우리 셋에게 똑같이 나누어주십시오."

재판관이 아버지의 재산이 얼마나 되느냐고 묻자 아들들이 대답했다.

"사과나무 한 그루와 염소 한 마리, 물레방앗간입니다."

재판관이 말했다.

"아버지가 사과나무를 어떻게 나눠가지라고 했소?"

아들들이 대답했다.

"한 사람이 더 갖거나 덜 갖지 않도록 똑같이 나눠가지라고 하셨습니다."

재판관이 말했다.

"그럼 사과나무를 어떻게 나누면 좋겠소?"

큰아들이 말했다.

"제가 똑바른 것과 삐뚤어진 것을 가지겠습니다."

둘째아들이 말했다.

"제가 푸른 것과 마른 것을 가지겠습니다."

셋째아들이 말했다.

"제가 뿌리와 몸통, 가지를 가지겠습니다."

재판관이 그들의 말을 다 듣고 나서 말했다.

"여러분도 나도 누가 더 많이 가지고 적게 가지는지 알 수 없겠소. 그러니 자기가 가장 좋은 부분을 가졌다고 확실하게 말할 수 있는 사람이 나무를 전부 차지하도록 하시오. 그럼 염소는 아버지가 어떻게 나눠가지라고 했소?"

아들들이 대답했다.

"우리 중 염소를 가장 큰 놈으로 만들어달라고 기도하는 사람이 차지하라고 하셨습니다."

큰아들이 먼저 기도했다.

"오, 신이시여, 이 염소가 바닷물과 하늘 아래 모든 물을 한꺼번에 다 마시고도 배가 차지 않을 정도로 큰 놈으로 만들어주십시오."

둘째아들이 염소는 자기 차지일 거라며 말했다.

"이 세상의 모든 밧줄과 나무줄기, 삼, 마, 모를 있는 대로 전부 끌어모아 긴 줄을 만들어도 그걸로는 이 염소의 발도 제대로 묶을 수 없을 정도로 큰 놈으로 만들어주십시오."

셋째아들이 염소는 자기 차지가 될 게 분명하다며 말했다.

"신이시여, 염소의 덩치가 하도 크고 높아서 아무리 큰 독수리가 하늘 높이 날아가 내려다보려 해도 볼 수 없을 정도로 큰 놈으로 만들어주십시오."

재판관이 세 아들의 기도를 다 듣고 나서 말했다.

"나뿐 아니라 누구도 누가 염소를 가장 큰 놈으로 만들어달라고 기도했는지 알 수 없겠소. 그러니 염소를 가장 큰 놈으로 만들어달라는 기도를 했다고 확실하게 말할 수 있는 사람이 염소를 차지하도록 하시오. 그럼 물레방앗간은 아버지가 어떻게 나눠가지라고 했소?"

아들들이 대답했다.

"가장 감쪽같이 거짓말을 잘하는 사람이 차지하라고 하셨습니다."

큰아들이 말하기 시작했다.

"오랜 옛날에 내가 아주 큰 빈집에 들어간 적이 있었습니다. 그 집 안을 돌아다니다가 구멍에서 흘러나온 물방울 하나가 내 귀에 떨어졌습니다. 그때 내 귀로 흘러든 물 때문에 혈관을 다쳐 몸에 마비가 왔지요. 뼈도 많이 상하고 머리도 크게 다쳤습니다. 그리고 그 물은 다른 쪽 귀로 빠져나갔어요. 그래서 그때 다친 것 때문에 아직도 침대에서 제대로 몸을 일으키거나 뒤척거릴 수가 없습니다. 그리고 거짓말을 많이 하다보니 머리가 무거워서 고개를 숙일 수도 없고요."

둘째아들이 말했다.

"내가 보기에는 물레방앗간은 내 차지가 될 것 같습니다. 나는 보름이나 한 달 정도 단식을 하고 나서 온갖 진수성찬이 차려진 식탁을 본다 해도 아무것도 먹을 수가 없습니다. 내가 하도 거짓말을 많이 해서 다른 사람이 억지로 내 입을 벌려 음식을 넣어주지 않는다면 음식이 들어가지도 못할 겁니다."

셋째아들이 말했다.

"내가 거짓말을 가장 잘하는 게 분명하니 물레방앗간은 내 것이 틀림없습니다. 나는 물이 내 목까지 차 있어도 죽을 때까지 갈증을 참고 견딜 겁니다. 다른 사람들이 억지로 내 입을 벌려 물을 마시게 하지 않는 한, 고개를 숙여 물을 마시느니 차라리 죽음을 택하겠습니다."

그러자 재판관이 말했다.

"나뿐 아니라 세상 누구도 누가 거짓말을 더 잘하는지 알 수 없겠소. 그러니 판결을 연기하겠소."

그래서 아들들은 아무런 성과도 없이 빈손으로 돌아갔다.

여우와 늑대

여우가 새끼를 데리고 늑대에게 가서 사정했다.

"늑대님, 제 자식을 성수로 세례해주시고 대부가 되어주시기를 정중하게 부탁드립니다."

늑대가 대답했다.

"기꺼이 그렇게 하지."

늑대는 여우 새끼를 데리고 가 베니띠요라는 이름으로 세례를 해주었다. 잠시 후 늑대가 여우에게 말했다.

"여우야, 내가 네 아들을 키워서 기술을 익히게 하고 교육을 시킬 테니 허락하거라. 내가 아는 기술을 모두 전수해줄 테니 나랑 같이 있는 게 네 아들한테도 이로울 거야. 너는 다른 자식들도 많이 있으니 그들을 제대로 키우려면 여간 고생이 아니잖니."

여우가 대답했다.

"당신 생각대로 하세요. 저를 많이 생각해주시니 고맙습니다."

그렇게 해서 베니띠요는 늑대와 함께 남고 여우 엄마는 다른 자식들에게 돌아갔다.

어느날 늑대가 양을 잡아먹기 위해 베니띠요를 데리고 양떼가 있는 목장으로 갔다. 하지만 개와 양치기들에게 발각되어 한 마리도 잡지 못하고 깊은 산속으로 도망쳤다. 늑대가 양자인 베니띠요에게 말했다.

"오늘밤 양떼를 습격했더니 피곤하고 지치는구나. 눈을 좀 붙일 테니 너는 망을 보거라. 풀을 뜯으러 나오는 동물들이 있는지 잘 살펴보다가 뭔가 보이는 게 있으면 즉시 나를 깨우도록 해라.

그래야 출출한 배를 채우지."

늘대는 잠이 들었고, 다음날 아침이 되자 베니띠요가 늘대를 깨웠다.

"선생님, 선생님."

"왜 그러느냐."

"돼지들이 나왔어요."

"돼지는 지저분하고 거친 동물이니 그냥 내버려두자. 나는 돼지만 먹으면 속이 거북하고 돼지털이 걸려서 목이 막혀."

잠시 후에 베니띠요가 다시 늘대를 불렀다.

"선생님."

"무슨 일이냐."

"소들이 풀을 뜯으러 나왔어요."

"소들은 그냥 내버려두자. 잔인하고 힘센 양치기들이 소들을 지키고 있는데다 못돼먹고 용감무쌍한 개들도 있으니, 그 개들이 나를 보면 목이 터져라 짖어대면서 내가 죽을 때까지 달려들 거야."

잠시 후에 베니띠요가 다시 늘대를 불렀다.

"암말들이 나왔는데요."

"말들이 어디로 가는지 잘 살펴보거라."

베니띠요는 말들이 어디로 가는지 살펴본 뒤 늘대에게 돌아왔다.

"너도밤나무가 있는 산중턱의 초원으로 갔어요."

그 말을 들은 늘대가 일어나 신중한 몸가짐으로 말들이 있는 곳으로 다가갔다. 조심조심 산속으로 숨어들어간 늘대는 말들이 있는 초원까지 아무에게도 들키지 않고 조용히 다가갔다. 그리고 가장 통통하게 살찐 말을 덮쳐 코를 물어 말을 질식시켰다. 그렇게 해서 늘대와 베니띠요는 배불리 먹을 수 있었다. 배가 부른 베니띠요가 늘대에게 말했다.

"스승님, 저도 이제 혼자 삶을 개척할 만큼 강해졌다는 생각이 듭니다. 엄마에게 돌아가는 걸 허락해주십시오."

늑대가 대답했다.

"아들아, 가지 않으면 안되겠니? 너는 아직 충분히 배우지 못했기 때문에 지금 떠나면 곧 후회하게 될 거다."

베니띠요가 말했다.

"저는 더이상 여기에 있지 않을 겁니다."

떠나겠다는 베니띠요의 결심이 완강한 것을 보고는 늑대가 말했다.

"그럼 잘 가거라. 하지만 곧 후회할 테니 두고 봐. 네 엄마에게 안부 전해라."

베니띠요는 엄마를 찾아갔다. 생각보다 빨리 돌아온 아들을 보고 엄마 여우가 말했다.

"왜 이렇게 빨리 돌아왔니?"

"더이상 배울 게 없어서 일찍 돌아왔어요. 이제 앞으로는 제가 엄마와 동생들까지 배불리 먹일게요."

"아들아, 어디서 뭘 그리 빨리 배워왔다는 거냐?"

"엄마, 질문은 이제 그만 하시고, 그렇게 궁금하시면 저를 따라오세요. 제가 얼마나 뛰어난 사냥꾼인지 직접 보여드릴게요."

엄마 여우는 자신만만한 아들이 미덥지 않았지만 아들의 기분을 맞춰주기 위해 따라나섰다. 늑대가 하던 행동을 자세히 지켜보았던 베니띠요는 날이 어두워지자 양을 잡으러 목장으로 내려갔다. 하지만 양을 잡지 못하자 다시 산으로 올라와 엄마에게 말했다.

"엄마도 잘 아시다시피 제가 오늘밤에 양을 사냥하느라 피곤하고 많이 지쳤어요. 잠깐 눈 좀 붙일 테니까 엄마는 망을 보세요. 풀을 뜯으러 나오는 동물들이 있는지 잘 보고 계시다가 저를 깨우세요. 그러면 제가 배운 걸 어떻게 써먹는지 보시게 될 거예요. 제가 알고 있는 지식과 재주를 엄마에게 보여드리고 싶어요."

아침이 다 되어갈 즈음 엄마 여우가 아들을 깨우자, 아들이 물었다.

"엄마, 왜 그래요?"

"돼지들이 풀을 뜯으러 나왔구나."

"돼지는 더럽고 지저분한데다 성질이 고약하니까 그냥 내버려 두세요. 그걸 먹으면 소화도 안되고 입만 더러워져요."

잠시 후 엄마 여우가 다시 아들을 부르자, 아들이 말했다.

"잠 좀 자게 내버려두세요. 피곤해 죽겠단 말이에요. 잘 아시면서 왜 그러세요."

"소들이 마을에서 나왔구나."

"소들은 성질 고약한 개들과 양치기들이 지키고 있어서 위험해요. 개들이 나를 보면 마구 짖어대면서 내가 지쳐서 더이상 도망칠 수 없을 때까지 악착같이 따라올 거예요."

잠시 후에 엄마 여우가 다시 아들을 깨우자, 아들이 물었다.

"대체 무슨 일이에요?"

"암말들이 풀을 뜯으러 나왔구나."

그 말을 들은 베니띠요는 반색을 하면서 들떠서 말했다.

"엄마, 말들이 어딜 가는지 잘 보고 오세요."

엄마가 돌아와서 말했다.

"산 근처에 있는 초원으로 들어가더구나."

그러자 베니띠요가 일어나서 엄마에게 말했다.

"엄마는 높은 산꼭대기에 올라가서 제가 하는 걸 잘 지켜보세요. 제가 얼마나 영리하고 용감한지 곧 아시게 될 거예요."

베니띠요는 아무에게도 들키지 않게 말들이 있는 곳으로 살금살금 숨어들어갔다. 그리고 가장 통통하게 살찐 말을 덮쳐 선생인 늑대가 했던 것처럼 말을 질식시켜 죽이려고 말의 코를 틀어막았다. 하지만 암말은 베니띠요의 무게 따위는 아랑곳하지 않고 그를 코에 매단 채 양치기들이 있는 곳으로 달려갔다. 베니띠요는 이빨이 말의 코에 박혀서 매달린 채로 끌려갈 수밖에 없었다. 산 위에서 그 광경을 지켜보던 엄마 여우가 애가 타서 아들을 불렀다.

"베니띠요야, 아들아, 말은 내버려두고 어서 집으로 돌아와."

하지만 베니띠요는 이빨이 말의 코에 박혀 빠지지 않아 어쩔 수 없이 목장으로 끌려갔다. 양치기들이 달려나오는 것을 본 엄마 여우는 이제 자기 아들이 죽었다는 생각에 땅을 치며 대성통곡하기 시작했다.

"아이고, 내 아들 베니띠요야! 그러기에 뭐 하려고 공부를 그렇게 일찍 마치고 돌아왔니? 이제 사람들이 너를 죽일 텐데 이를 어쩌니. 네가 어미를 슬픔에 빠뜨리는구나. 네 스승인 늑대의 말을 들었어야지."

그렇게 해서 베니띠요는 양치기들에게 잡혀 죽고 말았다.

15

늘대와 개와 양

아주 많은 양들을 치는 사람이 있었다. 그에게는 크고 무서운 사냥개가 있어 양들을 보호했다. 개가 어찌나 사납고 무서운지 늘대들도 감히 양들 가까이 오지 못할 정도였다. 하지만 그 개도 나이가 들어 마침내는 늙어죽고 말았다. 개가 죽자 걱정이 된 양치기들이 말했다.

"들판을 지켜주던 개가 죽고 없으니 어떻게 한담. 이젠 늘대들이 마음놓고 와서 양들을 잡아갈 텐데."

양치기들의 걱정을 들은 건방진 염소가 말했다.

"나에게 좋은 생각이 있으니 한번 들어보세요. 내 뿔과 털을 깎고 나에게 죽은 개의 가죽을 벗겨서 씌워주세요. 그러면 늘대들이 내가 그 개인 줄 알고 놀라서 가까이 오지 못할 거 아니에요."

양치기들은 염소의 말대로 염소에게 개의 가죽을 씌워 변장시켰다. 늘대들은 양들을 잡으러 내려왔다가 그 무서운 개가 버티고 있는 것을 보고는 화들짝 놀라서 도망쳤다. 그러다가 어느날 배고픔을 견디다 못한 늘대 한 마리가 내려와서 양을 낚아채 도망갔다. 개의 가죽을 쓴 염소가 그걸 보고는 늘대 뒤를 급히 쫓아갔다. 늘대는 그 무서운 개가 쫓아오자 놀라서 오줌까지 싸가며 있는 힘을 다해 도망쳤다. 양은 늘대가 자기를 보고 놀라서 도망치는 것이 재미있어서 정신없이 늘대 뒤를 쫓아갔다. 그 개가 끈질기게 쫓아오는 것을 보자 겁에 질린 늘대는 다시 오줌을 싸서 몸을 더럽혔다. 더이상 도망칠 수 없을 정도로 기진맥진해진 늘대는 더 겁에 질려 세번째로 오줌을 쌌다. 늘대는 그렇게 겁에 질러서도 살기 위해 있는 힘을 다해 도망쳤고, 염소는 아주 가까이에서 그를 쫓았다. 그러다가 염소가 쓰고 있던 개가죽이 나뭇가지에 걸려 벗겨지면서 개가 아니라 염소가 개의 가죽을 썼던 것이 들통났다. 속임수를 깨달은 늑대가 염소를 붙잡고는 물었다.

"너는 누구니?"

염소가 모든 것을 체념하고 대답했다.

"나는 염소예요."

늑대가 말했다.

"그런데 왜 나를 그렇게 놀라게 했니?"

염소가 대답했다.

"장난삼아 그랬어요."

늑대가 말했다.

"네가 어떤 장난을 쳤는지 보여줄 테니 따라와봐."

늑대는 자기가 겁에 질려 맨 먼저 오줌을 싼 곳으로 염소를 데려가 그걸 보여주면서 말했다.

"네가 보기에는 이게 재미있는 장난이지?"

그러고는 두번째와 세번째로 오줌을 싼 곳으로 염소를 데려가

서는 말했다.

"네가 보기에는 이게 재미있는 장난이지? 그래, 늑대가 염소를 보고 놀라서 세 번씩이나 오줌을 쌌다는 게 재미있단 말이지? 너는 죗값을 치러야 해!"

그렇게 해서 늑대는 염소를 잡아먹었다.

몸집 작은 남자와 사자와 새끼 사자

몸집이 작은 남자가 힘들게 막일을 하며 사막에서 살고 있었다. 그는 나무도 하고 논과 밭도 일구면서 자기 손으로 자기가 먹을 것을 마련했다. 그런데 그 사막 근처에 사는 사자 한 마리가 남자가 열심히 기른 곡식과 나무를 망가뜨려 피해를 입혔다. 사자의 횡포를 견디다 못한 몸집 작은 남자는 덫과 함정 등 모든 방법을 동원하여 사자를 잡으려고 했다. 사자는 남자가 자기를 잡으려고 엄청나게 많은 덫과 함정을 만들어놓은 것을 알고는, 그걸 피할 방법이 없다는 것을 깨달았다. 사자는 마음을 졸이며 불안하게 사느니 차라리 마음 편하게 사는 게 낫겠다 싶어 새끼를 데리고 다른 지역으로 피신했다.

세월이 한참 흘러 어느덧 새끼 사자가 성장하여 몸집도 제법 크고 기운도 세졌다. 어느날 새끼 사자가 아빠 사자에게 물었다.

"아빠, 우리가 살고 있는 이곳이 우리 고향이에요? 아니면 고향이 따로 있어요?"

아빠 사자가 대답했다.

"우리는 이 고장 출신이 아니란다. 우리는 다른 지방 출신인데,

몸집이 작은 남자의 덫을 피해 이곳으로 피신한 거란다.”

아들이 아빠 사자에게 물었다.

“그 몸집 작은 남자가 대체 누구이기에 사자를 무서움에 떨게 하는 거예요?”

아빠 사자가 대답했다.

“그 사람은 우리처럼 몸집도 크지 않고 기운도 세지 않단다. 하지만 굉장히 영리하고 속임수도 잘 쓰지.”

새끼 사자가 말했다.

“그렇다면 제가 가서 우리가 당한 모욕을 갚아주고 오겠어요.”

아빠 사자가 아들을 말렸다.

“그 몸집 작은 남자는 별의별 재주가 많기 때문에 절대로 그곳에 가면 안된다. 그랬다가는 그 사람의 꾀에 빠져 죽임을 당하고 말 거야.”

아들이 대답했다.

“나도 영리하고 용기가 있는데 그렇게 당하기야 하겠어요? 기필코 복수를 하고 말겠어요.”

아빠 사자가 말했다.

“아들아, 거기에 가면 안된다. 내 말을 듣지 않고 고집을 피우다가는 후회하게 될 거야.”

하지만 새끼 사자는 아빠의 충고에는 귀를 기울이지 않고 몸집 작은 남자를 찾아 길을 떠났다. 새끼 사자는 길을 가다가 등이 벗겨지고 갈비뼈가 부러진 말이 초원에서 풀을 뜯는 것을 보고 물었다.

“누가 당신을 이렇게 흉측하게 만들어놓았어요?”

말이 대답했다.

“몸집이 작은 남자가 나에게 나무와 쇠로 된 안장을 씌워놓아서 이렇게 된 거예요. 그것도 모자라 채찍질도 심하게 해요. 그 사람은 내 등에 올라타 채찍을 휘두르면서 자기가 가고 싶은 곳은 어디든지 가요. 그래서 내 등가죽이 다 벗겨지고 갈비뼈가 부러진 거예요. 아마 내가 죽을 때까지 일만 시킬 거예요."

사자가 말했다.

"당신은 우리 아빠의 말이잖아요."

말이 대답했다.

"당신 아빠뿐만 아니라 당신의 말이기도 하지요."

새끼 사자는 그 말에 힘을 얻어 힘차게 으르렁거리면서 말에게 말했다.

"내가 당신 원수를 갚아주겠어요."

사자는 다시 길을 가다가 몸에 심한 상처를 입고 풀밭에 누워 있는 황소를 발견하고 황소에게 물었다.

"누가 당신에게 이렇게 잔인하게 매질을 했어요?"

황소가 대답했다.

"몸집이 작은 남자가 나를 끈으로 세게 묶고는 땅도 일구고 돌도 골라내라고 채찍을 휘두르는 통에 내 명에 못 살 것 같아요."

사자가 말했다.

"당신은 우리 아빠의 황소예요."

황소가 대답했다.

"당신 아빠뿐만 아니라 당신의 황소이기도 하지요."

그 말을 들은 새끼 사자가 으르렁거리며 혼잣말을 했다.

"아, 그 몸집 작은 남자가 얼마나 많은 피해를 입혔단 말인가! 내 가족뿐만 아니라 우리 동물들을 얼마나 못살게 굴었단 말인가! 그놈에게 복수할 것을 내 수염을 걸고 맹세하겠어."

사자는 땅에 사람의 발자국이 나 있는 걸 보고 황소에게 물었다.

"이 발자국은 누구 거예요?"

황소가 대답했다.

"그건 몸집 작은 남자의 발자국이에요."

사자가 앞발로 그 남자의 발자국 크기를 재보고는 말했다.

"발도 정말 조그마하네. 그런데도 그렇게 못된 짓만 골라서 하다니. 황소 아저씨, 몸집 작은 남자가 누군지 가르쳐주시겠어요?"

황소가 발로 멀찌감치 있는 사람을 가리켰다. 사자는 그 남자가 높은 산 위에서 괭이를 들고 밭을 일구고 있는 것을 보고는 그에게 가까이 다가가 말했다.

"오, 몸집 작은 남자야, 네가 나와 내 아버지, 그리고 나의 동물들에게 나쁜 짓을 얼마나 많이 했는지 알고 있느냐! 이제 네 잘못을 뉘우칠 때가 왔다. 내가 너를 혼내줄 테다."

몸집 작은 남자는 몽둥이와 도끼, 칼로 무장을 하고는 사자에게 호통을 쳤다.

"여기 올라오기만 해봐라. 신들 앞에 맹세컨대 이 몽둥이로 너를 때려눕히고, 이 도끼로 너를 토막내고, 이 칼로 네 껍질을 벗겨버릴 테니까."

사자는 몸집 작은 남자의 거침없는 행동에 주눅이 들어 말했다.

"내가 그곳으로 올라가 너를 따끔하게 벌주려는 것을 네가 그리 완강히 거부하니, 그럼 나와 함께 내 아버지가 있는 곳으로 가서 누가 왕이 되어야 할지 판가름해달라고 하자."

몸집 작은 남자가 대답했다.

"그럼 우리가 함께 길을 가는 동안 너는 내 몸에 손을 대지 않고, 나도 네 몸에 손을 대지 않겠다고 맹세하자."

사자는 길을 가는 동안 몸집 작은 남자를 건드리지 않겠다고 맹세했으며, 몸집 작은 남자도 사자를 건드리지 않겠다고 맹세했다. 둘은 그렇게 조건을 내세우고 함께 길을 떠났다. 그러나 몸집 작은 남자는 큰길을 내버려두고 덫과 함정을 잔뜩 파놓은 샛길로 접어들었다. 사자가 남자에게 말했다.

"나도 너를 따라서 이 길로 갈래."

몸집 작은 남자가 말했다.

"네 마음대로 해."

그런데 남자 뒤를 바짝 쫓아가던 사자가 갑자기 덫에 걸려 발을 움직이지 못하는 신세가 되었다. 사자가 큰 소리로 몸집 작은 남자를 불러 도움을 청했다. 남자가 사자에게 물었다.

"무슨 일인데?"

사자가 대답했다.

"나도 몰라. 발이 묶여서 꼼짝할 수가 없어. 그러니 나를 좀 풀어줘."

몸집 작은 남자가 대답했다.

"네 아버지의 판결이 있을 때까지는 길을 가면서 서로의 몸에 손대지 않기로 맹세한 것을 벌써 잊어버렸니? 그래서 너를 도와줄 수가 없단다."

할 수 없이 사자는 발이 묶인 채로 엉금엉금 기어서 길을 가다가, 다시 다른 덫에 걸리는 바람에 이번에는 앞발까지 꽁꽁 묶여 옴짝달싹 못하게 되었다. 사자는 자기를 도와달라며 큰 소리로

몸집 작은 남자를 불렀다. 하지만 몸집 작은 남자는 사자를 도와
주기는커녕 오히려 몽둥이를 집어들고 마구 때리기 시작했다. 사
자가 말했다.

"오, 몸집 작은 남자여, 나를 불쌍히 여기고 제발 나를 용서해
줘. 내 머리나 등이나 배는 때리지 말고 아버지의 충고를 제대로
듣지 않은 이 귀를 때려줘. 그리고 좋은 가르침을 받아들이지 않
은 내 가슴을 때려줘. 아버지는 네가 영리하고 속임수를 많이 쓰
는 사람이고 내가 후회할 거라고 말씀하셨거든."

몸집 작은 남자는 사자가 죽을 때까지 사자의 가슴과 귀를 때
렸다.

기사와 여우와 종자

기사가 종자(從者)와 함께 길을 가다가 여우를 보고는 말했다.

"원 세상에, 저렇게 큰 여우를 보게 되다니!"

종자가 여우를 보고 말했다.

"저 여우를 보고 놀라시다니요. 제가 옛날에 살던 고장에서 본
여우는 황소보다 더 컸습니다."

기사가 말했다.

"저 가죽을 벗겨내서 사제복이나 수녀복을 만들어도 될 만큼
크구나."

그들은 그렇게 길을 가다가 고삐를 늦추고 많은 우화들을 얘기
했다. 기사가 말했다.

"오, 전지전능하신 유피테르 신이시여, 오늘 저희가 거짓말을

하지 않도록 보살펴주옵소서. 그리고 우리가 다치지 않고 아무 탈 없이 그 위험한 강을 건널 수 있도록 해주십시오. 우리가 원하는 곳으로 무사히 인도하여주옵소서."

기사의 기도소리를 들은 종자가 기사에게 물었다.

"주인님, 무슨 연유로 그리 간곡하게 기도하시는 겁니까?"

기사가 대답했다.

"너는 세상이 다 아는 사실을 아직도 모르고 있단 말이냐? 이제 곧 신비의 강을 건너야 하는데, 그날 거짓말을 한 사람이 그 강을 건너면 살아서 나오지 못하고 물에 빠져죽고 만단 말이다."

그 말을 들은 종자는 겁이 덜컥 나서 수심이 가득한 얼굴이 되었다. 조금 더 가다가 조그만 개울이 나오자 종자가 물었다.

"이 강이 주인님께서 말씀하신 그 위험한 강입니까?"

기사가 대답했다.

"아니, 아직 근처에 가지도 못했다."

그러자 종자가 말했다.

"사실대로 말씀드리면 아까 말한 그 여우는 당나귀만했습니다. 그래서 여쭤본 것입니다."

기사가 대답했다.

"여우 크기가 어떻든 그게 무슨 상관이냐."

조금 더 가다가 강을 만나자 종자가 물었다.

"주인님, 이 강이 주인님께서 말씀하신 그 강이지요?"

기사가 말했다.

"아직도 멀었다."

그러자 종자가 말했다.

"그래서 주인님께 여쭤본 것입니다. 아까 말씀드린 그 여우가 당나귀만하지 않았던 게 생각났습니다. 그걸 고쳐서 말씀드리고 싶었습니다. 사실 송아지보다도 작았어요."

기사가 말했다.

"나는 여우가 크든지 작든지 별 관심이 없다."

잠시 후 그들은 또다른 강가에 도착했다. 그러자 수심에 잠겨 있던 종자가 얼굴을 더 심하게 일그러뜨리며 말했다.

"틀림없이 이 강이 그 위험하다는 강이지요?"

기사가 대답했다.

"그 강에 도착하려면 아직 멀었다."

종자가 다시 말했다.

"아까 말씀드린 그 여우 말인데요, 사실 크기가 양만했습니다."

기사가 말했다.

"이제 여우 이야기는 그만 하고 다른 이야기를 할 수 없느냐?"

오후가 되어 엄청나게 큰 강에 도착하자 종자가 말했다.

"틀림없이 이 강이 우리가 말하던 그 강이군요."

기사가 말했다.

"그래, 이 강이 바로 그 신비의 강이다."

신하가 겁에 잔뜩 질려 창피를 무릅쓰고 말했다.

"주인님, 여우에 대해 거짓말한 것을 솔직하게 털어놓겠습니

다. 제 목숨을 걸고 맹세컨대 제가 다른 고장에서 본 여우는 오늘 우리가 본 여우보다 크지 않았습니다."

그러자 기사가 웃으면서 장난스럽게 말했다.

"나도 너에게 맹세컨대, 이 강은 다른 강들보다 위험할 이유가 전혀 없느니라."

제7부

리누치오가 새로 옮긴 이솝 우화

독수리와 까마귀

독수리가 높은 바위에 앉아 있다가 양 한 마리를 얼른 낚아채 하늘 높이 날아갔다. 그것을 본 까마귀가 샘이 나서 자기도 독수리처럼 할 수 있다고 생각하고는 큰 소리로 깍깍거리면서 양을 낚아채려 했다. 하지만 발톱이 양털에 걸리는 바람에 꼼짝달싹못하고 날개만 퍼덕거리는 신세가 되었다. 까마귀가 양털에 걸린 것을 본 양치기가 얼른 달려왔다. 양치기는 까마귀를 잡아 양 날개를 잘라내고는 아이들에게 갖고 놀라며 주었다. 한 아이가 무슨 새냐고 묻자, 까마귀가 대답했다.

"마음은 독수리인데 몸은 까마귀야."

독수리와 쇠똥구리

독수리가 토끼를 잡으려고 쫓아갔다. 자기 힘으로는 도저히 독수리에게서 도망칠 수 없다는 걸 깨달은 토끼는 어쩔 줄 몰라하다가 쇠똥구리에게 도와달라고 간곡히 부탁했다. 토끼를 딱하게 여긴 쇠똥구리는 도와주겠으니 아무 걱정 말라며 토끼를 안심시켰다. 독수리가 가까이 다가오자 쇠똥구리가 정중하게 부탁했다.

"독수리님, 제가 토끼를 보호하고 있는 입장이니 저를 봐서라도 토끼를 죽이지 마십시오."

하지만 덩치 작은 쇠똥구리를 우습게 여긴 독수리는 들은 척도 않고 토끼를 잡아죽였다. 자존심이 상한 쇠똥구리는 복수를 위해 독수리를 몰래 미행해 둥지가 어디에 있는지 알아냈다. 그즈음 독수리가 알을 낳자, 그것을 안 쇠똥구리가 둥지로 올라가 독수리 알들을 땅에 떨어뜨렸다. 자식을 잃은 슬픔을 견디다 못한 독수리는 하늘 높이 올라가 유피테르 신을 찾아갔다. 독수리는 유피테르 신이 가장 아끼는 성스러운 새였다. 독수리가 유피테르 신에게 부탁했다.

"오, 신이시여, 제가 안심하고 알을 낳을 수 있는 안전한 곳을 알려주십시오."

그러자 유피테르 신이 말했다.

"내 가슴보다 더 안전한 곳은 없을 테니 여기에 알을 낳도록 해라."

그 말을 엿들은 쇠똥구리는 독수리가 유피테르 신의 가슴에 알을 낳을 때까지 기다렸다. 독수리가 알을 낳자 쇠똥구리는 알을 품고 있는 유피테르 신의 가슴에 똥덩어리를 떨어뜨렸다. 그러자 유피테르 신이 똥을 털어내기 위해 몸을 움직여 독수리 알들을 떨어뜨렸다. 그후 유피테르 신은 독수리에게 쇠똥구리가 활동하는 계절에는 알을 낳지 못하게 했다.

3

여우와 염소

여우와 염소가 물을 마시러 우물 밑으로 내려갔다. 물을 실컷 마시고 나서 보니 우물 밖으로 나갈 길이 없었다. 궁리하던 끝에 여우가 말했다.

"염소야, 어떻게 하면 무사히 우물 밖으로 나갈 수 있을까 생각해봤는데 들어봐. 네가 발을 뻗어서 벽에 기대고 있으면 내가 네 등과 뿔을 타고 밖으로 나간 다음 너도 무사히 꺼내줄 수 있을 것 같은데, 어때?"

염소는 여우의 말대로 하기로 했다. 하지만 우물 밖으로 무사히 나간 여우는 염소를 꺼내주려 하지 않았다. 염소가 약속대로 빨리 자기를 우물 밖으로 꺼내달라고 재촉했다. 그러자 여우가 말했다.

"친절한 염소야, 사정해도 소용없어. 네 머리가 턱수염만큼 현명하고 신중했다면 우물 밑으로 내려가지도 않았을 거야. 우물 안으로 들어가기 전에 어떻게 나올 건지 그 방법부터 생각해봤어야지."

고양이와 수탉

수탉을 잡아먹을 기회만 노리던 고양이가 어느날 수탉을 만나자 생트집을 잡았다.

"네가 새벽같이 울어대는 바람에 잠을 설치잖아. 너란 동물은 모두를 못살게 굴고 귀찮게만 해."

수탉이 변명했다.

"내가 새벽같이 우는 건 다 모두를 위해서야. 일찍 일어나서 그
날 할 일을 할 수 있게 도와주는 거란 말이야."

고양이가 수탉에게 말했다.

"너는 못되고 잔인하고 문란해. 너는 자연의 뜻을 거역하고 네
엄마와 누이들하고도 그 짓을 하잖아."

그 말에 수탉이 대답했다.

"그건 주인님의 재산을 늘려주기 위해서야. 그 덕분에 암탉들
이 달걀을 낳을 수 있는 거지."

그러자 고양이가 말했다.

"네가 아무리 변명을 늘어놓는다 해도 나는 너를 잡아먹어야겠
어."

여우와 검은딸기

여우가 사냥개들에게 쫓겨 위험을 피하려고 검은딸기 덤불 속으로 들어갔다. 온몸이 검은딸기 가시에 찔린 여우가 쩔쩔매면서 말했다.

"좀 도와달라고 너한테 피신을 왔더니, 적보다도 더 못되게 구는구나."

검은딸기가 말했다.

"이 바보야, 그거야 네 잘못이지. 내가 남들처럼 그렇게 호락호락할 줄 알았니?"

남자와 나무 우상

어떤 남자가 나무로 된 우상을 갖고 있었다. 그는 자기에게 좋은 일이 생기게 해달라며 매일같이 그 우상을 보고 기도했다. 하지만 기도를 열심히 하면 할수록 좋은 일이 늘어나기는커녕 날이 갈수록 되는 일은 하나도 없고 더욱 가난해지기만 했다. 마침내 화가 난 남자는 참다못해 우상의 발을 손으로 거머쥐고 머리를 벽에다 세게 내리쳤다. 그러자 우상의 머리가 깨지면서 많은 금덩이가 쏟아져나왔다. 남자가 금을 주워담으면서 나무 우상에게 말했다.

"신이시여, 당신은 매우 잔인하고 사악하십니다. 당신을 존경하고 받들었을 때는 본체만체하시다가 화가 나서 마구 대하니까 이제야 저에게 복을 내리시니 말이에요."

피리 부는 어부

물고기를 잘 잡지 못하는 어부가 피리와 그물을 들고 바닷가로 나왔다. 그는 높은 바위 위에 앉아 큰 소리로 피리를 불면 물고기들이 쉽게 잡힐 줄 알고 피리를 불기 시작했다. 하지만 곧 피리만 불어서는 물고기가 잡히지 않는다는 것을 깨달은 어부는 피리 불던 것을 멈추고 바다에 그물을 던져 많은 물고기를 잡았다. 그물에서 퍼덕거리며 날뛰는 물고기들을 보고 어부가 말했다.

"오, 멍청한 짐승들이여, 내가 피리를 불 때는 춤추려 하지 않더니, 이제 와서 피리 연주를 멈추니까 춤을 추고 난리구나."

8

쥐와 고양이

집 안에 쥐가 들끓자 고양이가 쥐를 한 마리씩 차례로 잡아먹었다. 쥐들은 자기네 식구들이 하루가 다르게 줄어드는 것을 보고는 회의를 열었다.

"이제부터는 절대로 집 아래로 가면 안됩니다."

쥐들은 고양이에게 전멸당하지 않으려면 고양이가 올라올 수 없는 높은 곳에서 살아야 한다는 데 의견을 모았다. 그러자 쥐들의 꿍꿍이를 눈치챈 고양이가 죽은 척을 하며 벽 옆에 놓인 긴 통나무 위에 발을 걸치고 축 늘어져 있었다. 쥐 한 마리가 위에서 그걸 보고는 비아냥거리며 말했다.

"흥, 네가 통나무로 변해봐라, 내가 밑으로 내려가나."

농부와 느시

농부가 밭농사를 망치는 학과 거위를 잡으려고 밭에다 덫을 놓았다. 그런데 느시가 함께 덫에 걸려들었다. 느시가 농부에게 사정했다.

"아저씨, 저 좀 풀어주세요. 저는 학이나 거위도 아니고, 그렇다고 그 친척도 아니잖아요. 느시는 새 중에서 가장 착해요. 다른 새들처럼 부모를 저버리지 않고 끝까지 돌본단 말이에요."

농부가 웃으면서 말했다.

"네가 그런 말을 한다고 풀어줄 정도로 내가 바보인 줄 아니? 나한테 중요한 건 네가 내 밭을 다 망쳐놓고 다니는 학과 거위와 함께 있다가 잡혀왔다는 거야. 너도 학과 거위와 같이 있다가 붙잡힌 거니까 똑같은 벌을 받아야 해."

양치는 소년

　높은 산에서 양을 치는 소년이 있었다. 소년은 가끔 늑대가 나타났다고 소리를 질러 근처에서 일하는 마을 사람들에게 장난을 치곤 했다. 마을 사람들은 늑대가 나타났다는 소리를 들을 때마다 놀라서 하던 일을 멈추고 소년을 도와주러 달려왔다. 하지만 번번이 늑대를 발견하지 못하고 그냥 되돌아갔다. 그때마다 양치기는 늑대가 벌써 도망갔다고 변명을 늘어놓았다. 양치는 소년은 이렇게 여러차례 마을 사람들을 골려먹었다. 그런데 어느날 진짜 늑대가 나타나 양들을 잡아가려고 했다. 양치는 소년은 전처럼 도와달라고 고함을 질렀지만 마을 사람들은 장난이겠거니 생각하고는 도와주러 오지 않았다. 그래서 늑대는 마음껏 양을 잡아먹고 횡포를 부렸다.

개미와 비둘기

목이 몹시 마른 개미가 물을 마시러 샘에 갔다가 실수로 물에
빠졌다. 마침 나무 위에 앉아 있던 비둘기가 개미가 물에 빠진 것
을 보고 얼른 나뭇가지를 부러뜨려 물에 떨어뜨려주었고, 개미는
그 가지에 올라타고 샘에서 빠져나와 목숨을 건졌다. 바로 그때
사냥꾼이 그곳에 와서 덫을 놓아 비둘기를 잡으려 했다. 그걸 본
개미가 사냥꾼의 발을 물자, 사냥꾼이 놀라면서 손에 쥐고 있던
덫을 내던지고 달아나 비둘기는 무사히 도망칠 수 있었다.

꿀벌과 유피테르 신

옛날에 꿀벌들이 신들에게 꿀을 바쳐 유피테르 신의 환심을 샀다. 유피테르 신은 꿀벌들에게 무슨 소원이든 다 들어줄 테니 말해보라고 했다. 유피테르 신이 자신들에게 관대하다는 것을 잘 아는 꿀벌들이 소원을 이야기했다.

"오, 전지전능하신, 신 중의 신이신 유피테르 신이시여, 신의 신하가 이렇게 머리를 조아리고 소원을 빕니다. 꿀을 훔치러 벌통 가까이 오는 사람은 누구를 막론하고 우리가 침을 쏘아 죽일 수 있도록 해주십시오."

하지만 인간을 총애하는 유피테르 신은 꿀벌의 간청을 심사숙고한 끝에 이렇게 결정했다.

"벌통의 꿀을 훔치러 오는 사람에게는 누구를 막론하고 너희가 침을 쏠 수 있다. 하지만 침을 쏘면 바늘이 빠져나가면서 너희가

죽어야 한다. 바로 그 바늘이 너희의 목숨이니라."

그렇게 해서 벌들은 남을 해치려다가 되레 자기가 당하게 되었다.

금도끼와 은도끼

나무꾼이 메르쿠리우스 신전이 있는 강가에서 나무를 베다가 도끼를 강물에 빠뜨렸다. 도끼가 없으면 당장 생계가 막막한 가난한 나무꾼은 강가에 앉아 소리내어 울면서 메르쿠리우스 신에게 도와달라고 사정했다. 이를 들은 메르쿠리우스 신이 나무꾼을 불쌍히 여기고 그 앞에 나타나 왜 그리 슬프게 우는지 이유를 물었다. 나무꾼이 사정을 이야기하자 메르쿠리우스 신이 금도끼를 가져와 이 도끼가 잃어버린 도끼냐고 물었다. 나무꾼은 그것이 강물에 빠뜨린 도끼가 아니라고 대답했다. 그러자 메르쿠리우스 신은 두번째로 은도끼를 보여주면서 나무꾼의 것이 맞느냐고 물었다. 하지만 나무꾼은 이번에도 자기 것이 아니라고 대답했다. 메르쿠리우스 신은 세번째로 나무꾼이 잃어버린 쇠도끼를 가져와 물었다. 나무꾼은 그 도끼를 알아보고 자기 것이라고 대답했다. 메르쿠리우스 신은 가난한 나무꾼이 진실하고 올바른 것에 감탄해 금도끼 은도끼 쇠도끼를 모두 선물로 주었다. 나무꾼은 뜻밖의 횡재에 기분이 좋아 동료들에게 돌아가 자신의 행운을 자랑했다.

그의 이야기를 들은 다른 나무꾼이 욕심이 생겼다. 그는 강가로 달려가 도끼를 물에 내던지고는 강가에 앉아 소리내어 울었다.

그러자 메르쿠리우스 신이 나타나 왜 그리 슬프게 우는지 물었다. 나무꾼이 자신의 불행을 이야기하자 메르쿠리우스 신이 금도끼를 들고 나타나 이 도끼가 잃어버린 도끼냐고 물었다. 욕심 많은 나무꾼은 금도끼를 보자 눈이 휘둥그레져 망설임없이 그 도끼가 자기가 잃어버린 도끼라고 말했다. 메르쿠리우스 신은 그의 경솔함과 뻔뻔스러움을 알아보고는 금도끼뿐 아니라 그가 잃어버린 쇠도끼조차 돌려주지 않았다.

도둑질하는 소년과 어머니

글공부를 하던 아이가 장난삼아 친구의 책을 훔쳐와 엄마에게 보여주었다. 엄마는 아이에게 벌을 주지 않고 오히려 그 책을 받고 좋아했다. 얼마 후에는 아이가 친구의 옷을 훔쳐와 엄마에게 가져다주었다. 이번에도 엄마는 좋아했다. 그렇게 해서 아이는 매일같이 하찮은 것을 훔치다가 나중에는 큰 도둑이 되었다.

어느날 그가 크게 도둑질을 하다가 붙잡혀 교수형을 당하게 되었다. 그가 처형대로 끌려가자 엄마가 울면서 뒤를 따라왔다. 도둑은 엄마에게 할말이 있으니 자리를 비켜달라고 자신을 끌고 가던 사람들에게 부탁했다. 도둑은 비밀 이야기라도 하듯 엄마의 귀에 입을 가까이 갖다대더니 귀를 물어뜯었다. 엄마는 몹시 아파하며 아들에게 욕을 퍼부었다. 그러자 도둑을 끌고 가던 사람들도 그가 도둑질만 한 게 아니라 저를 낳아준 어머니에게 몹쓸 횡포를 부렸다고 그를 나무랐다. 하지만 도둑은 떳떳하게 말했다.

"내가 엄마의 귀를 이빨로 물어뜯었다고 놀라지 마세요. 왜냐하면 바로 엄마가 지금 내가 당하고 있는 이 고통과 모든 불행의 원인이기 때문입니다. 내가 친구의 책을 훔쳐왔을 때 엄마가 나를 혼내기만 했어도 나는 도둑질을 그만두었을 테고, 오늘 이렇게 도둑이 되어 교수대에 서지도 않았을 것입니다."

벼룩

벼룩이 사람을 물다가 잡혔다. 벼룩을 잡은 사람이 물었다.

"대체 너는 누구이기에 내 발을 그리 물어대는 거냐?"

벼룩이 대답했다.

"저는 사람을 물어 그 피를 빨아먹으며 사는 습성을 지닌 동물입니다. 그러니 제발 저를 불쌍히 여기시고 한번만 살려주세요. 당신도 잘 알다시피 제 잘못이 그리 큰 건 아니잖아요. 저 같은 미물이 당신한테 어떻게 큰 해를 끼칠 수 있겠어요."

그러자 사람이 웃으면서 대답했다.

"그래서 더더욱 너는 내 손에 죽어야겠다. 네 본성이 원래 악하고, 아무리 하찮더라도 다른 사람들을 못살게 구니 죽어 마땅하단 말이다."

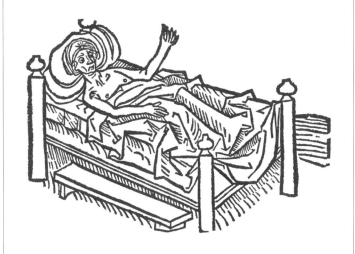

남편과 두 아내

여자를 매우 좋아하는 중년남자가 젊은 여자와 늙은 여자를 한 꺼번에 아내로 맞아들여 한집에 모여살았다. 늙은 여자는 남편의 관심을 끌기 위해 매일같이 남편 머리에 있는 이를 잡아주는 척 하면서 남편의 검은 머리카락을 뽑았다. 남편을 늙어 보이게 해 서 늙은 자기와 어울려 보이게 하려는 속셈이었다. 젊은 아내도 늙은 아내에게서 남편을 빼앗아오기 위해 남편의 흰 머리카락을 뽑았다. 흰 머리카락을 뽑으면 한결 젊은 모습이 되어 자신과 잘 어울릴 거라는 속셈이었다. 결국 남편은 두 여자에게 머리카락이 죄다 뽑혀 동네 사람들의 웃음거리가 되고 말았다.

농부와 아들들

살날이 얼마 남지 않은 것을 안 농부가 아들들을 불러모았다. 그는 자기가 죽은 다음에도 아들들이 농사일을 소홀히하지 않았으면 하는 바람으로 이렇게 말했다.

"아들들아, 내가 포도밭에다 보물을 묻어놓았으니 그것을 찾아 똑같이 나눠갖도록 해라."

아버지가 죽고 얼마 후 아들들은 보물을 찾기 위해 포도밭으로 갔다. 아들들은 괭이로 밭을 깊숙이 파가며 보물을 찾았지만 보물은 나오지 않았다. 하지만 포도밭이 아주 잘 갈아져서 그해는 다른 해의 두 배나 되는 좋은 수확을 거두어 아들들은 큰 부자가 되었다.

제8부

아비아누스의 우화

여자와 늑대

굶주린 늑대가 아내와 자식들의 먹이를 구하러 깊은 산속에서 마을로 내려왔다. 늑대는 먹을 것을 구하기 위해 위험을 무릅쓰고 조심스럽게 어느 집으로 숨어들었다. 그러자 그 집에서 아이 우는 소리와 아이를 꾸짖는 엄마의 목소리가 들려왔다.

"뚝 그치지 않으면 무서운 늑대에게 던져버릴 거야!"

늑대는 그 말만 믿고 엄마가 언제 아이를 밖으로 집어던지나 마음을 졸이면서 밤새도록 문밖에서 기다렸다. 하지만 어린아이가 울다가 지쳐 잠이 들자 늑대는 모든 희망을 잃어버렸다. 다음날 아침 늑대는 빈손으로 아내와 자식들에게 돌아갔다. 남편이 배가 고파 비틀거리면서 걸어오는 걸 보고는 아내가 물었다.

"아니, 왜 평상시처럼 사냥한 걸 가지고 오지 않아요? 게다가 얼굴은 왜 그렇게 기운이 없어요?"

늑대가 대답했다.

"먹을 것을 갖고 오지 않았다고 해서 날 원망하지 마시오. 어느 여자의 말만 믿고는 밤새도록 꼼짝도 못하고 있었다오. 그러다가 날이 밝아서 마을 사람들과 개들에게 들켜서 간신히 죽다가 살아났소. 애 엄마가 자기 자식을 나에게 주겠다는 말만 안했어도 다른 먹이를 구하러 다녔을 텐데, 결국 그 여자 말만 믿고 기다리다가 빈손으로 돌아오는 거요."

2

거북과 새

새들이 모두 한곳에 모여 있는데 거북이 와서 말했다.

"나를 높이 들어올려주면 보석이 잔뜩 든 조개들이 어디에 있는지 가르쳐줄게. 나는 너무 느려서 하루종일 쉬지 않고 걸어도 얼마 가지 못해서 그래."

그 말을 들은 새들이 거북의 헛된 약속에 눈이 멀어 서로가 하겠다고 나섰다. 그중에서 가장 높고 빠르게 날 수 있는 독수리가 거북을 높이 들어올려줄 새로 뽑혔다. 독수리는 발톱으로 거북을 붙잡고 하늘 높이 날아올랐다. 그러고는 거북에게 약속한 대로 보석이 든 조개들이 어디에 있는지 알려달라고 했다. 거북이 약속을 지키지 않자 독수리는 날카로운 발톱으로 거북을 세게 움켜쥐었다. 그러자 거북이 신음을 토해내며 말했다.

"내가 하늘 높이 날려고만 하지 않았어도 이런 고통을 당하지 않을 텐데."

독수리는 그 말을 듣고는 거북을 높은 곳에서 떨어뜨렸고, 거북은 온몸이 산산조각나 비참한 죽음을 맞았다.

3

두 마리의 게

아기 게가 똑바로 걸어가지 않고 옆으로 걸어가는 것을 엄마 게가 보았다. 아기 게가 옆으로 가다가 자꾸 날카로운 돌에 부딪치자 엄마 게가 말했다.

"애야, 길이 아닌 험한 곳으로 가지 말고 똑바로 예쁘게 걸어야 다치지 않지."

아기 게가 대답했다.

"그럼 엄마가 먼저 시범을 보여주세요. 그러면 엄마가 어떻게 걷는지 보고 엄마가 하는 대로 따라해볼게요."

엄마 게가 시범 삼아 걸어보았지만 마찬가지로 옆으로만 걷자 아기 게가 말했다.

"엄마도 제대로 걷지 못하면서 왜 나한테는 똑바로 걸으라고 해요?"

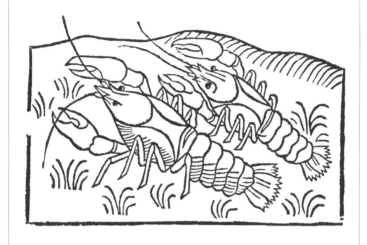

4

사자 가죽을 쓴 당나귀

　사자 가죽을 발견한 당나귀가 그것을 뒤집어쓰고 사자로 변장했다. 사자로 변장한 당나귀는 제 신분에 어울리지 않는 대접을 받자 우쭐해진 나머지 다른 짐승들을 무섭게 윽박지르고 닦달했다. 당나귀는 양과 염소의 먹이를 마구 짓밟고 사슴과 산토끼 같은 순한 동물들을 놀라게 했다. 당나귀가 세상 무서운 줄 모르고 우쭐거리고 다니는데, 그 당나귀를 잃어버린 농부가 우연히 산을 지나가다가 사자 가죽을 뒤집어쓴 당나귀를 보았다. 농부는 당나귀의 긴 귀를 잡아당기고 몽둥이로 때려 사자 가죽을 벗겼다. 농부가 당나귀에게 말했다.

"너를 모르는 동물들에게는 무섭게 굴 수 있을지 몰라도, 너를 잘 아는 나는 하나도 무서울 게 없어. 그건 네가 옛날에도 지금도, 그리고 앞으로도 당나귀에 불과하기 때문이야. 망신당하지 않으려면 괜히 네 것도 아닌 남의 것을 기웃거리지 마. 나중에 가면이 벗겨져서 망신당하면 그나마 대접도 못 받을 테니."

의사 개구리와 여우

깊은 물속에서 태어나고 자라 평생 물에서만 산 개구리가 짐승들이 사는, 푸르고 예쁜 꽃이 가득한 초원으로 나왔다. 개구리는 자기를 훌륭한 의사라고 소개하고는 자기는 고치지 못하는 병이 없고 수명도 연장할 수 있다고 허풍을 떨며 돌아다녔다. 단순한 동물들은 개구리의 허무맹랑한 말을 그대로 믿었다. 하지만 다른 동물들보다 훨씬 영리한 여우는 그 말을 듣고는 이렇게 말했다.

"별 미친 소리 다 들어보겠네. 정작 자기는 누렇게 뜨고 수종에 걸려 퉁퉁 부어 있는 걸 보고도 여러분은 개구리가 고치지 못하는 병이 없다는 말을 믿나요? 개구리가 진짜 명의라면 자기 병부터 고쳐야 하지 않겠어요? 저 쭈글쭈글한 피부부터 한꺼풀 벗겨 낸다면 그의 말을 믿을 수 있을지도 모르지요. 개구리의 못생긴 얼굴만 봐도 그가 말하는 지식과는 관계가 멀다는 걸 알 수 있어요. 말과 행동도 마찬가지고요. 그의 허황한 말을 믿으면 안돼요. 자화자찬은 아무 소용이 없는 거예요."

개구리는 그 말을 듣고 부끄러워하며 그곳을 떠났다.

두 마리의 개

한 남자가 개를 키우고 있었다. 그 개는 짖거나 으르렁거리지 않고 꼬리를 흔들면서 날카로운 이빨로 많은 사람들을 물고 다녔다. 주인이 개의 그런 못된 성질을 알고는 사람들에게 조심하라고 알리기 위해 개 목에 종을 달아주었다. 하지만 개는 그런 이유도 모르는 채 주인이 자기를 예뻐해서 종을 달아주었다고 잘난 척하면서 다른 개들을 업신여겼다. 그 주인이 종을 달아준 이유를 잘 아는 나이 많은 개가 그 개의 건방지고 가소로운 행동을 나무라며 말했다.

"이 미친 녀석아, 네가 잘나서 그 종을 달고 다니는 줄 아니? 네가 다른 개들을 망신시키고 다니는 줄이나 알아. 그 종은 네가 아무 이유 없이 사람들을 물어댄다는 걸 알리는 표시야. 사람들이 그걸 보고 네가 잘 무는 개라는 걸 알고 조심하라는 의미란 말이야. 그걸 알고도 계속 잘난 척할 수 있겠니?"

그 말을 들은 개는 부끄럽고 창피해서 황급히 그곳을 떠났다.

7

낙타와 유피테르 신

낙타가 들판을 걸어가다가 근사한 뿔이 달린 소떼를 보고는 혼자 속상해하며 중얼거렸다.

"나는 저 소들처럼 멋있는 뿔도 없고 이게 뭐야?"

낙타는 유피테르 신을 찾아가 불만을 호소했다.

"저같이 덩치 큰 동물이 자신을 보호해줄 아무런 무기도 없다니 부끄러워서 얼굴을 들고 다닐 수가 없어요. 소는 뿔이 있고, 멧돼지는 날카로운 이빨이 있고, 심지어 고슴도치도 가시가 있어요. 저만 빼놓고 모두 무기 하나씩은 가지고 있는데 왜 저는 다른 동물들에게 놀림을 받아야 하죠? 그러니, 오, 신중의 신이신, 전지전능하신 유피테르 신이시여, 저를 불쌍히 여기서서 저에게도 소처럼 뿔을 달아주세요. 뿔이 있으면 다른 동물들의 놀림감도 되지 않고 아무 걱정 없이 다닐 수 있지 않겠어요?"

유피테르 신은 자기가 가진 것을 업신여기는 낙타의 배은망덕함에 화가 나서 아름답고 커다란 낙타의 귀를 빼앗아버렸다. 유피테르 신이 낙타를 비웃으며 말했다.

"네가 갖고 태어난 것에 만족할 줄 알았어야지. 네가 평생 뉘우치도록 그 벌로 네 귀를 없애버렸으니 그 가르침을 항상 명심하고 다니거라."

8

두 친구

수많은 우여곡절을 겪으면서 험한 길을 여행하던 두 친구가 있었다. 두 친구는 아무리 어렵고 힘든 일이 있어도 서로를 저버리는 일 없이 끝까지 함께하자고 굳게 맹세했다. 그런데 맹세를 마치자마자 곰이 나타나 그들을 향해 달려들었다. 곰을 먼저 본 친구는 황급히 나무 위로 올라가 몸을 피했다. 하지만 다른 친구는 너무 늦어서 피할 수 없다고 생각하고는 땅바닥에 드러누워 꼼짝 않고 죽은 시늉을 했다. 곰이 그를 이리저리 흔들어보고 그의 입과 귀에 주둥이를 갖다대보았지만 그는 숨도 쉬지 않고 꼼짝 않고 있었다. 그가 겁에 질려 몸이 차갑고 딱딱하게 굳어져 있자 곰은 그가 죽었다고 생각했다. 원래 시체를 먹지 않는 곰은 그에게 상처 하나 입히지 않고 자기 동굴로 돌아갔다. 곰이 떠난 다음 나무에 올라갔던 친구가 내려와 다른 친구에게 물었다.

"네가 두려움과 고통 속에 누워 있는 동안 곰이 네 귀에 무슨 은밀한 말을 속삭였는지 물어봐도 될까?"

다른 친구가 대답했다.

"많은 것을 가르쳐주었지. 특히 나한테 잊어서는 안될 교훈 하나를 가르쳐주었어. 한번 배신한 친구는 두번 다시 절대 상대하면 안된다고 하더군."

그리고 그는 마음이 맞지 않는 친구와 함께하느니 혼자 여행하는 게 낫다며 혼자서 길을 떠났다.

동항아리와 질항아리

강물이 갑자기 불어나 강가에 버려져 있던 항아리 두 개가 물에 휩쓸려 떠내려갔다. 하나는 동항아리고 다른 하나는 질항아리였다. 두 항아리의 무게가 다르기 때문에 가벼운 질항아리가 앞에서 떠내려가고 무거운 동항아리는 뒤에서 떠내려갔다. 뒤에 처져 있던 동항아리가 앞에 가는 질항아리를 불렀다.

"어이, 자네에게는 아무런 해도 끼치지 않을 테니까 기다렸다가 같이 가."

　하지만 무거운 동항아리가 가벼운 자기에게 해를 끼칠 것이며 큰 것과 작은 것은 좋은 동료가 될 수 없다는 것을 잘 아는 질항아리는 더 빨리 떠내려가면서 말했다.

　"당신이 아무리 맹세해도 나는 두렵기만 하니 어쩔 수 없어요. 만에 하나 당신과 내가 부딪치면 깨지는 건 나잖아요? 그러니 내가 당신과 같이 가봤자 좋을 게 하나도 없지요."

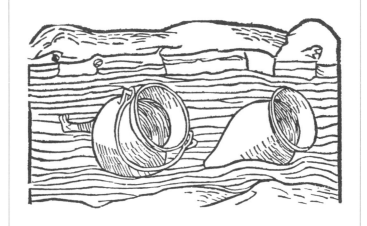

사자와 황소와 염소

　먹을 것을 찾아 돌아다니던 사자가 풀밭에서 풀을 뜯고 있는 황소를 발견했다. 사자가 오는 것을 본 황소는 급히 험한 산길로 도망쳐 숨을 만한 곳을 여기저기 찾다가 마침내 동굴 하나를 발견했다. 그러자 거기에 사는 염소가 황소가 자기 동굴로 들어오려는 것을 보고는 고개를 숙이고 뿔을 들이밀며 들어오지 못하게 했다. 황소는 괘씸했지만 사자가 쫓아올까 두려워 염소를 그냥 내버려둘 수밖에 없었다. 황소가 그곳을 떠나면서 염소에게 말했다.

"지금은 어쩔 수 없어서 너를 혼내지 못하고 그냥 가지만, 혹시라도 네가 무서워서 가는 거라고는 오해하지 마. 내 뒤를 쫓아오는 사자가 무서워서 그렇지, 사자만 없었으면 못생기고 성질 고약하고 턱수염만 잔뜩 난 너에게 황소의 위력이 어떤 건지 분명히 보여줬을 거야. 하지만 지금은 상황이 급박하니 위험이 지나갈 때까지만 너를 봐주는 거야, 알겠니?"

원숭이와 새끼 원숭이

어느날 신 중의 신인 유피테르 신이 어떤 동물의 자식이 가장 예쁜지 보고 싶었다. 그래서 짐승과 새, 물고기 들이 자식들을 데리고 유피테르 신 앞에 모였다. 그중에서 원숭이가 가장 못생기고 추한 새끼 원숭이를 데리고 나와 모두가 보는 앞에서 말했다.

"오, 위대하신 유피테르 신이시여, 제 자식이 가장 예쁘게 생겼으니 일등은 당연히 우리 차지겠지요? 물론 다른 엄마들도 다 자기 자식은 예쁘겠지만, 제 자식이 워낙 몸매도 잘빠지고 예쁘게 생겨서 여기에 있는 다른 동물들과는 비교도 되지 않으니까요."

원숭이의 말을 들은 유피테르 신이 박장대소했다. 다른 동물들도 큰 소리로 따라 웃었다. 유피테르 신이 말했다.

"네 자랑을 하고 싶으면, 자랑하기에 앞서 그 사실이 믿을 만한지부터 따져보거라. 만약 이 명령을 따르지 않으면 너는 항상 모두에게 놀림받을 것이다."

학과 공작새

공작새가 학을 저녁식사에 초대했다. 그들은 식사를 하면서 서로 많은 이야기를 나누다가 하늘이 내려준 자신들의 외모에 대해 이야기하게 되었다. 공작새는 아름다운 깃털을 한껏 뽐내면서 자기 자랑을 늘어놓았다. 공작새가 학의 얼굴 위로 꽁지를 쫙 펴면서 말했다.

"잘 봐. 거울처럼 반짝거리고 아름답지? 네 눈으로 봐도 아름답지? 너와는 비교도 안돼. 네 몸과 깃털을 봐. 아무런 광택도 없고 거무죽죽한 잿빛이어서 볼품이 없잖니."

그러자 학이 대꾸했다.

"네 깃털이 나보다 더 아름답다는 건 나도 잘 알아. 하지만 너는 하늘 높이 날아오를 수 없잖니. 네 깃털은 날기에 적합하지 않아서 너는 땅에만 있어야 하지만, 내 깃털은 광택도 나지 않고 볼품

은 없어도 하늘 높이 날기에 좋단다. 하늘은 모두에게 공평한 거야. 내가 하늘 높이 나는 동안 너는 네 깃털의 아름다움에 빠져 땅에만 머물러 있으니 말이야. 그러니까 너의 외모가 아름답다고 해서 다른 이들을 무시하면 안돼. 모두 한 가지씩 타고난 재주가 있단다."

호랑이

활을 아주 잘 쏘는 사냥꾼이 있었다. 그가 화살을 쏘기만 하면 백발백중이라 동물들은 마음놓고 산속을 돌아다니지 못했다. 그래서 힘센 호랑이가 불쌍한 동물들을 불안에서 벗어나게 할 방도를 찾아봐야겠다고 생각했다. 호랑이가 동물들을 모아놓고 말했다.

"내가 힘닿는 대로 여러분을 보호해줄 테니, 이제 더이상 무서움에 떨지 마시오."

그때 근처에 숨어 있던 사냥꾼이 호랑이의 말을 듣고는 활을 쏴서 호랑이를 명중시켰다. 그러고는 혼잣말을 했다.

"내가 누구인지 알게 하려고 너에게 내 심부름꾼을 보낸 것이다."

호랑이가 화살을 뽑아내려고 안간힘을 쓰는데, 여우가 말했다.

"누가 너를 이렇게 심하게 다치게 한 거야? 이 화살은 대체 어디에 숨어 있다가 날아온 거야?"

아파서 제대로 말도 못하는 호랑이가 신음을 토해내며 여우에게 말했다.

"내가 사방을 둘러보았지만 걱정할 건 아무것도 없었어. 하지만 화살이 날아와 이렇게 피가 흐르는 걸 보니 누군가 숨어 있다가 나를 해친 게 분명해. 숨어 있다가 날아든 창이나 화살이 눈에 보이는 적보다 더 무섭다는 걸 실감하게 되는구나."

14

황소 네 마리

힘세고 덩치 큰 황소 네 마리가 무리를 지어 사이좋게 지냈다. 풀을 뜯으러 가든 어디를 가든 늘 함께였다. 그들은 서로가 서로를 위험으로부터 지켜주었기 때문에 어디를 가도 무서울 게 없었다. 배고픈 늑대가 그들을 잡아먹으려고 호시탐탐 기회를 노려도 황소들이 뿔을 들이대며 서로를 지켰기 때문에 늑대는 번번이 도망만 칠 뿐이었다.

힘으로는 황소 네 마리를 한꺼번에 상대할 수 없다고 생각한 늑대는 황소들을 이간질해 서로 떨어뜨려놓은 다음 한 마리씩 차례로 잡아먹으려는 계획을 세웠다. 늑대는 황소들을 따로따로 만나 이렇게 말했다.

"네가 늠름하고 힘이 세니까 다른 놈들이 널 시기하고 질투해. 게다가 널 괴롭히려고까지 한단다. 그러니까 같이 다녀도 늘 조심해야 해."

늑대의 말을 믿은 황소들이 서로를 의심하면서부터 사이가 예전 같지 않게 되었다. 황소들은 모여 있어도 서로를 미덥지 않은 눈길로 보면서 상대방이 자기를 덮치지나 않을까 늘 경계했다. 그러다보니 나날이 의심이 쌓여 늑대가 한 말이 사실이 되어버렸다. 이제는 예전처럼 서로를 지켜주지 않고 풀을 뜯으러 갈 때도 혼자일 때가 많았다. 황소들이 사이가 나빠져 이제는 함께 다니지 않는다는 것을 안 늑대는 황소들을 한 마리씩 잡아먹었다. 늑대가 마지막 네번째 황소를 잡아먹으려 하자 황소가 모든 동물들에게 이런 말을 남겼다.

"오래 살고 싶으면 우리의 죽음을 되새겨보아라. 감언이설에 속아 친구와의 오랜 우정을 깨어서는 안된다. 우리가 끝까지 함께했으면 이렇게 늑대에게 잡아먹히지 않았을 것이다."

15

소나무와 자두나무

자두나무 옆에 흰칠하게 생긴 아름드리 소나무가 있었다. 소나무가 자두나무에게 말했다.

"너는 어쩜 그리 볼품없이 생겼니? 네가 내 옆에 있다는 게 수치스러워. 나는 늘씬하고 쭉 뻗은데다 키도 커서 구름과 별에 닿을 정도야. 그리고 나는 커다란 배 가운데 자리잡고 돛을 매달아 배가 바람을 타고 바다를 나아가게 하지. 네겐 없는 재주들이 나한테는 셀 수 없이 많아. 하지만 넌 이상하게 생겼으니 다른 이들의 업신여김을 받아도 싸지."

자두나무가 겸손하지만 일리있는 답변을 했다.

"너는 아름다운 네 외모에 빠져 우리를 못생겼다고 구박했지. 하지만 사람들이 도끼로 네 줄기와 가지를 잘라내도 계속 만족할 수 있을까? 아마 그때는 우리의 형편없는 외모와 불품없는 가시

를 한없이 부러워할걸. 못생기고 흉측하게 생긴 것들은 아무 탈 없이 잘 지내지만 아름다운 것들은 변을 당하는 경우가 많은 법이란다. 그러니 잘생겼다고 잘난 척하면 안되는 거야."

어부와 작은 물고기

바닷가에서 낚시를 하던 어부가 작은 물고기를 잡아 주둥이에서 낚싯바늘을 빼내려는데, 물고기가 신음하며 말했다.

"제발 저를 불쌍히 여기고 풀어주세요. 저는 막 태어난 새끼라서 몸집이 작으니 먹어봤자 배도 부르지 않을 거예요. 나중에 몸집이 커지면 이 바닷가로 다시 돌아올게요. 그때 저를 잡으면 당신 식구들까지 배불리 먹을 수 있잖아요."

어부가 대답했다.

"잡은 물고기를 풀어주고 다른 물고기를 잡는 거야말로 미친

짓이지. 나중에 어떻게 될지 모르는 일이니 아무리 보잘것없을지라도 힘들게 얻은 것을 소홀히해선 안된단다."

태양과 욕심 많은 사람과 샘 많은 사람

유피테르 신이 태양을 내려보내 인간들의 됨됨이가 어떤지 살펴보게 했다. 그때 마침 욕심 많은 사람과 샘 많은 사람이 태양 앞에 나타났다. 태양이 그들에게 물었다.

"너희가 원하는 것을 말해보거라. 내가 다 들어주겠다. 하지만 나중에 소원을 말하는 사람에게는 먼저 말한 사람의 두 배를 주겠다."

욕심 많은 사람은 샘 많은 사람에게 먼저 소원을 이야기하게 하고 자기는 같은 것을 두 배로 받겠다고 했다. 샘 많은 사람이 돈을 요구할 것이라 생각했기 때문이었다. 하지만 샘 많은 사람은 그

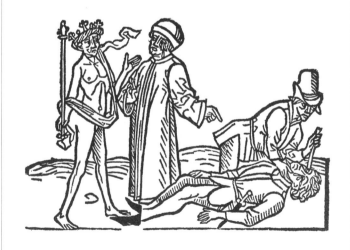

말을 듣고는 욕심 많은 사람이 자기보다 잘되는 것이 배가 아파 눈을 하나 뽑아달라고 했다. 욕심 많은 사람이 두 눈이 다 뽑히게 할 생각이었던 것이다. 그것을 본 태양이 그들을 비웃고는 유피테르 신에게 올라가 말했다.

"인간들은 서로가 서로를 시기하고 질투하여 매일 싸우고 있습니다. 그래서 남이 잘되는 게 배가 아파 어떠한 위험도 마다하지 않습니다. 그들은 가까운 이웃이 고통과 괴로움에 허덕이는 걸 봐야 직성이 풀립니다."

18

우는 소녀와 도둑

한 소년이 우물가에 앉아 엉엉 우는 시늉을 하고 있었다. 도둑이 지나가다가 그것을 보고 소년에게 왜 그리 슬피 우는지 물었다.

"애야, 무엇 때문에 그렇게 우니?"

소년이 훌쩍거리며 대답했다.

"물을 퍼가려고 금단지를 가지고 왔다가 그만 줄이 끊어지는 바람에 우물 속에 빠뜨리고 말았어요."

욕심 많은 도둑이 그 말을 듣고는 옷을 벗어 소년 옆에다 놔두고는 금단지를 찾으러 우물 밑으로 내려갔다. 도둑이 우물 안으로 들어가자 소년은 얼른 도둑의 옷을 집어들고는 산속으로 도망쳤다. 우물 안에 들어간 도둑은 아무리 찾아도 금단지가 보이지 않아 헛고생만 하고 말았고, 우물 밖으로 나와 사방을 두리번거렸지만 옷은 어디에도 없었다. 도둑이 땅에 주저앉으면서 말했다.

"하느님은 정말로 공평하시군. 우물 속에서 금단지를 발견할 거라고 생각한 미련한 놈은 옷을 잃어버려도 싸지. 내가 뭐에 흘려도 단단히 흘렸지 뭐야."

19

사자와 염소

굶주린 사자가 먹을 것을 찾아 사방을 두리번거리다가 염소 한 마리가 높은 바위 위에 있는 것을 보았다. 사자는 염소를 잡아먹고 싶었지만 바위 위로 올라갈 방법이 없자 달콤한 말로 염소를 꾀기 시작했다.

"예쁜 염소야, 과일도 물도 없는 높은 바위 위에서 뭘 하고 있니? 풀 한 포기 나지 않는 황량한 바위에서 어서 내려와. 푸른 초원이 넓게 펼쳐진 여기가 얼마나 좋은지 아니? 여기는 별별 풀과 열매가 잔뜩 있어서 배불리 먹을 수 있단다."

염소는 사자의 말이 자기에게 이롭다고 생각했지만, 사자와 사이가 나빴기 때문에 사자의 충고가 진심이 아니라고 결론을 내렸다. 그래서 염소는 이렇게 대답했다.

"네가 한 말이 아무리 사실이라 하더라도, 네 충고는 진심에서 우러나온 게 아니야. 네가 부드럽고 달콤한 목소리로 좋은 말만 해서 나를 꼬드기려는 거 다 알아. 내가 그 말을 곧이곧대로 믿으면 네 손에 살아남지 못할 거야. 그러니까 저리 가. 아무 걱정 없이 여기에 가만히 있는 게 낫지, 네 말을 듣고 초원으로 내려가면 네 먹이가 되고 말걸."

목마른 갈까마귀

목마른 갈까마귀가 물을 마시러 우물가에 왔다가 물통에 물이 조금밖에 남아 있지 않은 것을 보았다. 물이 물통 바닥에 있어서 물통을 뒤집지 않고서는 물을 마시기가 어려웠다. 하지만 물통이 무거워서 갈까마귀의 힘으로는 물통을 뒤집을 수 없었다. 목이 말라 죽을 지경인 갈까마귀는 어떻게 하면 물을 마실 수 있을지 이리저리 궁리하다가 주둥이로 조그만 돌멩이를 열심히 집어날라 물통에 집어넣었다. 그러자 물의 높이가 높아져 갈까마귀는 목을 축일 수 있었다.

21

거칠고 어린 황소

한 농부가 거칠고 길들이지 않은 황소를 순한 소들과 함께 기르기 위해 황소에게 멍에를 씌우려 했다. 자기에게 멍에를 씌우려 한다는 걸 눈치챈 어린 황소는 멍에와 끈을 벗으려고 몸부림치며 자기 주변에 있는 것들을 뿔로 사납게 받았다. 황소가 거칠게 날뛰는 것을 본 농부는 황소의 손발을 밧줄로 묶고 뿔을 잘라냈다. 그렇게 하면 황소가 순해져서 더이상 날뛰지 않을 거라고 생각해서였다. 그렇게 농부는 황소에게 다시 멍에를 씌우고 밭을 갈기 시작했다. 하지만 황소가 흙을 마구 헤집고 발길질을 하는 바람에 농부의 얼굴이 흙투성이가 되었다. 농부가 크게 화를 내면서 말했다.

"이 황소에게는 두손 들었어. 이놈은 좋게 말로 달래도 소용없고 아프게 매질해도 소용없군. 백정한테 보내는 수밖에 없겠어."

사티로스와 나그네

한 나그네가 눈보라가 거세게 휘몰아치는 겨울에 인가가 드문 산속에서 길을 잃고 헤매고 있었다. 앞이 보이지 않을 정도로 눈보라가 몰아쳐 길을 제대로 분간할 수도 없었다. 때마침 사티로스가 나그네를 발견하게 되었다. 사티로스는 리비아의 아틀라스 산에 사는 몸집이 작은 인간으로, 이마에는 작은 뿔이 달리고 다리는 염소를 닮았다. 나그네를 가엾게 여긴 사티로스는 그를 자기 집으로 데려갔다. 사티로스는 나그네가 얼어붙은 손에 입김을 불어 몸을 녹이는 것을 신기하게 바라보았다. 추위가 어느정도 가시자 사티로스가 맛있는 음식을 내왔고 차가운 속을 덥히라며 뜨거운 포도주도 한잔 내왔다. 나그네는 잔을 입에 대다가 포도주가 너무 뜨거워 입김을 불어 포도주를 식혔다. 그것을 본 사티로스가 말했다.

"너는 한입으로 두 가지 서로 다른 행동을 하는구나. 차가운 것은 뜨겁게 데우고 뜨거운 것은 차갑게 식히니 말이다. 지금 당장이 산에서 나가 다시는 돌아오지 말거라. 그래서 그런 사람들에게는 이런 속담이 있다. 한 얼굴로는 험담하고 다른 얼굴로는 화해를 하는 두 가지 행동을 하는 인간들은 멀리해야 한다."

황소와 쥐

몸집이 크고 힘이 센 황소가 편하게 드러누워 휴식을 취하고 있는데 쥐가 나타나 작은 이빨로 황소를 물었다. 황소가 몸을 이리저리 뒤척여 쥐를 쫓았지만 쥐는 쥐구멍으로 도망갔다가 다시 황소에게 돌아왔다. 쥐가 계속해서 소를 물어뜯자 황소는 몹시 화가 났다. 하지만 쥐가 몸집이 작아 덩치만 큰 황소는 쥐가 제대로 보이지도 않았다. 황소가 전혀 위험하지 않다는 것을 안 쥐는 황소가 화를 내도 주눅들지 않았다. 쥐가 황소에게 말했다.

"하늘이 너에게 커다란 몸을 줬지만 너는 나를 해칠 수 없어. 나는 몸집이 작아도 덩치 큰 너를 괴롭힐 수 있지만, 너는 나한테 복수도 못하잖아. 너보다 약한 것들을 위하고 존중하면 그게 더 큰 힘이 될 수 있다는 걸 알아야 해."

거위와 주인

　매일 황금알을 하나씩 낳는 거위를 가진 사람이 있었다. 그는 곧 그것에 만족하지 못하고 거위가 하루에 황금알을 두 개씩 낳기를 바랐다. 하지만 거위는 아무리 애써도 주인의 욕심을 만족시켜주지 못하고 전처럼 황금알을 하나씩 낳았다. 욕심 많은 주인은 황금알이 어디서 나오는지 곰곰이 생각한 끝에 알이 거위의 뱃속에 숨어 있을 거라고 생각했다. 그래서 주인은 알을 한꺼번에 꺼내기 위해 거위를 죽이고 뱃속을 샅샅이 뒤져보았지만 황금알은 어디에도 없었다. 거위도 죽고 황금알도 찾지 못한 주인은 자신이 얼마나 어리석은 짓을 했는지 깨닫고는 자신의 고통과 불행에 한숨을 쉴 수밖에 없었다.

원숭이와 새끼 두 마리

어미 원숭이가 한번에 새끼 두 마리를 낳았지만 둘을 똑같이 기르지 않았다. 어미 원숭이는 자기가 사랑하는 새끼는 정성껏 돌봤고, 미운 새끼는 잘 돌보지 않았지만 엄마이기 때문에 겨우 살아갈 만큼만 길렀다. 어느날 어미 원숭이가 새끼 원숭이들을 데리고 길을 가다가 사냥꾼과 사냥개를 만났다. 갑작스러운 습격에 당황한 어미 원숭이는 사랑하는 새끼 원숭이는 가슴에 꼭 품고 미운 새끼 원숭이는 등에 업은 채 정신없이 도망쳤다. 하지만 사냥개들이 바짝 뒤쫓아와 더이상 도망칠 수 없게 되자 자기가 살기 위해서라도 어쩔 수 없이 가슴에 품은 새끼 원숭이를 버릴 수밖에 없었다. 어미 원숭이는 등에 업고 있던 새끼도 떼어내려 했지만, 딱 달라붙어 떨어지지 않아 그냥 데리고 도망칠 수밖에 없었다. 무사히 도망친 어미 원숭이는 사랑하는 자식을 잃어버린

슬픔에 남은 새끼 원숭이를 죽은 자식 몫까지 사랑했다. 그래서 미운 새끼 원숭이 혼자 엄마와 아빠 원숭이의 사랑을 독차지하게 되었다.

폭풍과 질항아리

항아리를 만드는 장인이 온갖 기술과 재주를 쏟아부어 멋들어진 질항아리를 빚은 다음 불에 잘 굽기 전에 그늘에 말리기 위해 밖에 내놓았다. 그런데 잠시 후 거센 비바람이 몰아치면서 폭풍이 덮쳐왔다. 폭풍이 질항아리에게 다가와 물었다.

"너는 뭐 하는 물건이니? 이름은 뭐야?"

질항아리는 자신이 진흙이었다는 사실을 잊은 채 거만하게 대답했다.

"나는 질항아리야. 유명한 장인이 심혈을 기울여서 만들어낸

수작이지. 네가 봐도 참 멋있지 않니?"

그러자 폭풍이 대답했다.

"네가 아무리 잘 만들어진 질항아리라도 조금만 있으면 물에 젖어 원래대로 돌아가야 한다는 걸 알아야 해. 기껏해야 진흙과 물로 만들어진 주제에."

말을 마친 뒤 폭풍은 질항아리 위로 억수 같은 장대비를 쏟아부었다. 그러자 진흙과 물로 만들어지고 아직 구워지지 않은 질그릇은 본래의 진흙과 물로 되돌아갔다.

27

늑대와 새끼 염소

새끼 염소 한 마리가 자기 집에서 멀지 않은 초원에서 풀을 뜯고 있는데 늑대가 염소를 잡아먹으려고 살금살금 다가왔다. 늑대를 본 염소는 정신없이 도망쳐 양떼 속으로 숨었다. 힘으로는 염

소를 잡을 수 없게 된 늑대가 달콤한 말로 염소를 꾀었다.

"이 어리석은 녀석아, 기껏 도망쳐서 양떼에게 간 거니? 너는 신 전에 가면 바닥이 전부 양의 피로 물들어 있는 것도 보지 못했니? 신전에서 매일 양들을 제물로 바친단 말야. 거기서는 죽음밖에 바랄 게 없어. 그러니 위험도 없고 두려움도 없이 살 수 있는 초원 으로 돌아와."

그러자 염소가 대꾸했다.

"제발 내 걱정은 그만둬. 네가 아무리 그럴듯한 말을 한다고 해 서 내가 여기를 떠날 것 같니? 굶주린 늑대에게 잡아먹히느니 차 라리 신들을 위해 제물로 바쳐지는 게 낫지."

제9부

알폰씨와 뽀죠의
이야기 모음

지혜와 진정한 우정

아라비아의 현자 루까니아가 아들에게 말했다.

"개미가 너보다 더 현명하다는 사실을 잊어서는 안된다. 개미는 여름에 아끼고 열심히 일해서 겨울에 편하게 살기 때문이다. 닭보다 더 늦게 일어나서도 안된다. 닭은 꼭두새벽에 일어나는데, 너는 잠만 자는구나. 아홉 여자를 거느리는 남자가 너보다 더 강해서도 안된다. 너는 한 여자도 다스리지 못하는구나. 개가 너보다 더 의리가 있어서도 안된다. 개는 항상 은혜에 보답할 줄 아는데, 너는 그렇지 못하구나. 아무리 하찮은 적이라도 무시해서는 안된다. 그리고 친구가 많은 것처럼 허세를 부려서도 안된다."

아라비아의 현자가 죽음이 가까워오자 다시 아들을 불렀다. 현자는 아들에게 얼마나 많은 친구가 있는지 물어보았다. 아들이 대답했다.

"제 생각에 백 명은 되는 것 같습니다."

아버지가 말했다.

"네가 그들을 시험해보기 전까지는 네 친구는 한 명도 없다고 여기거라. 나는 너보다 더 오래 살았지만 아직 반쪽 친구밖에 얻지 못했다. 그것도 얼마나 많은 공을 들였는지 아느냐. 그러니 너에게 친구들이 그렇게 많다는 게 놀랍구나. 네 친구들을 시험해서 누가 진정한 친구인지 알아보도록 해라."

아들이 대답했다.

"아버지, 그걸 어떻게 시험합니까?"

아버지가 방법을 가르쳐주었다.

"송아지 한 마리를 죽여서 자루에 넣은 다음 피묻은 자루를 메고 네 친구들을 찾아가라. 실수로 사람을 죽여 그 자루 안에 넣었다고 말하고는, 진정한 친구라면 너를 숨겨달라고 해보아라. 친구의 우정으로 너를 위험에서 구해달라고 말이다."

아들은 아버지의 충고를 실천에 옮겨 아버지가 시킨 대로 자루를 짊어지고 첫번째 친구를 찾아갔다.

친구가 아들에게 말했다.

"자네가 죽인 시체를 가지고 여기서 나가게. 그걸 가지고 내 집에 들어올 생각은 하지도 말고. 잘못을 저질렀으면 그건 자네가 책임을 져야지."

아들은 똑같은 방식으로 친구들을 한 명씩 찾아다녔다. 친구들은 모두 그 시체를 자기 집에 들고 들어오지 말라며 그의 부탁을 한마디로 거절했다. 아들은 친구들의 우정이 얼마나 하잘것없는 것인지를 깨닫고 아버지에게 돌아와서 어떤 일들이 있었는지 숨김없이 털어놓았다. 아버지가 아들에게 말했다.

"어느 철학자가 한 말을 네가 몸소 경험했구나. 그 철학자가 말하길, 말만 번지르르한 친구는 많지만 필요할 때 행동으로 보여주는 친구는 얼마 되지 않는다고 했다. 내 반쪽 친구를 찾아가서 그가 어떻게 할지 한번 실험해보려무나."

아들은 아버지 친구에게 가서 자기 친구들에게 한 것과 똑같이 죽은 시체를 짊어지고 왔다고 말했다. 아버지 친구가 말했다.

"이웃 사람들이 알면 안되니 빨리 집 안으로 들어가자."

아버지 친구는 아내와 하인들을 모두 집 밖으로 내보내고는 집 안 가장 은밀한 곳에다 시신을 묻으려 했다. 그러자 아들이 아버지의 친구에게 진심으로 고마워하면서 모든 것을 사실대로 털어놓았다.

아들은 집으로 돌아와 아버지의 반쪽 친구가 보여준 말과 행동을 상세히 이야기했다. 그러자 아버지는 모두가 등을 돌릴 때 도와주는 친구가 진정한 친구라고 한 어느 철학자의 말을 들려주었다. 아들이 아버지에게 물었다.

"혹시라도 진정한 친구를 가진 사람을 본 적이 있으십니까?"

아버지는 직접 보지는 못했지만 이야기를 들은 적은 있다며 다음과 같은 이야기를 들려주었다.

"내가 들은 이야기는 상인 두 명에 대해서란다. 한 명은 이집트에 살았고, 다른 한 명은 바그다드에 살았다. 그들은 장사를 하면서 거래 때문에 심부름꾼과 편지, 이야기로만 서로를 알고 있을 뿐이었지. 그러다가 세월이 흘러 바그다드 상인이 이집트에 갈 일이 생겼다. 친구가 온다는 전갈을 받은 이집트인은 반갑게 친구를 맞이해서 자기 집에 묵게 하고는 일주일 동안 그를 후하게 대접하고 자기 전재산과 비밀에 대해서까지 모두 털어놓았지.

그러다 바그다드에서 온 친구가 병에 걸려 앓게 되었다. 이집트 상인은 마음아파하며 그 지방에서 유명한 의사들을 찾아서 그중에서도 가장 용한 의사를 골라 자기 집으로 모셔와 친구를 치료하게 했지. 하지만 의사들은 친구의 맥을 짚고 오줌을 검사해보고는 몸이 아니라 마음이 아픈 것이라고 했다. 사랑과 욕심 때문에 아픈 것이었지. 이집트 상인은 친구에게 혹시 자기 집에 마음에 둔 여자가 있는지, 그래서 그 여자 때문에 마음의 병이 생긴 것이 아닌지 이야기해보라고 했다. 그러자 친구가 대답했지.

'자네 집에 있는 여자들을 모두 보여주게나. 만일 그 여자들 중에 내가 사랑하는 여자가 있으면 사실대로 말하겠네.'

이집트 친구는 자기 집에 있는 여자들과 하녀들을 모두 나오게 했다. 하지만 친구가 찾는 여자는 거기에 없었지. 그래서 이번에는 딸들을 나오게 했지만 이번에도 친구가 찾는 여자는 없었어. 그런데 이집트 상인에게는 오랫동안 애지중지 키워서 장차 자기 여자로 삼으려고 마음에 둔 여자가 있었다. 마지막으로 그 여자를 데려오게 했지. 그런데 친구가 그 여자를 보더니 저 여자한테 자기 목숨이 달려 있다고 하는 게 아니냐. 그 말을 들은 이집트 상인은 아름답고 우아한 그 처녀를 그 자리에서 지참금까지 줘서 친구와 결혼하게 했지. 그러자 그 친구는 곧 병이 나았고, 그는 사업차 온 일이 끝나자 그 여자를 데리고 자기 고향으로 돌아갔단다.

다시 세월이 흘러, 이집트 상인은 우여곡절 끝에 전재산을 잃고 말았다. 가난해진 그는 바그다드에 있는 친구에게 가려고 했다. 그 친구가 자기를 불쌍히 여겨 도와주지 않을까 생각해서였지. 그래서 남루한 옷차림으로 배고픔을 견디며 친구를 찾아가 한밤중에 바그다드에 도착했단다. 하지만 남루한 옷차림과 더러운 몰골로, 그것도 야심한 시간에 친구 집을 찾아간다는 게 두려웠던 그는 어떻게 할지 몰라 망설이다가 사원에 들어가 거기서 밤을 새우기로 마음먹었지.

그는 사원 안에 드러누워 이 생각 저 생각에 몸을 뒤척이다가 문득 사원에 있기가 불편해졌다. 그래서 그런 생각을 쫓을 겸 바람을 쐬러 사원을 나왔지. 그런데 때마침 길거리에서 남자 둘이 다투다가 그중 한 사람이 다른 사람을 죽이고는 자취를 감춰버리는 것이 아니냐. 그때 싸우는 소리를 듣고 사람들이 무슨 일인지 구경하러 나왔다가 사람이 죽어 있는 것을 보았지. 사람들은 살인자를 찾으러 도시 여기저기를 뒤졌지만 살인자는 찾지 못하고 이집트인만 찾아냈단다. 그래서 그는 사람들에게 붙잡혀 살인을 했느냐고 심문을 받게 되었지. 그는 자기가 운이 다해서 그렇게 된 거라고, 죽으면 모든 게 끝날 거라고 생각했다. 그래서 자기가 그 남자를 죽였다고 말해버렸단다. 그래서 그는 그날 밤 감옥에 갇히고 말았지.

다음날 재판관들 앞으로 끌려간 그는 교수형을 선고받았다. 으레 그렇듯 사람들이 교수형을 구경하려 몰려들었는데, 그의 친구인 바그다드 상인도 구경꾼들 사이에 끼여 있었지. 그는 자기 눈을 의심하며 몇번이고 다시 확인하고는 그가 진짜 자기 친구라는 것을 알아보았다. 자기를 극진히 대접하고 아내가 될 여자에게 지참금까지 줘서 결혼시킨 바로 그 친구였던 거지. 남자라면 은혜에 보답할 줄 알아야 하며 친구가 죽고 나면 자기가 친구에게 받은 은혜를 갚을 길이 없다고 생각한 그는 자기가 친구를 대신해서 죽기로 결심했단다. 그래서 그는 고래고래 소리를 질러대기 시작했지.

'이 나쁜 재판관들아, 왜 무고한 사람을 죽이려고 하느냐. 그 사람은 죽을 만한 죄를 짓지 않았다. 처벌을 받아야 할 사람은 바로 나다. 내가 그 남자를 죽였단 말이다.'

이 말을 들은 재판관들은 그를 붙잡아 사형을 선고하고 이집트인은 풀어주었지.

이 모든 것을 지켜보고 있던 진짜 살인범은 자기가 지은 죄를 뉘우치고, 친구를 위해 기꺼이 죽을 만큼 친구를 사랑하고 믿는 마음씨에 감동했단다. 그리고 벌을 받을 사람은 자신이고 아무 죄도 없는 그들이 죽어서는 안된다고 생각했지. 그래서 그는 고래고래 고함을 쳤다.

'재판관님들, 제 말 좀 들어보십시오. 사실 신들이야말로 무고한 사람이 처벌당하고 죄인이 벌받지 않고 살도록 내버려두지 않는 공평한 재판관입니다. 저세상에서 더 엄한 죗값을 치르지 않기 위해서라도, 제가 그 남자를 죽인 진짜 살인범이라는 것을 자백합니다. 제가 지은 죗값을 달게 받겠습니다. 그러니 죄없는 그 사람은 풀어주시고 죄인인 저를 벌해주십시오.'

깜짝 놀란 재판관들은 그 남자를 체포하게 했다. 그리고 이 사건을 어떻게 판결해야 할지 몰라 세 사람을 왕에게 보내며 사정을 자세히 보고했지. 하지만 왕도 판단을 내리지 못했고, 결국은 모든 현자들이 모여 의논한 끝에 스스로 죄를 털어놓은 살인범을 풀어주기로 결정했지. 그래서 세 사람 모두 죽지 않고 풀려났단다.

바그다드 상인은 이집트 친구가 가난해진 것을 보고 자기 집으로 데려와 이렇게 말했다.

'자네가 나와 함께한다면 내 재산은 전부 자네 것이기도 하네. 또는 자네만 괜찮다면 내 재산을 똑같이 나눠 반반씩 나눠갖도록 하세. 나는 남은 반쪽으로도 만족하네.'

결국 고향을 애타게 그리워하던 이집트 상인은 친구가 나눠준 재산을 가지고 돌아갔단다."

이야기가 모두 끝나자 아들이 아버지에게 말했다.

"제게는 그런 친구는 영원히 없을 것 같습니다."

맡긴 돈

한 스페인 남자가 메카로 가는 길에 이집트에 들렀다. 앞으로 인적이 드문 마을과 사막을 지나가야 한다는 것을 안 그는 도둑을 맞거나 위험한 일이 생길까 두려워 여행에 필요한 경비만 남기고 이집트에 사는 믿을 만한 사람에게 돈을 맡겨놓기로 했다. 모든 사람이 그가 정직하고 의리있고 깨끗하다고 했기 때문에 스페인 남자는 그를 믿고 은화 이십 마르크를 맡겼다. 메카에서 볼일을 마치고 돌아온 남자는 그를 찾아가 돈을 돌려달라고 했다.

하지만 돈을 맡은 사람은 음흉한 마음을 먹고는 자기는 돈을 맡은 적이 없고 이런 사람은 생전 본 적도 없다고 잡아뗐다. 스페인 남자는 슬픔에 잠긴 채 동행들이 있는 곳으로 돌아가 그가 착하고 의리가 있다고 해서 은화를 맡겼는데 잡아떼더라고 사정을 설명하고 충고를 구했다. 그러나 그곳 사람들과 동행들은 그 남자는 정직하고 성실한 사람이어서 그런 짓을 할 리가 없다며 스페인 남자의 말을 믿으려 하지 않았다. 그 말을 들은 스페인 남자는 다시 그 남자를 찾아가 더욱 겸손하고 정중하게 사정했다. 그렇게 하면 돈을 돌려주지 않을까 싶어서였다. 하지만 사정하면 할수록 사기꾼은 더 완강히 부인하며 한술 더 떠서 스페인 남자가 자신의 명예를 더럽힌다며 그를 윽박지르기까지 했다.

그는 다시 기가 죽어 돌아가는 길에 수녀복을 입고 지팡이를 짚은 노파를 만났다. 노파는 외국인이 고통에 싸여 중얼거리는 것을 보고는 측은한 마음이 들어 사정을 물어보았다. 스페인 남자는 사람 좋기로 소문난 그 남자와 어떤 일이 있었는지 상세히 설명했다. 마음씨 좋은 노파는 그가 한 말이 사실이라면 하느님이 도와줄 테니 희망을 가지라며 그를 격려했다. 스페인 남자가 어떻게 그렇게 되겠느냐고 반문하자 노파는 스페인 남자에게 믿을 수 있는 고향 사람을 데려와보라고 했다. 스페인 남자가 그 말대로 친구 한 명을 노파에게 데려가자 노파가 말했다.

"조약돌을 채운 상자 네 개를 고급스럽게 색칠하고 은과 비단을 넣은 다음 사람들을 시켜 당신 돈을 떼어먹은 사람 집으로 가져가도록 해요. 그 상자들을 하나씩 하나씩 날라서 당신 친구가 그 남자에게 상자를 맡기려고 한다는 것을 사람들이 알도록 해야 해요. 그리고 상자를 다 날랐을 때 당신이 가서 돈을 요구하세요. 하느님이 도우시면 당신 돈을 되찾을 수 있을 거예요."

스페인 남자는 노파가 시킨 대로 했다. 그의 친구와 노파가 인부들에게 상자들을 나르게 하고 돈을 떼어먹은 사람의 집으로 들어갔다. 노파가 사기꾼에게 말했다.

"어르신네, 여기 이 사람들은 금은보화를 잔뜩 가진 스페인 상인들입니다. 이 사람들은 메카로 가는 길인데, 어르신네가 정직하고 의리있고 성실하다는 이야기를 듣고 자기네가 돌아올 때까지 상자 네 개를 맡기려고 합니다. 보물들을 가지고 사막을 건너다가 도둑맞을까 두려운 거지요. 어르신께서 이 사람들에게 은혜를 베풀어주시길 간절히 바랍니다. 그리고 이건 우리만 아는 비밀로 했으면 합니다. 이 사람들은 자기네가 엄청난 재물을 가지고 다닌다는 소문이 나는 걸 바라지 않거든요."

그들이 방에다 상자를 집어넣고 있는데, 먼저 돈을 맡겼던 스페인 남자가 찾아와 노파가 시킨 대로 아무 일도 없었다는 듯 공손히 자기 돈을 돌려달라고 요구했다. 돈을 맡은 적이 없다고 딱 잡아뗐던 사기꾼은 스페인 남자가 보물상자를 맡기러 온 사람들 앞에서 소동을 피울까봐 겁이 나서 이렇게 말했다.

"아이쿠, 저한테 은을 맡겨놓고 가셔서 이제야 오시면 어떻게 합니까! 오랫동안 오지 않으셔서 걱정하던 차였습니다."

그는 그러고는 스페인 남자에게 돈을 돌려주었다. 그의 말을 부인하면 보물상자를 맡기러 온 사람들이 자기를 믿지 못해 그냥 돌아갈까 두려웠던 것이다. 친구는 불쌍한 스페인 남자가 돈을 되찾는 것을 보고 사기꾼에게 상자들을 맡긴 다음 다시 찾으러 돌아오지 않았다. 노파는 이렇게 속임수를 써서 스페인 남자가 은을 되찾도록 도와주었다.

기름통 때문에 뒤집어쓴 누명

한 남자가 죽으면서 아들에게 집 한 채만 덩그러니 물려주었다. 아들은 막노동을 해서라도 먹고살려고 했지만 그마저도 여의치 않아 배를 곯는 일이 많았다. 하지만 아버지에 대한 추억이 깃든

집을 파느니 무슨 일이 있어도 참고 견디려 했다.

욕심 많은 부자인 옆집 남자가 그 집을 자기 것으로 만들고 싶어 청년에게 온갖 수를 썼다. 청년은 옆집 남자가 음흉하고 영리하다는 것을 알고 그에게 속지 않으려고 정신을 바짝 차렸다. 청년이 자기에게 집을 팔고 싶어하지 않자 부자는 그에게 다가가 달콤한 말로 속삭였다.

"집을 팔지 않는다고 자네를 원망할 수야 없지. 그러면 그 집의 일부를 세놓지 않겠나? 거기에 기름 열 통을 보관하려고 그러네. 자네한테 득이 되면 됐지 해가 되지는 않을 걸세."

이 말을 듣고 청년은 방 한 칸을 세주었다. 별로 내키지는 않았지만 그래도 무슨 속임수가 있을 거라고는 꿈에도 생각하지 못한 것이었다. 청년이 볼일을 보러 밖으로 나간 사이 부자는 방바닥을 파고 기름이 잔뜩 든 통 다섯 개와 기름이 반만 든 통 다섯 개를 갖다놓았다. 청년이 돌아오자 부자는 그에게 방 열쇠를 건네면서 말했다.

"자네만 믿고 기름을 맡기네. 잘 지켜야 하네."

그리고 부자는 자기 집으로 돌아갔다. 청년은 아무런 의심도 없이 자기가 맡은 기름 열 통이 모두 꽉 차 있다고 믿었다.

시간이 흘러 기름값이 많이 오르자, 부자가 청년에게 말했다.

"자네가 보관하고 있는 기름을 팔려고 하네. 물론 자네 수고비와 방세도 줘야지."

청년은 부자와 기름을 사러 온 상인들과 함께 방으로 들어갔다. 통을 열어보니 다섯 통에만 기름이 가득 들어 있고 나머지 다섯 통에는 반만 들어 있었다. 속이 시커먼 부자가 이걸 보고는 청년에게 말했다.

"기름 좀 보관해달라고 했더니 자네가 나를 속여? 모자라는 기름을 다시 채워놓게."

청년은 결백을 주장했지만 결국 재판관 앞으로 끌려가 죄를 추궁당했다.

"제가 기름 열 통을 보관했다는 것은 부정하지 않습니다. 하지만 제가 뒤집어쓴 혐의는 너무 억울합니다."

청년은 재판관에게 자신의 무죄를 입증할 수 있도록 시간을 달라고 청했다. 재판관이 얼마간의 시간을 주자 청년은 철학자를 찾아가 의논했다. 철학자는 가난한 사람들을 변호해주는 좋은 사람이었다. 청년은 그에게 사실을 모두 말하고는 겸손하게 그의 충고와 도움을 청하며 자신의 무죄를 맹세했다. 청년이 순수하고 예의바른 것을 안 철학자는 그를 동정하며 말했다.

"여보게, 마음을 단단히 먹게. 내가 자네를 도와주겠네. 진실은 반드시 밝혀져야 하니까."

다음날 청년은 철학자와 함께 재판정에 나갔다. 그날은 마침 의회가 열려 왕도 그 자리에 있었다. 양쪽 이야기를 다 들은 왕이 철학자에게 말했다.

"내가 자네에게 이 사건을 맡기려 하네. 그러니 공정한 기준으로 사건을 판정하게."

철학자는 왕의 명을 받들어 다음과 같이 이야기했다.

"저 부자는 평판이 좋은 사람입니다. 그러니 없는 이야기를 만들어서 하지는 않을 것입니다. 이 청년도 지금까지 죄를 지은 적이 없고 평판도 나쁘지 않습니다. 그러니 그가 기름을 훔쳤다고는 보기 어렵습니다. 그러니 진실을 가리기 위해 기름이 가득 든 다섯 통의 기름과 기름 찌꺼기의 양을 재겠습니다. 그리고 기름이 반만 든 다섯 통의 기름과 기름 찌꺼기도 재겠습니다. 찌꺼기 양이 똑같다면 이 청년이 기름을 훔친 것이 사실입니다. 하지만 기름이 반만 든 기름통의 찌꺼기가 기름이 가득 든 통의 반밖에 되지 않는다면 이 청년은 무죄로 석방되어야 합니다."

실제로 기름 찌꺼기를 재어보니 기름이 가득 든 기름통의 찌꺼기가 두 배였다. 청년은 철학자의 현명한 판정 덕분에 무죄로 밝혀져 무사히 집으로 돌아갈 수 있었다.

4

잃어버린 돈

돈 많은 상인이 길을 가다가 천 플로린이 든 돈주머니를 잃어버렸다. 가난한 사람이 그것을 주워 집으로 가지고 가 아내에게 주었다. 아내는 기뻐하며 말했다.

"하느님이 우리에게 이 재물을 내리신 거라면, 우리 둘이 끝까지 지켜야 해요."

그런데 다음날 천 플로린을 잃어버린 사람이 사방에 방을 써붙였다. 돈을 찾아주는 사람에게 보상금으로 백 플로린을 주겠다는 내용이었다. 돈을 주운 가난한 사람이 집으로 돌아가 아내에게 말했다.

"우리 이 천 플로린을 돌려줍시다. 그러면 양심의 거리낌 없이 백 플로린을 가질 수 있소. 공정하지 못한 방법으로 얻은 것보다 떳떳하게 얻은 것이 더 값지지 않겠소?"

아내는 남편을 말리려 했지만 남편은 아랑곳하지 않고 천 플로린을 주인에게 돌려주고 보상금으로 백 플로린을 요구했다. 하지만 돈 많은 상인은 천 플로린이 자기 수중에 돌아오자 마음을 바꾸었다.

"당신은 주운 돈을 전부 돌려주지 않았소. 사백 플로린이나 모자라는군. 나머지를 마저 가져오면 그때 가서 백 플로린을 주겠소."

가난한 사람은 천 플로린 외에는 아무것도 발견한 것이 없다고 항의했다. 두 사람은 서로 다투다가 결국 왕을 찾아갔다. 그들은 천 플로린을 왕에게 맡기고 누가 옳은지 판결을 내려달라고 청했다. 왕은 가난한 사람들을 돕는 철학자에게 사건을 자세히 조사해 공정한 판결을 내리라고 명했다. 재판관은 동정심에 이끌려 가난한 사람에게 말했다.

"당신이 이 부자의 돈을 더 가지고 있는지, 아니면 전부 돌려주었는지 나에게 사실대로 말해주시오."

가난한 사람이 말했다.

"제가 주운 돈을 전부 돌려주었다는 사실은 하느님께서도 아십니다."

그러자 철학자가 말했다.

"이 남자는 부자이고 정직한데다 평판도 좋은 사람입니다. 사실도 아닌 것을 가지고 재판을 걸 사람이 아닙니다. 그가 천사백 플로린을 잃어버렸다고 맹세했으니, 정말로 그 돈을 잃어버린 듯합니다. 하지만 이 사람도 가난하기는 하지만 정직한 사람이기 때문에 그의 말을 믿지 않을 이유가 없습니다. 그는 마음만 먹었으면 가질 수 있는 천 플로린을 되돌려주었습니다. 거기다가 주운 돈 전부를 되돌려주었다고 맹세까지 했습니다. 고귀하신 전하께 청하옵건대, 다음과 같이 판정해주십시오. 이 천 플로린은 전하께서 보관하시고, 일단 백 플로린을 이 가난한 사람에게 보상해주십시오. 부자가 천사백 플로린을 잃어버렸다고 맹세했으니, 이 천 플로린은 이 정직한 부자 논이 아닌 것 같습니다. 그가 잃어버린 돈은 다른 사람이 보관하고 있는 것이 분명합니다. 그러니 나중에 이 부자가 잃어버린 천사백 플로린을 주운 사람이 나타나면 그때 가서 되돌려주면 될 것입니다."

왕뿐만 아니라 그 자리에 있던 모든 사람들은 철학자의 판결이 현명하다고 생각했다. 그러자 부자는 자신의 거짓말을 크게 뉘우치고 왕에게 간곡히 사정했다.

"오, 전하, 저를 불쌍히 여기시고 자비를 베풀어주옵소서. 제가 저지른 잘못을 인정하옵니다. 여기에 있는 천 플로린은 제가 잃어버린 돈입니다. 이 가난한 사람에게 약속한 보상금을 주지 않으려고 꾀를 낸 것입니다."

자비심 많은 왕은 부자에게 천 플로린을 돌려주라고 명하고 그 돈을 주운 가난한 사람에게 백 플로린을 떼어주도록 했다. 가난한 사람은 공정하고 마음씨 좋은 재판관 덕택에 부자가 뒤집어씌운 억울한 누명에서 벗어날 수 있었다.

꾀 많은 세 길동무

메카로 성지순례를 가다가 만난 세 명의 길동무가 있었다. 두 명은 도시에 사는 상인이고 한 명은 시골 사람이었다. 길을 가다가 식량이 떨어져 조그만 빵 하나를 겨우 만들 수 있을 정도의 밀가루만 남게 되었다. 약아빠진 도시 상인들이 그걸 보고는 자기들끼리 수군거렸다.

"이젠 빵도 없는데 이 시골놈이 엄청 먹어대니 걱정이야. 그러니 조금 남은 빵이나마 저놈을 빼고 우리끼리 먹을 방법을 찾아야 해."

도시 상인들은 밀가루를 반죽해 불에 올려놓고는 시골 사람을 속이려고 했다.

"다 같이 잠을 잡시다. 그리고 우리 셋 중에서 가장 신기한 꿈을 꾼 사람이 마지막 남은 빵 하나를 먹기로 합시다."

세 길동무는 잠을 자기 시작했다. 도시 상인들의 꿍꿍이속을 눈치챈 시골 사람은 몰래 일어나 반쯤 익은 빵을 다 먹어치우고 다시 잠을 잤다. 잠시 후 도시 상인 하나가 신기한 꿈을 꾸었다는 듯이 놀라며 벌떡 일어났다. 옆에 있던 다른 도시 상인이 물었다.

"자네, 왜 그리 놀라나?"

꿈을 꾼 도시 상인이 대답했다.

"얼마나 신기한 꿈을 꿨는지 놀라서 기절하는 줄 알았다니까. 천사 두 명이 나타나서 하늘의 문을 열어주고는 신의 권좌가 있는 곳으로 나를 인도하는 게 아닌가."

다른 도시 상인이 말했다.

"정말 신기한 꿈이군. 하지만 내가 그보다 더 신기한 꿈을 꿨으니 들어보게나. 내 꿈에는 천사 두 명이 나타나서 나를 땅 위로 질질 끌고 지옥으로 데리고 갔다니까."

시골 사람은 둘의 이야기를 다 들으면서도 계속 자는 척했다. 하지만 도시 상인들은 자기들의 속임수를 빨리 끝내고 싶은 마음에 시골 사람을 흔들어 깨웠다. 그러자 시골 사람이 아주 그럴싸한 표정으로 놀라는 체하며 물었다.

"아니, 나를 깨우는 게 누구야?"

도시 상인들이 대답했다.

"우리지 누군 누구야?"

그러자 시골 사람이 다시 물었다.

"아니, 다들 어떻게 다시 돌아왔지?"

도시 상인들이 대답했다.

"우리는 여길 떠난 적이 없네. 다시 돌아왔다니 그게 무슨 말인가?"

시골 사람이 대답했다.

"천사 두 명이 나타나 하늘의 문을 열더니 자네 둘 중 한 명은 신 앞으로 데리고 가고 다른 한 명은 지옥으로 질질 끌고 가는 꿈을 꾸었다네. 내 여태껏 천국이나 지옥에서 돌아왔다는 사람을 본 적이 없어서 자네들이 돌아오지 않을 줄 알았지. 그래서 아까 일어나 혼자 빵을 다 먹어버렸는데 이 일을 어쩌나."

농부와 작은 새

한 농부가 깨끗한 시냇물이 흐르고 초목이 무성한 과수원을 가지고 있었다. 과수원에는 새들도 많이 찾아왔다. 농부는 피곤할 때면 과수원을 찾아가 쉬곤 했다. 그가 나무그늘에 앉아 쉬고 있는데 작은 새 한 마리가 달콤한 목소리로 노래를 불렀다. 농부는 그 소리에 반해 덫을 놓아 새를 잡았다. 농부에게 잡힌 새가 물었다.

"당신은 왜 애를 써서 저를 잡았어요? 저를 잡아봤자 아무 소용이 없을 텐데."

농부가 대답했다.

"네 노랫소리가 내 마음을 즐겁게 해주는구나. 네 소리에 반해서 너를 잡았다."

작은 새가 말했다.

"그렇다면 헛수고한 거예요. 왜냐하면 당신이 댓가를 주고 통

사정을 해도 노래하지 않을 테니까요."

농부가 말했다.

"나를 위해 노래하지 않으면 너를 잡아먹을 테다."

작은 새가 대답했다.

"어떻게 잡아먹을 건데요? 저를 끓는 물에 넣으면 너무 작아서 찾기도 어려울 텐데요. 저를 구우면 그나마 더 작아질 테고요. 그러지 말고 저를 그냥 날려보내주세요. 그러면 당신에게 세 가지 지혜를 알려드릴게요. 그 세 가지 지혜가 세 끼 식사보다 더 값질걸요?"

농부는 그 말을 믿고 작은 새를 풀어주었다. 자유의 몸이 된 새가 농부에게 말했다.

"첫번째 지혜는, 당신이 듣는 말을 곧이곧대로 믿지 말라는 거예요. 특히 사실 같지 않은 말은 더 그렇고요. 두번째 지혜는, 자기 것은 끝까지 지키라는 거예요. 마지막 세번째는, 되찾을 수 없는 것에 대해서는 가슴아파하지 말라는 거예요."

작은 새는 말을 마치고 나무 위로 날아가 아주 달콤한 목소리로 노래했다.

"오, 신이시여, 이 농부의 눈을 멀게 하신 은혜에 감사합니다. 신이 그에게서 지혜를 빼앗아가신 덕분에 그가 눈이 멀어 저를 보고도 보지 못하고 제 몸속에 일 오운스나 되는 보석이 들어 있는 것도 눈치채지 못했습니다. 만약 그가 그 사실을 알았다면 저는 그의 손에 죽고 그는 큰 부자가 되었을 것입니다."

이 말을 들은 농부는 작은 새를 풀어준 것을 크게 후회하며 통곡했다.

"아이고, 불쌍한 내 팔자야. 저 교활한 새의 말만 믿고 굴러들어온 복을 내 발로 걷어차다니."

농부의 한탄을 듣고 작은 새가 말했다.

"그 소리를 듣고 그렇게 가슴아파하다니, 당신 바보예요? 제가 한 말을 그렇게도 빨리 잊어버렸나요? 전부 합해봐야 일 드라크마도 나갈까 말까 한 조그만 몸속에 어떻게 일 오운스나 되는 큰 보석이 들어 있겠어요? 제가 남의 말을 곧이곧대로 믿지 말라고 한 말 잊어버렸어요? 그리고 당신 것이면 당신이 끝까지 지켰어야지요. 또 만에 하나 당신이 그 보석을 잃어버렸다 하더라도, 그건 이미 되찾을 수 없는 거니까 단념해야 해요. 당신은 제가 말한 세 가지 지혜를 하나도 귀담아듣지 않았어요."

작은 새는 농부를 실컷 약올리고는 훌쩍 날아가버렸다.

시인과 꼽추

현자가 아들에게 말했다.

"일이 조금 잘못됐다고 해서 거기에 너무 매달리지 말고 가능

하면 얼른 손을 떼야 하느니라. 그렇지 않으면 일만 더 그르치고
만다."

그리고 현자는 아들에게 이야기 하나를 들려주었다.

"한 시인이 왕의 업적을 기리는 기가 막힌 시를 써서 세상의 감
탄을 자아냈다. 왕은 시인의 노고를 치하하면서 그가 원하는 것
은 무엇이든 들어줄 테니 말해보라고 했지. 그러자 시인은 한 달
동안 성안으로 들어오는 길목을 지키는 수위를 시켜달라고 청하
면서 거기에 한 가지 조건을 붙였단다. 성에 들어오는 사람은 누
구를 막론하고 옴이나 부스럼, 탈장, 애꾸눈 같은 신체적 결함이
있으면 한 가지에 한 냥씩 벌금을 물도록 한 거지. 왕은 그의 시가
마음에 들었기 때문에 그가 원하는 대로 허락해주고 옥새가 찍힌
허가서를 발급해주었단다.

시인은 자신의 새 직업에 우쭐해져서 성문을 지키고 있었지. 그
때 꼽추 한 명이 망또를 뒤집어쓰고 손에는 지팡이를 든 채 다리
를 건너오고 있었다. 꼽추는 성안으로 들어오려 했지만 시인은
꼽추이기 때문에 벌금을 내야 한다면서 그를 가로막았지. 그가
돈을 내지 않으려고 대들자 시인이 그를 저지하려다가 꼽추의 망
또가 벗겨졌단다. 그를 가만히 들여다보니 애꾸눈이었어. 그래서
시인이 말했지.

'당신은 애꾸눈이니 두 냥을 내야 하오. 꼽추에 해당하는 한 냥
까지 합쳐서 말이오.'

하지만 그는 내지 못하겠다고 완강하게 버텼고, 그렇게 승강이
를 벌이다가 그 사람의 모자가 벗겨져서 머리의 부스럼이 드러났
단다. 그래서 시인이 말했지.

'당신은 부스럼을 앓고 있으니 이제 석 냥을 내야 하오.'

하지만 꼽추는 돈을 내지 않으려고 끝까지 버텼지. 그러자 시인

이 완력을 써서라도 벌금을 받아내려고 덤벼들었고, 꼽추도 질세
라 팔목을 걷어붙이고 싸울 자세를 취했어. 그랬더니 이번에는
옴에 걸려 쭈글쭈글한 팔이 드러나고 만 거야. 그러자 이번에는
시인이 넉 냥을 내야 한다고 했지. 시인은 자기가 왕의 허락을 받
았으니 돈을 내야 한다고 우기고, 꼽추는 그럴 수 없다며 서로 언
성을 높이다가 마침내 한덩어리가 되어 뒹굴었단다. 그런데 꼽추
가 땅바닥에 뒹굴면서 탈장이 된 배가 드러나버리고 말았지. 그
러자 시인은 다른 신체적 결함에 탈장까지 합해서 다섯 냥을 내
야 한다고 우겼어. 결국은 꼽추가 다섯 냥을 내고서야 끝이 났단
다. 처음에 한 냥을 냈으면 일이 그렇게까지 커지지는 않았을 텐
데 말이지.

그러니까 무슨 일이든 처음에 조금 손해를 보더라도 막을 수 있
으면 괜한 고집 부리지 말고 일을 크게 만들지 말거라. 그러다가
더 큰 손해를 볼 수도 있으니까.”

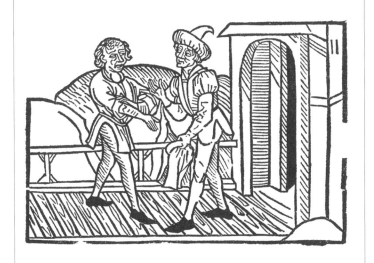

양 이천 마리

옛날이야기를 무척 좋아하는 제자가 있었다. 제자가 스승에게 길고 재미있는 이야기를 하나 해달라고 조르자, 스승이 말했다.

"왕과 이야기꾼 사이에 일어난 이야기를 해줄 테니 잘 새겨든도록 해라."

"스승님, 무슨 일이 있었는지 이야기해주세요."

스승이 이야기를 시작했다.

"왕이 옛날이야기를 좋아해서 이야기꾼을 한 명 데리고 있었는데, 그 이야기꾼은 왕이 이야기를 듣고 싶어할 때마다 왕의 기분을 즐겁게 해줄 이야기를 다섯 개씩 해야 했단다. 그러던 어느날 밤, 왕이 생각이 많아 잠을 이룰 수가 없었다. 그래서 왕은 이야기꾼을 불러 이야기를 평소처럼 다섯 개가 아니라 더 해달라고 했지. 그래서 이야기꾼은 이야기 세 편을 더 했단다. 그러자 왕이 말했지.

'재미있는 이야기구나. 하지만 아주 긴 이야기를 하나 더 들려다오. 그런 다음에는 자러 가도 좋다.'

왕의 명령에 이야기꾼이 이야기를 시작했지.

'어느날 한 시골 사람에게 천 냥이 생겨서 장에 가서 양을 이천 마리 샀습니다. 양들을 데리고 집으로 돌아오는데, 강물이 엄청 나게 불어나서 여울목은 물론 다리 위로도 강을 건널 수 없었습니다. 그러자 시골 사람은 양들을 데리고 어떻게 강을 건널까 곰곰이 궁리했습니다. 그러다가 마침내 사람 한 명과 양 한 마리, 잘

하면 두 마리까지 탈 수 있는 배 한 척을 발견했습니다. 그래서 그때부터 양을 두 마리씩 태워서 강을 건너기 시작했습니다……'

그런데 그 이야기꾼이 양을 세다가 그만 잠이 들어버린 거야. 그러자 왕이 그를 깨워서 이야기를 마저 해달라고 했지. 그러자 이야기꾼이 이렇게 대답했단다.

'오, 고귀하신 전하, 이 강은 무척 넓은데다 배는 작고 양들은 셀 수도 없이 많습니다. 전하, 불쌍한 시골 사람이 양들을 데리고 강을 다 건널 때까지 기다려주십시오. 그리고 나서 이야기를 마저 하겠습니다.'

이야기꾼의 재치있는 말에 이야기를 좋아하는 왕은 크게 만족했단다."

스승이 제자에게 말했다.

"앞으로도 네가 이야기를 해달라고 자꾸 조르면 그때마다 네가 자중할 수 있도록 이 이야기를 들려주마."

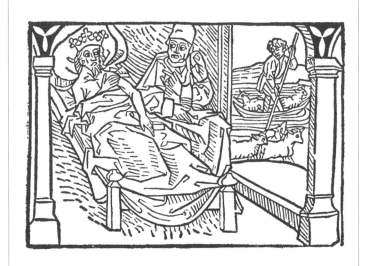

늑대와 농부와 여우와 치즈

소를 여러 마리 가진 농부가 있었다. 그런데 소들이 워낙 말을 듣지 않아 땅을 똑바로 갈려면 무진 애를 먹어야 했다. 그때마다 농부가 소들에게 말했다.

"너희가 자꾸 삐딱하게 가려고만 하니 늑대들한테나 줘버려야겠다."

늑대는 이 말을 듣고 농부가 자기에게 소를 줄 거라 생각하고는 하루종일 기다렸다. 그런데 밤이 되자 농부는 소들의 쟁기를 풀고 그냥 자기 집으로 향했다. 그러자 늑대가 농부에게 말했다.

"당신이 오늘만 해도 몇번이나 나한테 소를 주겠다고 약속해놓고 그냥 가면 어떡해요? 당신이 약속한 거니까 지키세요. 나도 급하단 말이에요."

농부가 대답했다.

"그냥 해본 소리인데 약속을 지키라니 말도 안돼. 맹세한 것도 아니고 말이야."

늑대가 말했다.

"당신, 약속을 지키지 않으면 여기서 한 발자국도 가지 못할 줄 알아."

늑대와 농부는 한참을 승강이하다가 결국에는 재판관을 찾아가 판결을 부탁하기로 했다. 그들은 재판관을 찾아 길을 떠나다가 여우를 만났다. 여우가 그들에게 물었다.

"안녕, 친구들. 어딜 그리 급하게 가나요?"

늑대와 농부가 여우에게 사정을 자세히 설명했다. 그러자 여우가 말했다.

"그것 때문이라면 다른 재판관을 찾아갈 필요 없어요. 내가 여러분을 위해 공정한 재판을 해드리겠어요. 여러분 사정을 잘 알아야 정확한 판결을 내릴 수 있으니 여러분 각자와 따로 이야기하는 게 좋겠네요. 내가 내린 판결이 마음에 들지 않으면 그때 가서 다른 재판관을 찾아도 늦지 않을 거예요."

늑대와 농부는 여우의 제안에 찬성했다. 여우가 먼저 농부에게 이야기했다.

"당신이 나와 내 친구에게 닭 두 마리만 주면 당신 소들이 안전하고 당신이 약속을 지키지 않아도 되게 해줄게요."

농부가 그 말을 따르기로 하자, 여우가 이번에는 늑대를 따로 불러 말했다.

"친구야, 잘 들어. 예전에 네가 나에게 선행을 많이 베풀었으니, 내가 너를 위해서 농부와 합의했단다. 네가 소들에 대해서 더이상 왈가왈부하지 않으면 농부가 너에게 커다란 치즈 한 덩어리를 주기로 했어."

늑대도 여우의 제안을 받아들였다. 여우는 농부에게 소들을 데려가라고 하고는 늑대를 돌아보며 말했다.

"너는 나랑 같이 맛있는 치즈가 있는 곳으로 가자."

여우는 늑대를 데리고 달이 뜰 때까지 여기저기 사방팔방으로 돌아다니기만 했다. 마침내 달이 나타나자 여우는 늑대를 데리고 우물가로 갔다. 여우가 우물에 비친 달을 가리키며 말했다.

"친구야, 봐. 저기에 큼지막하고 맛있게 생긴 치즈가 있지? 네가 내려가서 가지고 올라와."

늑대가 대답했다.

"이봐, 친구, 네가 직접 나한테 치즈를 건네줘야지. 네가 내려가. 만일 너 혼자 올라올 수 없으면 내가 도와줄게."

여우는 무슨 꿍꿍이속인지 선뜻 그렇게 하겠다고 했다. 우물에는 물통 두 개가 줄 하나로 연결되어 있어 하나가 내려가면 다른 물통이 올라오게 되어 있었다. 여우가 물통에 들어가 우물 안으로 내려가더니 그 밑에서 한참을 있었다. 그러자 늑대가 물었다.

"이봐, 친구, 왜 그렇게 오래 걸려?"

늑대는 여우가 혼자서 치즈를 다 먹어치우지나 않을까 걱정이 되었다. 여우가 대답했다.

"치즈가 너무 커서 혼자서는 꺼낼 수가 없어. 그러니까 네가 다른 물통을 타고 내려와서 나를 좀 도와줘."

늑대는 다른 물통을 타고 우물 밑으로 내려가기 시작했다. 그러자 늑대가 여우보다 더 무겁기 때문에 여우가 타고 있던 물통이 올라가기 시작했다. 여우는 우물 입구가 보이자 신이 나서 깡충 뛰어나갔고, 늑대는 우물 밑에 갇힌 신세가 되었다.

10

젊은 아내와 남편과 장모와 남자

상인이 장터로 떠나면서 아내가 바람을 피우지 못하게 지켜봐 달라고 장모에게 부탁했다. 그러나 상인의 아내는 오히려 엄마의 승낙을 받아 사랑하는 젊은 청년을 집 안으로 불러들였다. 그렇게 엄마와 딸과 딸의 애인이 한창 즐겁게 식사를 하고 있는데, 갑자기 사위가 장에서 돌아와 문을 두드렸다. 숨거나 달아날 곳이 없어 딸과 애인은 어찌할 바를 모르고 쩔쩔맸다. 그러자 간교한 엄마가 딸의 애인에게 칼을 뽑아들고는 문 옆에 가서 아무 소리도 내지 말고 당장이라도 싸울 것처럼 서 있으라고 일렀다. 남편은 아무리 불러도 안에서 대답이 없자 더 세게 문을 두들겨댔다. 그사이 딸의 애인은 엄마가 시킨 대로 문 옆에 가서 칼을 들고 서 있었다.

딸이 문을 열자 안으로 들어오던 남편은 문간에 한 남자가 칼을 들고 서 있는 것을 보았다. 남편은 멈춰서서 그 청년에게 누구냐고 물었다. 그가 아무 대답도 하지 않자 남편은 무서운 생각이 들었다. 장모가 사위에게 조용히하라고 이르자, 사위가 놀라며 물었다.

"장모님, 대체 무슨 일입니까?"

장모가 대답했다.

"애지중지하는 사위여, 일이 이렇게 된 거라네. 글쎄, 문간에 서 있는 이 남자를 죽이려고 남자 셋이 쫓아오질 않았겠나. 그때는 문이 열려 있어서 이 남자가 칼을 들고 이렇게 여기까지 들어오게 내버려둘 수밖에 없었네. 우리는 자네가 그 사람들 중 하나인 줄 알았지. 그래서 무서워서 대답도 못하고 가만히 있었던 거야."

그러자 사위가 말했다.

"잘하셨어요. 이 불쌍한 남자의 목숨을 구하셨군요. 아주 장한 일을 하신 거예요."

상인은 마음놓고 집 안으로 들어와 아내의 애인과 인사를 나누고 함께 식사도 했다. 상인은 그를 친구로 여기고 아무 일 없이 보내주었다.

11

암캐로 정숙한 여자를 속인 노파

아름답고 정조가 굳은 여인을 아내로 둔 귀족이 있었다. 그는 성스러운 유적을 구경하러 로마에 가면서 아내의 평상시 행실을 믿고 아내를 다른 사람에게 맡기지 않았다. 남편이 길을 떠난 뒤에도 아내는 남편의 믿음대로 매사에 올바르고 정숙하게 행동했다.

그러던 차에 일 때문에 그 집을 드나들던 젊은 청년이 그녀를 보고 사랑에 빠졌다. 하루라도 그녀를 보지 않으면 정신을 차리지 못할 정도였다. 청년은 여러 사람을 통해 그녀에게 많은 보석과 선물을 보냈지만 헛수고였다. 청년은 그녀가 자기를 상대도 하지 않자 상심한 나머지 상사병까지 걸렸다. 그는 쇠약해진 몸으로 늘 슬프고 괴로운 얼굴로 사랑하는 여인의 집 주변을 맴돌며 때로는 하염없이 눈물을 흘리기도 했다.

그러던 어느날 수녀복을 입은 마음씨 좋은 노파가 근처를 지나다가 그를 보았다. 노파가 청년에게 왜 그리 슬프게 우느냐고 물었지만 청년은 자기 고민을 선뜻 말하려 하지 않았다. 노파가 말했다.

"의사한테 병을 이야기하지 않으면 병이 나을 수가 없어요."

노파가 진심이라는 것을 안 청년은 노파에게 사정을 이야기하고는 충고와 도움을 구했다. 노파가 청년을 위로하며 말했다.

"기운을 차려요. 내가 곧 자네가 원하는 걸 얻게 해줄 테니까."

노파는 청년에게 희망을 심어주고 그곳을 떠났다. 노파는 집으로 돌아와 암캐 한 마리를 사흘 동안 방에 가두어놓고 먹을 것을 주지 않았다. 그리고 사흘째 되는 날 매운 겨자를 바른 빵 한 조각을 먹였다. 배가 고팠던 개는 매운 빵을 먹고는 고통스러워하며 눈물을 줄줄 흘렸다. 노파는 우는 개를 데리고 정숙한 여인의 집으로 향했다. 노파가 신앙심이 깊고 마음씨가 좋다는 평판이 나 있기 때문에 여인은 반가운 얼굴로 정중하게 노파를 맞아 대화를 나누었다. 그러다 정숙한 여인이 개가 우는 것을 보고는 그 까닭을 물었다. 노파가 슬픈 표정을 지으며 말했다.

"아! 이 개가 왜 눈물을 흘리는지 나한테 물어보지 마세요. 그걸 말하려면 간신히 잊었던 슬픔이 되살아날 것 같으니까요. 참으로 가슴아픈 사연이라 그걸 다 말하기도 전에 내가 숨을 거둘지도 모른답니다."

노파의 말에 더 궁금해진 여인이 이야기를 재촉했다. 음흉한 노파는 뜸을 잔뜩 들인 뒤 슬픈 표정으로 이야기를 시작했다.

"이렇게 눈물을 흘리는 이 암캐는 사실 내 친딸이라오. 이렇게 되기 전에는 아주 예쁘고 정숙한 딸이었지요. 어느날 젊은 청년이 내 딸에게 반해 사랑을 고백했는데, 내 딸이 너무도 금욕적이어서 거절하는 바람에 결국 그 청년은 고통과 슬픔에 빠져 상사병에 걸리고 말았어요. 그래서 그를 가엾게 여긴 신들이 내 딸아이가 그의 청을 받아들이지 않아 그렇게 되었다며 내 딸을 지금 보는 것처럼 개로 만들어버렸답니다. 그 청년이 하도 슬프고 간곡하게 기도를 올려서 신들이 그가 바라는 대로 해준 거지요."

노파가 서글프게 울면서 가까스로 이야기를 마치자, 정숙한 여인이 말했다.

"어쩌나, 당신 말을 들으니 두려운 마음이 들고 어떻게 해야 할지 모르겠어요. 저도 얼마 전에 당신 딸과 비슷한 잘못을 저질렀거든요. 저에게 열렬하게 구애한 젊은 청년이 있었는데, 내 사랑을 받지 못하면 금세라도 숨이 넘어갈 것처럼 정열적이었답니다. 하지만 남편에 대한 정조와 사랑 때문에 그의 사랑을 무시해버렸어요."

노파가 말했다.

"오, 당신은 내가 아끼는 친구니까 충고하겠는데, 내 딸처럼 개가 되어버리고 싶지 않으면 한시라도 빨리 그 청년의 소원을 들어주는 게 좋을 거예요."

여인이 말했다.

"그렇다면 신의 뜻을 거역하지는 않겠어요. 그 청년이 나를 원한다면 그의 사랑을 거부하지 않겠어요. 만약 그가 나를 원하지 않는다 해도, 내가 스스로 그와의 사랑을 성사시키겠어요."

노파는 잘 생각했다고 여인을 부추기고는 집으로 돌아갔다. 그리고 청년에게 이 소식을 전하고는 청년과 여인을 결합시킨 맷가로 두 사람에게서 많은 선물을 받았다.

장님과 아내

매우 아름다운 여인을 아내로 둔 장님이 있었다. 질투가 심한 장님은 아내가 딴짓을 할까봐 늘 신경이 쓰였다. 어느날 장님 부부가 과수원 배나무 그늘 아래 쉬고 있다가 아내가 남편의 허락을 받고 배를 따기 위해 나무에 올라갔다. 늘 의심이 많은 장님은 혹시 외간남자가 아내를 따라 올라가지 않을까 걱정이 되어 아내가 나무 위에 있는 동안 나무둥치를 꼭 껴안고 있었다. 하지만 가지가 무성하고 열매가 많이 매달린 그 나무에는 이미 젊은 청년이 몰래 올라가 장님의 아내를 기다리고 있었다. 청년과 장님의 아내는 나무 위에서 '베누스의 놀이'(불륜을 뜻한다―옮긴이)를 즐겼다.

그 소리가 들리자 장님은 분한 마음에 소리를 질렀다.

"이 나쁜 마누라야, 내가 눈이 멀었다고 듣지도 느끼지도 못하는 줄 알아! 눈이 보이지 않는 대신 더 예민해져서 네가 지금 그 위에서 불륜을 저지르고 있다는 걸 훤히 다 알 수 있어. 오, 신 중의 신이신 유피테르 신이시여! 괴롭고 슬픈 이들에게 기쁨을 안겨주시고, 장님에게 시력을 되돌려주십시오!"

말을 마치자 갑자기 장님은 눈이 번쩍 뜨이면서 빛을 볼 수 있게 되었다. 장님은 고개를 들어 아내가 젊은 남자와 함께 있는 것을 보고 고함을 쳤다.

"부도덕하고 파렴치한 년 같으니, 내가 너를 얼마나 순결하고 착한 여자로 생각했는데, 나를 이렇게 배신할 수 있어? 아이고, 내 팔자야. 이제는 너와 행복하게 지낼 수 없겠어."

아내는 처음에는 질겁을 했지만, 곧 기가 막힌 생각이 떠올라 밝은 얼굴로 기쁜 듯이 말했다.

"신들이시여, 그토록 바라던 소원을 들어주시고 사랑하는 남편이 눈을 뜨게 해주셔서 감사합니다. 당신은 눈을 뜬 게 다 내 기도 덕분인지나 알아요. 내가 지금까지 의사들을 찾아다니면서 얼마나 많이 헛수고를 했는데요. 그러다가 마지막 방법으로 신들에게 기도를 드린 거예요. 그런데 메르쿠리우스 신이 유피테르 신의 명을 받들어 내 꿈속에 나타나서는 이렇게 말하지 뭐예요.

'배나무 위로 가서 청년과 베누스의 놀이를 해라. 그러면 네 남편의 눈이 뜨일 것이다.'

그래서 내가 당신을 위해 그대로 한 거란 말이에요. 그러니 당신은 신들에게 감사해야 해요. 나한테는 더 그렇고요. 내 덕분에 당신이 눈을 뜬 거니까요."

아내의 그럴싸한 거짓말을 믿은 장님은 아내에게 용서를 구하고는 그녀가 착하고 좋은 아내라고 믿고 자기가 오해를 해서 아내를 의심했다고 생각했다. 장님은 아내에게 고맙다는 말을 여러 차례 하고 선물도 듬뿍 주었다.

13

포도밭지기 남편과 약삭빠른 아내

농부가 포도를 수확하러 포도밭에 갔다. 농부의 아내는 남편이 평소처럼 한참 있다 돌아올 거라고 생각해 집 안으로 정부를 끌어들였다. 그들은 푸짐한 식사를 하고 즐거움에 빠져 부정을 저질렀다. 그때 나뭇가지에 눈을 다친 남편이 갑자기 돌아와 문을 두드렸다. 아내는 갑작스러운 남편의 귀가에 질겁하며 정부를 방 안에 숨기고 문을 열었다. 남편은 눈이 아파 얼굴을 잔뜩 일그러 뜨리며 좀 누워야겠으니 잠자리를 펴달라고 했다. 아내는 남편이 그

방에 들어갔다가 숨어 있는 정부를 발견할까봐 걱정하며 말했다.

"뭐가 그렇게 급하게 침대부터 찾아요? 왜 그렇게 됐는지부터 차근차근 이야기해봐요."

남편이 사고를 당한 경위를 자세히 설명하자, 아내가 말했다.

"여보, 다친 눈 때문에 멀쩡한 눈까지 상하지 않으려면 빨리 멀쩡한 눈부터 손을 써야 해요. 그런 일이 흔히 있잖아요. 그래야 내 눈도 상하지 않고요. 내 눈이 아프면 당신도 큰일이잖아요. 당신과 나는 한몸이나 마찬가지잖아요?"

아내는 남편을 위하는 듯이 이런저런 변명을 늘어놓으며 입으로 멀쩡한 눈을 가리고 남편의 눈에다 입김을 불며 호들갑을 떨었다. 그러는 사이 아내의 정부는 방에서 나와 남편이 눈치채지 못하도록 살그머니 빠져나갔다. 정부가 무사히 나가자 아내가 말했다.

"여보, 이제는 당신 멀쩡한 눈이 다친 눈 때문에 상할 일이 없어요. 그러니 방에 들어가서 편히 쉬세요."

그렇게 아내는 임기응변으로 남편을 속여 위기를 모면하고 정부를 무사히 돌려보냈다.

상인의 아내와 장모

장사 때문에 이곳저곳으로 여행을 다녀야 하는 상인이 아내를 장모에게 맡겨놓았다. 하지만 워낙 젊은 아내는 젊은 외간남자와 눈이 맞아 그 사실을 자기 엄마에게 털어놓았다. 그러자 엄마는 딸의 불륜을 부추기며 그 청년을 집으로 초대하기까지 했다. 청년은 여자의 엄마가 자신의 목적을 허락할 뿐 아니라 그것을 반긴다는 것을 알고 기뻐하며 그 집으로 갔다. 청년은 그 집에서 극진한 대접을 받아 셋이서 즐겁게 식사를 하고 술을 마셨고, 청년과 상인의 아내는 잠시 후에 가질 둘만의 즐거움에 잔뜩 들떠 있었다.

그런데 그들이 먹고 마시는 사이 남편이 돌아와 문을 두드렸다. 상인의 아내는 깜짝 놀라서 남자를 숨기고 문을 열었다. 집 안으로 들어온 남편은 너무 피곤해서 좀 쉬어야겠으니 잠자리를 펴달라고 했다. 남자를 침대 가까운 곳에 숨겨놓은 아내는 당황해서 어쩔 줄을 몰랐다. 딸이 궁지에 몰려 쩔쩔매는 것을 본 엄마가 딸에게 말했다.

"애야, 침대 정리는 조금 있다가 하고, 그전에 네 남편에게 우리가 만든 이불을 보여주자꾸나."

장모는 새 이불을 가지고 와서 한쪽 끝을 잡고는 딸에게 다른 한쪽을 잡고 펼치게 해 남편이 앞을 보지 못하도록 가렸다. 그렇게 청년을 빼돌린 다음 늙은 장모가 말했다.

"자, 이제 침대 위에 이불을 펴도 되겠구나. 이불이 아주 깨끗하지? 우리 손으로 직접 짜서 만든 거라네."

남편은 크게 기뻐하며 말했다.

"장모님과 당신은 어쩌면 이렇게도 솜씨가 좋아?"

아내가 말했다.

"우린 다른 것도 더 잘할 수 있어요. 당신이 원한다면 또 보여드릴게요."

아무것도 모르는 남편은 기분 좋게 침대에 누웠다.

비둘기집에 갇힌 남편과 그의 아내

뻬드로라는 남자가 무식한 농부의 아내와 불륜관계를 맺고 있었다. 세 사람은 모두 먼 친척뻘이었다. 농부는 빚을 갚지 못해 경찰에게 잡혀갈까봐 두려워 들판에서 밤을 보낼 때가 많았다. 어느날 뻬드로가 평소처럼 농부의 집에 갔는데, 마침 농부가 집에 돌아왔다. 그러자 아내는 정부를 침대 밑에 숨겨놓고는 농부에게 잔소리를 하기 시작했다.

"당신은 감옥에 가도 싸요. 지금 막 경찰들이 들이닥쳐서 당신을 찾느라고 집을 뒤지고 갔어요. 당신을 잡을 때까지 몇번이고 다시 찾아오겠다고 하고는 돌아갔단 말이에요."

이 말을 들은 농부는 잔뜩 겁을 집어먹고 집을 나가 들판으로 가려고 했지만 성문이 닫혀 그럴 수가 없었다. 아내가 말했다.

"당신 이제 어떻게 할래요? 재수도 없지. 이제 잡히면 당신은 평생을 감옥에서 보내야 해요."

남편이 아내에게 충고를 구하자, 아내가 계책을 말했다.

"저 위에 있는 비둘기집으로 올라가요. 내가 밖에서 문을 잠그고 사다리를 치워버리면 당신이 거기에 있을 거라고는 아무도 생각 못할 거예요."

농부는 아내가 가르쳐준 대로 했다. 그래서 아내가 문을 열어줄 때까지 그 안에서 꼼짝없이 갇힌 꼴이 되었다. 그러자 아내는 침대 밑에 숨어 있던 정부를 나오게 했고, 잠시 후 정부는 경찰 흉내를 내면서 크고 거친 목소리로 아내에게 남편을 어디에 숨겼냐고 물으며 집 안을 뒤졌다. 비둘기집에 숨은 남편은 아무 소리도 내지 못하고 벌벌 떨어야만 했다. 하지만 소란은 곧 그치고 아내와

정부는 방으로 가서 그들이 원하던 대로 마음놓고 즐겼다. 남편은 아내에게 속은 줄도 모르고 경찰을 피해 비둘기 똥 속에서 자게 된 것에 만족했다.

남편이 없는 사이 신의 가호를 받아
아들을 낳은 여인

가예따 시의 주민들은 배를 타고 바다로 나가 생계를 꾸렸다. 그 도시 근처에 사는 한 선장이 젊은 아내를 두고 돈을 벌러 배를 타고 나갔다가 오년이 지나서야 집으로 돌아왔다. 젊은 아내는 남편이 돌아오지 않자 남편이 돌아오기는 틀렸다고 생각하고 외간남자와 정을 통했다. 집에 돌아온 남편은 자기가 떠날 때 아내에게 돈을 거의 남겨주지 못했는데도 떠날 때보다 집 단장도 잘 되어 있고 아내도 더 잘 차려입은 것을 보고 놀랐다. 아내가 남편에게 말했다.

"여보, 그렇게 놀라지 마세요. 다른 사람들처럼 나에게도 신의 가호가 내린 거예요."

남편이 말했다.

"우리를 도와주신 신의 은총에 그저 고마울 뿐이야. 멋진 침대도 있고, 가구들도 다 깨끗하고 좋으니 말이야."

남편이 아내에게 어디서 이런 돈이 났느냐고 묻자, 아내는 신의 가호와 은총 덕택이라고 대답했다. 남편은 좋아서 어쩔 줄 몰라 하며 집 안을 둘러보았다. 그런데 이번에는 세살쯤 되어 보이는 귀엽게 생긴 사내아이가 나타나 엄마에게 안기는 것이었다. 아이를 본 남편이 누구 아이냐고 묻자 아내는 그들의 아이라고 대답했다. 남편이 놀라며 자기도 없는데 어떻게 아이가 생길 수 있느냐고 다그치자, 아내는 신들의 가호와 은총을 받아 아이가 생긴 거라고 대답했다. 그러자 남편이 크게 화를 내며 말했다.

"내 아내에게서 자식을 잉태하는 게 신들의 은총이라면, 그런 은총은 하나도 반갑지 않아. 그건 아무리 신이라도 남의 일에 주제넘게 참견하는 거니까 말이야. 다른 일로 나를 도와주는 건 말리지 않겠지만, 내가 없는 사이에 내 아내에게서 자식까지 만드는 건 결코 고마워할 일은 아니지."

악마와 음흉한 노파

성실하고 마음씨 좋은 남자가 아내를 맞아 몇년 동안 행복하게 살았다. 둘은 언성 한번 높이는 일 없이 사이좋게 지내 이웃들의 부러움을 샀다. 좋은 것을 보고 그냥 지나치지 못하는 교활한 악마가 그 화목한 부부를 보고는 온갖 심술을 다 부렸다. 악마는 그들을 이간질하기 위해 밤낮을 가리지 않고 모든 수단을 동원했지만 두 사람 사이는 더 단단해지기만 했다. 크게 낙담한 악마는 턱수염이 듬성듬성 난 노파에게 사정을 설명하고 도움을 청했다. 노파가 말했다.

"그런 거라면 내게는 어렵지 않은 일이에요. 당신이 만족할 수 있도록 빠른 시일 안에 해결해드리죠. 여태껏 유례가 없을 정도로 부부 사이를 나쁘게 만들어놓아 그들이 그토록 사랑하는 사이였다는 사실마저 잊도록 해주겠어요."

악마가 노파에게 물었다.

"그 댓가로 받고 싶은 선물이 뭐지?"

노파가 대답했다.

"나한테는 별로 큰일이 아니니 그냥 신발 한 켤레나 주세요."

악마가 말했다.

"한 켤레가 아니라 일년 내내 신을 수 있을 만큼의 신발을 주겠다."

노파는 착한 아내를 찾아가서 이런저런 이야기를 나누다가 말을 꺼냈다.

"내가 지난밤에 얼마나 불쾌하고 고통스러웠는지 당신은 상상도 못할 거예요."

마음씨 좋은 아내가 무슨 일이냐고 까닭을 물었다. 노파가 대답했다.

"그럼 지금부터 하는 말을 남편한테는 절대 비밀로 하겠다고 약속하세요. 그리고 무슨 말을 해도 놀라거나 슬퍼하지 않고 담담하게 받아들이겠다고 약속하세요. 사실은 당신 남편한테 다른 여자가 생겼어요. 그 여자의 체면과 평판을 생각해서 이름까지는 밝히지 않겠어요. 당신 남편이 하루도 거르지 않고 몰래 그 여자를 찾아간답니다. 혹시라도 그들이 당신을 죽이려고 하지는 않을까 걱정이 돼서 이렇게 말하는 거랍니다. 그렇지 않다면 모른 척 그냥 넘어갔을 거예요. 하지만 남편이 당신 말고 다른 여자한테는 눈길도 주지 못하도록 하는 좋은 방법이 하나 있는데, 들어보겠어요?"

착한 아내는 노파의 말에 놀라며 말했다.

"지금까지 남편은 바람을 피우거나 나쁜 행동을 한 적이 없었어요. 하지만 당신이 한 말이 사실이라면, 나를 좀 도와주세요. 당신이 시키는 대로 다 하겠어요."

노파가 말했다.

"남편의 목털을 잘라내야 해요. 남편이 잠든 틈을 타서 그걸 잘라내면 당신 외에 다른 여자는 거들떠보지도 않을 거예요."

착한 아내는 노파의 말을 곧이곧대로 믿었다. 아내에게 수도 없이 고맙다는 말을 들은 노파는 그길로 곧장 여자의 남편이 일하는 곳을 찾아갔다. 노파가 이런저런 이야기를 하다가 말을 끄집어냈다.

"당신처럼 착하고 성실한 사람이 불쌍해서 어쩌나. 당신이 착하다고 믿고 자신보다 더 사랑하는 아내가 사실은 당신만을 사랑하는 게 아니라 다른 남자도 사랑한답니다. 그래서 그 남자랑 짜고 당신을 죽이고 도망치려고 해요. 당신 아내가 면도칼로 당신 목을 찌를 계획이라는 걸 우연히 알게 되었지요. 만약 당신이 제 말을 믿지 못하겠다면, 자는 척하고 가만히 누워 있어보세요. 그러면 제 말이 사실이라는 걸 알게 될 거예요. 하지만 잠들면 안돼요. 자는 척하고 있다가 당신이 내키는 대로 복수를 하세요."

남편은 끔찍한 이야기에 놀라서 신음을 토해냈다.

"지금까지 아내는 나한테 잘못을 하거나 섭섭하게 한 적이 없었습니다. 그리고 아내가 행실이 나쁘다고 말한 사람도 없었습니다. 하지만 당신이 한 말이 사실이라면, 이 은혜는 잊지 않겠습니다. 당신의 충고를 깊이 새겨듣겠어요."

남편은 집으로 돌아와 식사를 마치고는 피곤한 듯이 의자에 드러누워 노파의 충고대로 깊은 잠에 빠진 척했다. 착한 아내는 남편이 자는 줄 알고 준비해둔 면도칼을 꺼내 남편의 목털을 잘라내려 했다. 하지만 남편은 아내가 자기 목을 찌르려는 줄 알고 아내가 들고 있던 면도칼을 빼앗아 아내를 죽였다.

노파는 끔찍한 일을 성공적으로 마친 뒤 악마에게 말했다.

"자, 이제 약속한 신발을 주세요. 그걸 받을 만한 일을 했으니까요."

악마가 대답했다.

"너는 신발보다 더 큰 선물을 받아도 되겠다. 하지만 못되고 음흉하고 약삭빠르기로는 네가 우리 악마들을 뺨치는구나. 그러니 이제부터 내 곁으로 가까이 다가오거나 나를 만질 생각도 하지 마라."

말을 마친 악마는 노파가 자기를 해칠까봐 두려워 노파와 자기

사이에 쳐진 울타리 안으로 들어오지 못하고 긴 막대기 끝에다 신발을 매달아 던져주고는 이렇게 말했다.

"더럽고 비열한 늙은이 같으니, 얼른 그걸 가지고 어디로든 멀리 가버리거라. 우리가 아무리 사악하고 비열하고 사람들의 미움을 받는다고 해도 너와 함께 있고 싶지는 않다. 너는 속임수와 흉계로 가득 차 있어서 너는 우리에게도 나쁜 짓만 할 것 같구나."

재단사와 왕과 제자

어느 왕이 아주 훌륭한 재단사를 두고 있었다. 그는 누구에게나 잘 어울리는 옷을 기가 막히게 만들어낼 줄 알았다. 그에게는 제자들이 많이 있었는데, 그중에서도 네디오라는 제자가 재주가 가장 뛰어났다. 축제가 다가오자 왕이 재단사를 불러 왕과 왕실 사람들을 위해 멋있는 옷들을 만들라고 명했다. 또 에우미꾸스라는 신하를 시켜 일이 수월하고 빠르게 진행될 수 있도록 돕고 식사도 푸짐하게 대접하도록 명했다.

어느날 신하가 달콤한 꿀과 빵을 내오면서 네디오가 없는 것을 보고는 네디오 몫을 조금 남겨두라고 했다. 그러자 재단사가 말했다.

"네디오는 꿀을 먹지 않으니 다 먹어버려도 상관없소."

다 먹고 나자 네디오가 돌아와서 말했다.

"어떻게 나도 없는데 다 먹어치울 수 있어요? 내 몫을 남겨놓지도 않았군요."

그러자 신하가 말했다.

"네 스승께서 네가 꿀을 먹지 않는다고 하셔서 그랬단다."

네디오는 스승이 자기를 골탕먹인 것을 어떻게 되갚을지 궁리했다. 그러던 어느날, 스승이 없는 자리에서 신하가 네디오에게 물었다.

"너는 네 스승보다 더 훌륭한 재단사를 본 적이 있느냐?"

"스승님은 그 나쁜 병을 고칠 수만 있다면 세상에서 가장 훌륭한 재단사가 될 거예요."

"네 스승님에게 무슨 병이 있는데?"

"한번 정신이 나갔다 하면 옆에 있는 사람들을 다 때려죽이려는 아주 고약한 병이지요."

신하가 말했다.

"그 병이 언제 발병하는지 알기만 하면 사람들이 피해를 당하지 않도록 그를 묶어놓을 수 있을 텐데."

네디오가 대답했다.

"스승님이 손으로 재단대를 탁탁 치면서 사방을 둘러볼 겁니다. 그리고 자리에서 벌떡 일어나서 뭔가를 찾기 시작할 거예요. 그럼 그때가 정신이 나가는 때라고 생각하시면 틀림없어요. 그때 바로 조치를 취하지 않으면 아마 우리보다 어르신이 더 다치실걸요."

에우미꾸스가 대답했다.

"미리 귀띔해줘서 천만다행이군. 내가 사람들을 보호하겠다."

다음날 네디오가 스승의 가위를 몰래 숨겨놓았다. 어디에도 가위가 없자 재단사는 사방을 두리번거리면서 재단대를 손으로 탁탁 치고는 의자에서 벌떡 일어나 가위를 찾기 시작했다. 이를 본 에우미꾸스는 아무도 다치지 않도록 하인들을 시켜 그를 묶고는 그가 정신을 차리도록 몽둥이로 때리게 했다. 재단사는 영문도 모르는 채 고스란히 몽둥이찜질을 당했다. 그는 왜 이유도 없이 자기를 때리느냐며 큰 소리로 항의했지만 그가 미쳤다고 생각한 사람들은 몽둥이질을 멈추지 않았다. 그들이 재단사를 실컷 두들겨팬 다음 풀어주자 그가 신음소리를 내며 신하에게 물었다.

"왜 나를 이리도 무지막지하게 때리라고 한 거요?"

에우미꾸스가 대답했다.

"다 당신을 위해서 그렇게 한 겁니다. 당신 제자인 네디오에게서 당신이 가끔 미쳐서 흥분하면 제자들을 때린다는 말을 들었습니다. 당신을 묶어서 벌주지 않으면 그 몹쓸 병이 나을 길이 없다고 했지요. 그러지 않으면 옆에 있는 사람들을 다 때린다면서요. 그래서 당신 병을 고치기 위해 그런 겁니다."

그러자 재단사가 제자에게 말했다.

"이런 고약한 놈을 봤나. 네놈이 언제 내가 미친 걸 봤다는 거냐?"

제자가 대답했다.

"제가 꿀을 먹지 않는다고 말씀하셨을 때 스승님이 미치신 줄 알았어요."

그 말을 들은 신하와 그 자리에 있던 사람들은 재단사가 당해도 할말이 없다고 생각하고는 웃음을 터뜨렸다.

정신병자와 기사

옛날 밀라노에 미친 사람들을 잘 치료하는 것으로 유명한 의사가 살고 있었다. 그의 집에는 높은 울타리가 쳐져 있고 그 안에는 더럽고 끈적끈적한 늪이 있었다. 그 늪 가운데 기둥이 세워져 있었는데, 의사는 병을 고치러 온 정신병자를 발가벗겨 기둥에 묶고 진흙탕에 담가 치료했다. 진흙탕에 잠기는 깊이는 무릎부터 시작해서 미친 정도에 따라 달라졌다. 의사는 병이 나을 때까지 먹을 것도 제대로 주지 않고 환자를 묶어두었다.

한 정신병자가 병을 치료하기 위해 의사를 찾아왔다가 허벅지까지 진흙탕에 잠겨 보름을 지냈다. 보름이 지나자 그는 병이 나은 것 같다며 제발 꺼내달라고 의사에게 사정했다. 의사는 고문과 다름없는 지저분한 늪에서 환자를 꺼내주었지만 절대 울타리 밖으로는 나가지 못하게 했다. 정신병자가 며칠 동안 말을 잘 따르자 의사는 그에게 울타리 밖으로 나가도 좋다고 허락했다. 그리고 집 안에서는 돌아다녀도 상관없지만 문밖으로는 나가면 안 된다고 했다. 병이 나은 정신병자는 의사의 말을 잘 지키며 신이 나서 집 안을 돌아다녔다.

하루는 정신병자가 문가에 서 있다가 기사가 매와 두세 마리의 개를 데리고 말을 타고 오는 것을 보았다. 그는 평생 그런 광경을 본 적이 없어 그저 신기하기만 했기 때문에 손짓으로 기사를 불렀다. 기사가 가까이 오자 정신병자가 물었다.

"당신은 누구요? 내 말 좀 잠깐 들어보시오. 당신이 타고 온 게 뭔지, 그리고 그게 무엇에 쓰이는지 이야기해주시오."

기사가 말했다.

"이건 말이오. 사냥을 하기 위한 거라오."

정신병자가 물었다.

"그럼 당신 손에 들고 있는 것은 뭐요? 그리고 그건 어디에 쓰이는 거요?"

기사가 말했다.

"이건 매요. 메추리나 학 같은 새를 사냥하기 위한 거라오."

정신병자가 개에 대해서도 마찬가지 질문을 했다. 기사가 말했다.

"이건 개인데, 사냥을 위해서는 없어서는 안되는 중요한 것이오. 산토끼, 새, 그밖의 다른 사냥감들을 찾아낸다오."

그러자 정신병자가 물었다.

"그러면 개들이랑 매를 가지고 사냥하면 일년에 얼마 정도 벌 수 있소?"

기사가 말했다.

"정확히 계산할 수는 없지만, 대충 금화 사 리브라 정도 벌지 않을까 싶소."

정신병자가 다시 물었다.

"그러면 당신 말이랑 개, 매에 드는 비용은 일년에 어느 정도 되나요?"

기사가 말했다.

"보통 오십 리브라 정도요."

정신병자는 그 기사가 단단히 미쳤다고 생각하고는 깜짝 놀라서 말했다.

"어서 빨리 여기서 도망치시오. 의사에게 들키기 전에 날 수만 있다면 날아서라도 빨리 도망가시오. 의사가 당신이 얼마나 미쳤는지 알면 다른 정신병자들처럼 당신도 늪에다가 묶어놓을 거요. 내가 보기엔 당신이 가장 깊숙이 잠기게 될 것 같소. 당신이 가장 심하게 미쳤으니 말이오."

신부와 개와 주교

뚜스끼아 지방에 무식하지만 부자인 신부가 있었다. 신부는 기르던 개가 죽자 성대하게 장례식을 치르고 무덤까지 만들어주었다. 그의 행동이 지나친 나머지 소문이 주교의 귀에까지 들어가게 되었다. 주교는 신부가 부자라는 것을 알고 그의 죄를 더 괘씸하게 여겨 신부를 불러 벌을 주기로 했다. 신부는 주교가 자기를 벌하는 것보다 돈에 더 관심이 많다는 것을 눈치채고는 금덩어리들을 들고 주교를 찾아갔다. 주교는 신부가 개에게 무덤을 만들어준 일을 심하게 문책하고는 신부를 감옥에 가두라고 명령했다. 곤경에 몰린 신부가 주교에게 말했다.

"주교님께서 그 개가 얼마나 똑똑했는지 아신다면 제가 사람과 똑같이 개에게 장례식을 치러줬다고 해서 노여워하지 않으실 겁니다. 그 개는 웬만한 사람보다 영리했습니다. 살아 있을 때도 영리했지만, 죽음의 문턱에 이르러서는 더 그랬지요."

주교가 의아해하며 물었다.

"그게 무슨 말이오?"

신부가 대답했다.

"그 개가 죽으면서 유언을 남겼습니다. 그 개가 하느님의 성당을 위해 얼마나 큰돈이 필요한지를 알고는 주교님께 금 백 덩어리를 기부하라고 했지요. 그래서 제가 이렇게 가지고 왔습니다."

신부는 주교에게 금덩어리들을 건넸다. 그러자 주교는 개의 유언과 장례식을 인정하고는 필요한 일이 있을 때를 대비해 금덩어리들을 잘 보관하게 하고 신부의 죄를 용서했다.

원숭이와 호두

호두나무 밑에 있던 원숭이가 그 나무의 이름과 그 열매의 가치를 듣게 되었다. 원숭이는 그 나무에서 아주 맛있는 열매가 난다는 이야기를 듣고 그 열매를 따먹을 생각을 하면서 흐뭇해했다. 하지만 호두나무가 키가 크고 중간에 타고 올라갈 가지도 없어 호두를 따먹을 수가 없었다. 그래서 원숭이는 근처에 있는 한 농가를 찾아가 농부에게 사다리를 빌려달라고 부탁했다. 그 사다리를 타고 올라가 호두를 따먹을 생각이었다. 농부가 사다리를 빌려주자 원숭이는 그 사다리를 힘들게 가지고 와 또 우여곡절 끝에 사다리를 타고 호두나무에 올라갔다.

원숭이는 기쁜 마음으로 호두를 따서 껍데기째 깨물었다. 하지만 껍데기의 쓴맛만 나자 화가 나서 호두를 던져버렸다. 몇개를 더 따먹었지만 매번 같은 맛일 뿐이었다. 원숭이는 화가 나서 호

두를 멀리 던져버리고는 그 껍데기 안에 있는 진짜 열매는 찾아 보려고도 하지 않았다. 원숭이는 고생만 한 것이 억울해 끙끙거 리며 말했다.

"나한테 이 호두가 맛있다고 하고, 그걸 먹을 수 있도록 도와주 고 충고해준 놈들이 나쁜 놈들이야. 내 평생 이렇게 공들이고 헛 수고만 한 적은 처음이야. 호두열매가 그렇게 맛있다더니 정작 맛보니까 쓰기만 하잖아."

원숭이는 이렇게 한탄만 하고는 깊은 한숨을 쉬며 그곳을 떠났다.

당나귀를 팔러 가는 아버지와 아들

장에 당나귀를 팔러 가는 아버지와 아들이 당나귀에 아무것도 싣지 않고 길을 가고 있었다. 길을 가다 만난 사람들이 아버지와 아들에게 말했다.

"당신들 제정신이오? 뭘 몰라도 한참 모르는군. 부리지도 않을 당나귀를 왜 먹여 길렀소? 당나귀를 타고 가면 당나귀에게 운동 도 되고 신발도 덜 닳지 않겠소? 당나귀야 튼튼하고 건강하니 힘 들지도 않을 거요. 그게 당나귀가 해야 할 일 아니오?"

아버지는 그 말이 그럴듯해 당나귀에 아들을 태우고 자기는 걸 어서 갔다. 그렇게 한참을 가다가 또 다른 사람들을 만났다.

"이렇게 어리석은 일이 있나. 아비는 늙어서 제대로 걷지도 못 하는데 당나귀도 타지 않고 그냥 걸어서 가고, 사슴보다 더 잘 뛸 것 같은 젊은 놈은 당나귀를 타고 가? 자식을 잘못 키워도 영 잘 못 키웠어. 그렇게 자식을 키우면 게으르고 철없는 한량밖에 더 되겠어?"

그들의 충고가 일리있다고 생각한 늙은 아버지는 아들을 내려서 걷게 하고 자기가 당나귀를 타고 갔다. 그러자 또 길가던 나그네들이 아버지와 아들을 보고 마구 나무랐다.

"세상에, 무슨 아비가 저리도 매정하담. 아들보다 당나귀를 더 귀하게 여겨서 아들을 이 더위에 저렇게 걸어가게 고생시키다니. 저러다가 몸이 약해지고 다리라도 다치면 병신 되기 십상이지. 늙어서 병원 신세나 지게 될 테고 말이야."

이 말을 들은 아버지는 아들도 당나귀에 함께 태웠다. 그렇게 아버지와 아들이 당나귀를 타고 가다가 또 다른 사람들을 만났다. 그들은 전에 만난 사람들보다 더 심하게 아버지와 아들을 나무랐다.

"세상에 별꼴을 다 보겠네. 당나귀 한 마리에 장정 둘이 타고 가다니. 당나귀 한 마리 위에 당나귀 두 마리가 있는 꼴이군. 저 불쌍한 것이 힘들어서 고개도 제대로 들지 못하는구먼. 당나귀가 금방 죽는 꼴을 보고 싶지 않으면 당나귀를 메고 가는 게 나을걸."

이 말을 듣고 곰곰이 생각하던 아버지가 아들에게 말했다.

"이 사람들 말이 일리가 있는 것 같구나. 당나귀가 지쳐서 죽지 않도록 다리를 묶고 막대기에 매달아 성까지 가자꾸나. 그렇게 하면 힘도 덜 들고 사람들이 우리더러 인정이 많다고 칭찬할 게 아니니? 당나귀도 푹 쉬고 나면 내다 팔 때 돈을 더 많이 쳐서 받을 수 있을 테고."

아버지와 아들은 당나귀의 네 발을 묶어서 짊어지고 길을 걸어갔다. 이번에는 사람들이 그들의 모습을 보고 마구 비웃었다.

"세상에 이런 경우도 있나? 이 당나귀가 똑똑하기는 똑똑한가보군. 두 멍청한 짐승들이 자기를 짊어지고 가게 하니 말이야. 당나귀가 두 사람을 태우고도 남을 것 같아 보이는데. 원래 사람들을 위해 일하려고 태어난 당나귀를 부려먹지도 못하고 짊어지고 가면서 비웃음을 사느니 차라리 몸통은 남기고 가죽을 벗겨 파는 게 낫지."

아버지는 이 말을 듣고 갑자기 당나귀가 괘씸한 생각이 들어 화를 내며 당나귀를 메고 가던 막대기를 들고는 그것으로 당나귀 머리를 냅다 내리쳤다. 당나귀가 그 자리에서 고꾸라져 죽자 아버지가 당나귀 가죽을 벗기면서 말했다.

"우리가 오늘 이놈의 당나귀 때문에 얼마나 많이 욕을 먹었어? 이제 이러면 욕을 먹을 일도 없겠지."

가죽을 다 벗긴 아버지는 당나귀 가죽을 어깨에 걸치고 성에 들어갔다. 그러고는 곧장 장으로 가서는 당나귀 가죽을 팔려고 했다. 그러자 착한 일보다는 나쁜 일에 익숙한 동네 개구쟁이들이 노인네가 피범벅이 된 당나귀 가죽을 팔려고 내놓은 것을 보고는, 그것을 빼앗아 이리저리 잡아당기고 진흙탕에 질질 끌고 다녀 노인의 얼굴을 진흙범벅으로 만들었다. 결국 그는 모든 사람들을 만족시키려다가 재산을 잃고 망신만 당한 꼴이 되었다.

정본 이솝 우화

초판 1쇄 발행/2009년 4월 15일
초판 2쇄 발행/2015년 12월 17일

옮긴이/권미선
펴낸이/강일우
책임편집/이상술
펴낸곳/(주)창비
등록/1986년 8월 5일 제85호
주소/10881 경기도 파주시 회동길 184
전화/031-955-3333
팩스/영업 031-955-3399 · 편집 031-955-3400
홈페이지/www.changbi.com
전자우편/lit@changbi.com

ⓒ (주)창비 2009
ISBN 978-89-364-7164-4 03870